dtv

»Zwei parallele blaue Striche auf einem kleinen weißen Teststreifen. Die erste Nachricht von Dir, mein Sohn. Und nichts wird mehr sein, wie es war.« Sarah und Karl freuen sich riesig auf ihr erstes Kind. Sarah genießt es, schwanger zu sein, und die Aussicht auf eine kleine Unterbrechung ihres Jobs in der Agentur behagt ihr ungemein. Auch das Häuschen auf dem Lande ist bald gefunden. Daß dieser Umzug keine so gute Idee war, stellt Sarah ziemlich schnell fest: Ödnis in der Pampa, füttern und wickeln, füttern und wickeln, die Figur ramponiert – und auch die Hormone spielen ihr oft üble Streiche. An manchen Tagen packt sie die kalte Wut, und ihr Selbstbewußtsein schwindet im gleichen Tempo, wie die Augenringe wachsen. Durchhalten, heißt die Devise. Trotz Dauerjetlag. Außerdem gibt's ja – Hand aufs Herz – durchaus überwältigende Momente puren Glücks. Und irgendwann taucht er dann auf, der Silberstreif am Horizont ... – »Ein Buch mit ungeheurem Drive – für alle werdenden Mütter, deren Ehemänner, Freunde und Freundinnen.« (Frankfurter Neue Presse)

Pia Hintze, Jahrgang 1960, ist freie Journalistin (und Mutter). Derzeit lebt sie in Tokio. ›Der Schnuller-Schock‹ ist ihr erster Roman. Die Autorin über ihre Motivation zu diesem Buch: »Irgendwann nach diesem verflixten ersten Jahr, als längst alles wieder gut war, überraschte mein Mann mich mit einer blöden Bemerkung über mein damals so zerrüttetes Nervenkostüm. Und ich dachte: Er hat einfach nichts kapiert. Darüber müßte man wohl mal ein Buch schreiben ...«

Pia Hintze

Der Schnuller-Schock

Mein erstes Jahr als Mutter

Roman

Aus dem Schwedischen
von Stefanie Werner

Deutscher Taschenbuch Verlag

Ungekürzte Ausgabe
Mai 2004
Deutscher Taschenbuch Verlag GmbH & Co. KG,
München
www.dtv.de

Titel der schwedischen Originalausgabe:
›Baby Blues‹ (Wahlström & Widstrand, Stockholm 2000)

Umschlagkonzept: Balk & Brumshagen
Umschlagbild: © Leonhard Scheck/
Studentenwerk München/Webgruppe
Satz: Fotosatz Reinhard Amann, Aichstetten
Gesetzt aus der Sabon (QuarkXPress)
Druck und Bindung: Druckerei C. H. Beck, Nördlingen
Gedruckt auf säurefreiem, chlorfrei gebleichtem Papier
Printed in Germany · ISBN 3-423-20710-8

Zwei parallele blaue Striche auf einem kleinen weißen Teststreifen. Die erste Nachricht von dir, mein Sohn. Und nichts wird mehr sein, wie es war.

Das, was in meinem Bauch heranwuchs, war ein Wunschkind, wie die Ratgeber für Schwangere es auch immer nannten: Embryo, Walnuß, Apfelsine, Grapefruit oder Handball. Ich hatte mich nicht jahrelang nach ihm gesehnt. Aber seit ein oder zwei Jahren.

Kinder, hatte ich vorher gedacht, was sollte ich mit Kindern? Was sollten sie mit mir? Was hatte ich schon zu bieten, eine Frau, die immer noch daran arbeitete, sich von den eigenen Eltern abzunabeln. Fest war das Band, das uns zusammenhielt. Und sobald es rissig wurde, war es schon durch ein neues ersetzt.

Ich hatte so lange darauf gewartet, mich vollständig abzunabeln. Auf meinem Arm war kein Platz für drei Kilo Menschlein. Der Platz war von neunzig Kilo dunkel gelocktem Mann belegt, der das Familienbild seinerseits jedoch gerne komplett gesehen hätte. Seine Strategie war merkwürdig: je normaler sich unser Leben gestaltete, desto öfter kamen seine Vorschläge, Nägel mit Köpfen zu machen – heiraten oder Kinder bekommen, egal. »Damit wir etwas haben, das uns zusammenhält.«

Ich hoffte bis zuletzt, daß er lieber mit den Kindern in unserem Bekanntenkreis spielen, einem kleinen Neffen in den Nakken pusten oder den zappelnden Kleinen von Freunden auf den Schultern tragen würde. Aber sein Wunsch bezog sich nicht auf irgendein Kind, sondern auf seins und meins. Mir hat das ganz schön Angst gemacht.

Ich selbst hatte mir eine lange Schonzeit vor dem Kinderkriegen verordnet. Und als dieser Dunkelhaarige dann kurz vor meinem dreißigsten Geburtstag aus meinem Leben verschwand und der Arm wieder frei wurde, brach ich deshalb nicht zusammen. Ich sagte mir, daß all die alarmierenden Studien über sinkende Fruchtbarkeit mit zunehmendem Alter völlig überzogen waren. Dieses Gerede von tickenden Uhren – wir leben schließlich im digitalen Zeitalter! In meinem Bekanntenkreis versanken Freunde immer tiefer im Sumpf schlechter Beziehungen. Dauernd betonten sie, die Zeit laufe gegen sie. Aus freien Stücken fesselten die Frauen sich an schweigende Männer, die Männer an nörgelnde Frauen, schlossen Ehen und produzierten Kinder mit jemandem, den sie schon längst leid waren. Sie hatten nicht den Mut, einfach abzuwarten. Statt dessen akzeptierten sie es, sich beim Abendessen schweigend gegenüberzusitzen und sich ihre Träume nur noch in Gedanken zu erfüllen.

Ich aber wollte nicht irgendeinen Mann. Ich wollte einen guten. Das war ein Anspruch, der etwas Zeit kosten konnte, so viel Zeit womöglich, daß mir irgendwann nur noch der berühmte Doktor Antinori aus Rom zu einem Kind würde verhelfen können. Aus meiner Sicht war das kein Problem. Wie praktisch, sagte ich mir – wenn ich gut drauf war –, Erziehungsgeld und Rente gleichzeitig zu bekommen.

Eines Tages hatte das Warten ein Ende, obwohl ich es gar nicht gleich bemerkte. Großes Geschäftsessen. Gäste aus dem In- und Ausland. Mit Schaudern erinnerte ich mich an meinen letzten Tischnachbarn, der stundenlang aus dem Nähkästchen seines aufregenden Jobs als EDV-Leiter eines bekannten Unternehmens plauderte. Nicht genug, daß sein Filofax, seine Krawattennadel und sein Siegelring mit dem Firmenlogo versehen waren, nein, sogar seine Socken trugen es, was ich herausfand, als ich mich unter den Tisch beugte, vorgeblich, um meine Serviette aufzuheben, tatsächlich aber, um meinen Ohren eine Pause zu gönnen. Als er übergangslos anfing, Möglichkeiten der Morchelzucht mit Hilfe von Sand und Zeitungspapier zu diskutieren, bin ich endgültig geflüchtet.

Der Mann, der mir an diesem Abend Gesellschaft leisten sollte, wirkte eher zurückhaltend. Ich holte tief Luft und ging auf ihn zu. Glück gehabt! Der Mann an meiner Seite war nicht nur amüsant, attraktiv und aufmerksam, auch seine Strümpfe waren dezent gemustert. Er hieß Karl Eskmyr.

»Sie haben einen ungewöhnlichen Nachnamen«, sagte ich mit Blick auf seine Tischkarte.

»Stimmt. Mein Großvater war es leid, daß immer mehr Leute im Dorf Johansson hießen. Eines Tages schaute er aus seinem Küchenfenster, und sein Blick fiel auf das, was er am meisten liebte: den Tümpel, in dem er immer angelte, und das Moor, in dem er auf die Jagd ging. Eskmyr hieß das unseligerweise, doch Großvater beschloß: ›So soll es sein‹.

Seitdem heißen wir Eskmyr. Kein schöner Name, und ich muß ihn am Telefon dauernd buchstabieren, aber so heiße ich nun mal«, sagte Karl und bot mir sogleich das »Du« an.

Er kam also aus dem Norden. Seine Kindheit war unspektakulär verlaufen: keine Gefühlsausbrüche, keine Überraschungen, keine unnötigen Risiken – außer einmal im Jahr. Wenn der Frühling und die Schneeschmelze kamen, befestigte sein Vater den Außenbordmotor an einer Eisscholle und fuhr mit dem glücklichen Kind über die eiskalte Wasserfläche ...

Am Ufer stand seine Mutter und schrie und hielt sich die Augen zu. An Werktagen betrieb sie mit ihrem Mann die kleine Tankstelle dort. Ein paar Kilometer entfernt lag das Dorf mit Schule und Post, Lebensmittelgeschäft und Eisenwarenhandlung, Spiel- und Schreibwarenladen sowie Konditorei. Nach jeder Schulabschlußfeier drehte Karl mit seinen Eltern die gleiche Runde durchs Dorf: zuerst zur Post, um ein paar Groschen auf das Sparbuch einzuzahlen, dann zur Eisenwarenhandlung, wo der Vater für sich selbst ein neues Werkzeug aussuchte, dann zum Spielwarenladen, in dem Karl sich etwas aussuchen durfte, und schließlich zur Konditorei, wo seine Mutter bestimmte, was sie zur Feier des Tages bestellen sollten. Die Wahl fiel jedes Jahr auf Rumkugeln, die wie Kartoffeln aussahen, und süßen Cidre.

Ihr Sohn stand sommers wie winters erwartungsvoll vor der

Konditorei und drückte sich am Schaufenster die Nase platt. Er träumte von einem Stück Prinzeßtorte mit grünem Marzipan und einer eingelegten Mandarinenspalte auf der Spitze.

»Plötzlich ergab sich die Gelegenheit. Die Rumkugeln waren ausverkauft, und ich durfte endlich in diese Sahnetorte beißen. Sie schmeckte genauso gut, wie ich es gehofft hatte, und keine Köstlichkeit reichte jemals wieder an dieses Tortenstück heran«, erzählte Karl. Er lächelte, während er den Löffel ins Parfait stach, das gerade serviert worden war.

Als Jugendlicher hatte er sein Zuhause und das Dorf verlassen, um in die nächstgelegene Stadt zu ziehen, wo es ein Gymnasium gab. Die Eltern hatten dafür kein Verständnis. Der Junge war doch geschickt und könnte in der Werkstatt im Ort helfen. Erst als Karl eines Nachmittags von seinem Lehrer nach Hause begleitet wurde, der erklärte, daß er noch nie einen so begabten Schüler gehabt habe, ließen sich seine Eltern überzeugen. »Es wäre jammerschade, wenn er nicht weiter zur Schule gehen dürfte«, sagte der Lehrer. Karls Mutter hielt ihrem fünfzehnjährigen Sohn eilig die Hände vor die Ohren, während beide rot wurden.

»Ist das wirklich in den Siebzigern passiert?« fragte ich und versuchte, mir das bei uns vorzustellen.

»Wir sprechen ja nicht von Stockholm. Es geht um eine Gegend, in der es damals kaum Arbeit gab und wo es auch heute kaum Arbeit gibt. Man konnte also nur bleiben und arbeitslos werden – oder für immer fortziehen. Meine Eltern wollten, daß ich bleibe«, sagte Karl.

»Waren deine Eltern nicht furchtbar stolz?«

»Vater rauchte wie immer seine Pfeife und sagte nicht viel. Mutter redete dafür um so mehr – wahrscheinlich aus Verlegenheit. Denn sie waren schon stolz, auch wenn sie mir das nicht zeigen konnten.«

Als es Zeit für die Universität wurde, durfte er dann selbst entscheiden.

»Ich war der einzige aus meiner Klasse auf dem Gymnasium, der studieren wollte. Meine Mutter weinte, und Vater schüttelte nur den Kopf. Sie fragten mich, wozu das gut sein sollte, warum ich mich denn verschulden wollte. Ich glaube, Mutter ist heute noch der Meinung, daß man mit Autoreparaturen oder einer Tankstelle sehr zufrieden sein kann. Ich war aber immer der Ansicht, daß es wichtig ist zu studieren, die Chancen, die sich bieten, zu ergreifen.«

»Und um welche Chancen geht es heute?« fragte ich.

»Arbeit. Immer nur Arbeit.« Er lachte. »Eine etwas kranke Einstellung, sagen meine Bekannten, aber mir macht's Spaß. Und selbst? Wie war dein Leben bisher? Mit welchem Trauma schlägst du dich herum?«

»Tja, was ist in meinem Leben passiert?« Ich resümierte laut: »Kein Kindergarten, kein Ferienlager, keine Geschwister, keine Logopäden, keine Behandlungen wegen Plattfüßen oder Verhaltensauffälligkeiten. Eltern, die noch immer verheiratet und gesund sind.«

»O Gott. Und das hast du unbeschadet überstanden?« sagte Karl und lachte.

»Tja, als könne man das selbst entscheiden.« Ich lächelte zurück. »Solange es in der engsten Familie keine Alkoholiker, Valiumfans oder Serienmörder gibt, sollte man sich nicht beschweren.«

O-Ton meiner Mutter. Es ist schon einige Zeit her, daß sie das im Kreise ihrer Freundinnen bei einer Flasche Sherry zum besten gab. Ich saß mit weit aufgesperrten Ohren unter dem Tisch versteckt und tat so, als spiele ich mit meinen Barbiepuppen. In unserer Familie war es immer das Wichtigste, die Fassade zu wahren. Gefühle, Persönliches oder individuelle Meinungen waren selten Gesprächsthema. Als ich anfing, Fragen zu stellen, hieß es immer: ›Ach, was du immer hast, das geht dich nichts an, kümmere dich nicht weiter darum, das wirst du verstehen, wenn du groß bist.‹

Es war ziehmlich schwer, sich in einem solchen Umfeld zu

orientieren. Niemand half mir, meine Eindrücke einzuordnen. Hatte ich nicht gesehen, wie Onkel Yngve zu Silvester die falsche Frau zwischen den Mänteln im Flur geküßt hatte? Und mußte sich nicht Großmutter an der Wand festhalten, wenn sie sich von der Festtafel erheben wollte? Es ließ sich nicht leugnen, daß sie bei der Hochzeit meines Cousins Leif auf der Tanzfläche volltrunken umgefallen war – das Parkett war ja auch fürchterlich glatt, so frisch gebohnert ... Daß das Totschweigen unangenehmer Tatsachen irgendwann zu einem echten Kommunikationsproblem innerhalb der Familie führen würde, war im nachhinein betrachtet nicht sonderlich überraschend. Als ich in das Schweigen der Pupertät eintrat, hörte ich meine Mutter verzweifelt zu meinem Vater sagen: »Sie ist wie eine Muschel. Verstehst du, warum sie nie etwas erzählt?« Über Untreue, Erbstreitigkeiten oder Geldnöte sprach man immer nur hinter vorgehaltener Hand und nur, wenn man sicher sein konnte, daß nicht die falschen Personen zuhörten – zum Beispiel im Kreis der Freundinnen, bei einer Flasche Sherry...

Karl erzählte indessen weiter von sehr persönlichen Dingen, ohne zu wissen, wer ich war. Sein Vertrauen irritierte mich.

Karl ließ sich von meinem Schweigen nicht irritieren. Er erzählte so schön, auch sehr Privates, und die Zeit verging wie im Flug. Er war offen und direkt, ohne sich aufzudrängen. Ich fand ihn mutig. Und amüsant. Wir haben an diesem Abend viel gelacht. Bevor wir auseinandergingen, erzählte er, daß er am nächsten Tag eine Geschäftsreise in die USA unternehmen müsse und einen Monat fort sein werde.

»Komm doch nächstes Mal mit! Ich kenne ein Restaurant in Maine, wo es den weltbesten Hummer gibt. Eigentlich ist es nur ein zusammengezimmerter Holzschuppen, aber die Hummer werden frisch gekocht und sind mit Sicherheit besser als alles, was du je gegessen hast. Man tunkt sie in Butter. Oder in Ketchup. Du wirst es mögen.«

Ihn mochte ich. Das war mir längst klar. Sehr. Er machte mich glücklich. Die Wochen vergingen, und ich war mir auf einmal sicher. So sicher wie nie zuvor.

»Ich bin zurück,« sagte eines Abends eine Stimme auf dem Anrufbeantworter. »Sehen wir uns?«

Er holte mich ab, sah sich in meiner Wohnung um und sagte ganz selbstverständlich: »Hier könnte ich's auch aushalten.«

Dann ging alles ganz schnell. Was er brauchte, transportierte er in seinem alten Opel Rekord.

»Ein Kombi. Aus Sentimentalität. Das war das erste Auto, an dem ich mit meinem Vater herumbasteln durfte.«

Zusammenziehen war eine gute Lösung. Wir brauchten eine Basis. Die Arbeitstage waren für uns beide lang. Er reiste in den Westen, um Geschäftsprobleme zu beheben, ich in den Osten, um Strategien für Kampagnen zu entwickeln. Zeitweise vergingen Wochen, bis wir uns wiedersahen. Es spielte keine Rolle. Er ließ jeden Tag von sich hören. Sagte mir, daß er mich liebe, daß er mich vermisse. Als der Kombi auf dem Weg zum Flughafen kaputtging, organisierte ich Abschleppdienst und Reparatur, bevor Karl heimkam.

Ich kümmerte mich um sein Auto, wenn er verreist war. Er kümmerte sich ums Essen, wenn er zu Hause war, auch wenn er nicht immer selbst kochte.

»Das ist ja zu schön, um wahr zu sein«, sagten meine Freunde.

Ich fand, es war genau so schön, wie ich es verdient hatte.

Wir lernten uns in einer turbulenten Zeit kennen. In unserem Freundeskreis zerbrach eine Beziehung nach der anderen. Man zog über Verflossene her, stritt sich, ging fremd und heulte sich bei uns am Telefon aus. Ich hörte zu und tröstete, und wenn ich den Hörer auflegte, wußte ich, daß Karl und ich ein gutes Leben hatten. Die Zeit des Verliebtseins, die normalerweise nur ein paar kurze Monate anhält, schlimmstenfalls nur Wochen, erstreckte sich bei uns über eine lange Phase, und es war kein Ende in Sicht. Das war seltsam, schön und irgendwie beunruhigend. Als wir uns endlich zum ersten Mal stritten, hatte ich förmlich darauf gewartet. Ich war vorbereitet und führte mich auf, wie ich es gelernt hatte: warf ihm lauthals vor, was mir alles nicht paßte, nannte ihn einen Idioten und wartete mit gesträubtem Nackenhaar auf seine Gegenangriffe. Statt dessen nahm er mich in die Arme und flüsterte mir ins Ohr: »Ich kann dich ja verstehen, könnten wir uns aber bitte darauf einigen, daß du mich keinen Idioten mehr nennst?« Dabei schaute er mir in die Augen, und es flog kein Porzellan durch die Luft – nur meine Wut zerbarst in tausend Scherben.

Bei der Arbeit war ich ganz andere Formen der Auseinandersetzung gewohnt: meine Kollegen schrien sich an, verteidigten ihr Revier mit Zähnen und Klauen und intrigierten, was das Zeug hielt. Diese Art des Nahkampfes hatte ich mir offenbar inzwischen auch angeeignet. Dann kam Karl – und parierte meine Ausfälle so ganz anders, als ich es gewohnt war. Er ließ mich in seine Arme sinken und flüsterte mir ins Ohr: »Hey, laß mich dir doch helfen. Du mußt dir darüber klar werden, daß es im Streit nicht immer um die Sache geht, um Logik oder die Frage, wer Recht hat. Meist geht es doch unterschwellig um verletzte Gefühle, auch bei der Arbeit. Du solltest dir nicht alles gefallen lassen, denn in erster Linie zählt, daß es dir gut geht.«

Anfangs betrachtete ich das alles noch etwas beunruhigt. Was er sagte, war so anders als die Ratschläge, die ich früher bekommen und inzwischen verinnerlicht hatte. Allmählich aber wurde mir klar, daß ich etwas ganz, ganz Wertvolles entdeckt hatte: jemanden, der mir helfen konnte zu wachsen.

»Wie sie wohl aussehen werden, was meinst du?« fragte er mich eines Abends.

»Bitte wer?«

»Na, unsere Kinder! Ich bin schon so neugierig. Wollen wir nicht langsam mal loslegen?«

Da hörte ich mich plötzlich sagen, daß es wohl an der Zeit wäre. Ich holte tief Luft. Zu meiner eigenen Verwunderung wollte ich plötzlich. Ich war bereit. Und sicher, daß er ein guter Vater sein würde. Er konnte wahnsinnig gut mit Kindern umgehen, und seine Liebe zu mir schien ungebrochen. Während andere Männer auf Festen stocksteif dastanden und ihre Begrüßungscocktails in sich hineinkippten, kroch er mit den Kindern auf dem Boden herum. Sie schrien vor Freude, und die Frauen seufzten. Nichts ist so anziehend wie ein attraktiver Mann, der auch noch mit Kindern umgehen kann – was für ein Typ!

Wir wollten es also wirklich! Nach der ersten Euphorie begann es jeoch in meinem Kopf zu rattern: Wie war das doch noch mal mit den Follikeln und dem Gebärmutterhals? Das, was so schrecklich einfach erschien, nämlich b-e-f-r-u-c-h-t-e-t zu werden, schwanger, guter Hoffnung oder in anderen Umständen zu sein, konnte ja auch verdammt schwierig werden, das stand so jedenfalls überall in Büchern und Zeitungsartikeln. Und wehe, die Frau hatte ihren fertilen Höhepunkt bereits erreicht! Der Alterungsprozeß war ja unaufhaltsam: verringerte Befruchtungschancen, erhöhtes Mißbildungsrisiko, größere Belastungen für die Mutter. Meine Güte! Auf was hatten wir uns da bloß eingelassen? Aber so richtig wollte ich diesen Warnungen gar nicht glauben. War es denn möglich, zu alt zu sein, wenn man sich so oft noch wie ein kleines Mädchen fühlte?

Ich weigerte mich schließlich rigoros, mich gründlich mit biologischen Fragen auseinanderzusetzen. Als hart arbeitendes Paar in den Dreißigern hatten wir andere Probleme. Zeit. Freizeit. Wie kann man Sex in den paar fruchtbaren Tagen haben, wenn beide Terminkalender bis zum Rand gefüllt sind? Geschäftsreise in die USA, einen Monat warten. Spitzenarbeitszeit Herbst, wieder einen Monat warten. Die Geschäftsführung des Schweizer Mutterunternehmens im Hause, und noch mal einen Monat warten.

Wir begannen, unsere Kalender mit fingierten Geschäftsterminen zu ergänzen, um für ein paar Stunden nach Hause ins Schlafzimmer zu hetzen und dann zurück ins Büro. Das war wirklich absurd, fast wie in einer Benny-Hill-Show: Mann mit Aktentasche verläßt das Büro, lockert seine Krawatte, öffnet den Gürtel, läßt die Hosen herunter, die Tür zum Schlafzimmer wird geöffnet, die Ehefrau liegt bereitwillig im Bett, kneten, kneten, Augen verdrehen, Keuchen, hastige Klaviermusik.

Besonders viel Spaß macht das nicht, aber manchmal – hach! – heiligt der Zweck ja die Mittel. Früher oder später wird es sicher klappen, vermutlich früher, dachte ich, und wunderte mich über meine Einbildungskraft. Ein kleines bißchen war mir doch schon übel! Ein kleines bißchen waren meine Brüste seit letzter Woche schon gewachsen. Und waren nicht auch meine Adern schon deutlicher zu sehen? Meine Lust auf Kaffee hatte deutlich abgenommen. Jeden Monat war dann das Erstaunen groß, wenn das Blut doch wieder floß. Dann ging ich in die Küche und machte mir zum Trost erst mal einen Cappuccino.

Aber Beharrlichkeit zahlt sich aus. Eines Tages offenbarte sich die Botschaft auf diesem Stäbchen. Zwei parallele blaue Striche. Ja. Ja, ja, ja! Ich war überglücklich. Alle Worte, die mein Mund zuvor als scharf und fremd empfunden hatte, schmeckten plötzlich zuckersüß: Mmmmmmütterzentrum. Mmmmmmorgentliche Übelkeit. Stttttill-BH. MAMA!

Meine Hand zitterte, als ich bei der Mütterberatung anrief, um einen Termin für die Untersuchung zu machen. Ein bedeutsamer Moment, schließlich begab ich mich in fremde Hände, um ein neues Leben zu beginnen. Ein Moment voller Andacht. Musik von einem jubelnden Engelschor hätte meine Worte begleiten müssen. Statt dessen die harschen Worte der Hebamme im Hörer:

»Sind Sie sicher, daß Sie schwanger sind? Wann war die letzte Regel? Haben Sie weitere Anzeichen für eine Schwangerschaft festgestellt? Wie schön«, leierte Sie routinemäßig. Dann verpaßte sie mir sogleich die nächste verbale Ohrfeige:

»Ich sehe gerade, daß Sie 35 werden, bevor das Kind zur Welt kommt. In so einem Fall bieten wir automatisch eine Fruchtwasseruntersuchung an.«

Du liebe Zeit, dachte ich mir, wie schlampig die doch sind, verwechseln wohl meine Unterlagen! Dann setzten sich ihre Worte. Aber ja: Die Gnadenfrist war abgelaufen! Ich würde am errechneten Termin tatsächlich 35 sein. Außerdem Erstgebärende. Wie ist es möglich, daß man sich als Mensch gleichzeitig so groß und doch so klein fühlen kann?

In der darauffolgenden Woche setzte ich meinen Fuß in die weiblichste Welt überhaupt. Das flauschige Innere des Mütterzentrums wird von lauter professionellen, gelegentlich sogar lächelnden Hebammen bevölkert. Die Räume sind volltapeziert mit Schnappschüssen von Neugeborenen mit weit aufgerissenen Augen, von Geschwisterkindern, die versuchen, ihre Eifersucht und das neue Baby in Schach zu halten, und mitgenommenen, aber frisch frisierten Müttern, die mit blutleeren Lippen aus ihrem Krankenbett heraus lächeln. Mich fröstelte auf meinem Stuhl unter diesem Gruselkabinett.

Die Hebamme, die mich während der Schwangerschaft betreuen würde, hieß Maud. Sie trug einen Pferdeschwanz. Und einen Haarreif. Eine Frau, die über jede Situation im Leben die Kontrolle behält. Ich merkte, sie lag mir nicht.

Maud kaute Kaugummi und lächelte. Am liebsten gleichzeitig. Es lief mir kalt den Rücken hinunter, wenn sie von dem »Bayyyyby« sprach. Waren wir hier in einer Seifenoper?

Viele Male fiel mein Blick auf das plattgekaute Ding zwischen Mauds lächelnden Kiefern, wenn sie mich ermutigte, Fragen zu stellen.

Ich hatte ja selten welche. Ich schlug lieber in schlauen Büchern nach und erkundigte mich bei Freundinnen. Es war unmöglich, Maud als Vertraute zu betrachten, aber ich war zu feige, ihr das zu sagen. Manchmal stellte ich eine Frage, damit sie sich freute und das Gefühl hatte, mit ihrer derben Art gebraucht zu werden. Leider waren das immer die falschen Fragen.

»Ach was, darüber sollten Sie sich keine Gedanken machen«, bürstete sie mich dann rasch ab, nachdem sie in ihren Unterlagen gewühlt hatte. Einmal wollte ich zum Beispiel gern wissen, was es mit den winzig kleinen Warzen auf meiner Brust auf sich hatte und ob meine Gewichtszunahme im Normalbereich lag. Sie gab der Schublade mit dem Absatz ihres rechten Pumps einen Stoß und fragte mich penetrant alles mögliche über meinen Körper aus, ohne zur Kenntnis zu nehmen, daß er eigentlich mir gehörte.

»Jetzt schauen wir uns mal Ihren Bauuuch an«, sagte Maud, als spräche sie mit einer Grenzdebilen, rasselte mit dem Maßband und zwinkerte mich voller Mitgefühl an. Mich schauderte. Mein Kind war mein Kind, nicht mein Bauch. Ist das für eine Hebamme so schwer zu verstehen?

Wie anders hatte ich meinen Arzt empfunden, der mich kurz zuvor untersucht und grob konstatiert hatte, daß es keinen Zweifel daran gab: ich hatte einen Untermieter. Fruchtwasseruntersuchung, ja oder nein, dazu könne er keine Stellung nehmen, jedoch sprach er davon, daß es die unterschiedlichsten Chromosomenschäden gäbe. Einige erkenne man, andere nicht.

Ich mochte seine Art. Er behandelte mich mit Respekt und bemühte sich um Verständlichkeit, auch wenn er unter Streß stand. Er drückte und zwickte und gab mir den guten Rat, mir genau zu überlegen, wie ich mit einem positiven Ergebnis einer Fruchtwasseruntersuchung umgehen würde. Falls ich nun in Betracht zog, eine machen zu lassen, wollte ich an alles andere denken, nur nicht an das, was mich ja eigentlich zutiefst beschäftigen sollte.

Mir war schwindelig, und ich fühlte mich ein wenig benommen, als ich die Praxis verließ, denn man hatte mir ordentlich Blut abgenommen, und ich mußte so viele verschiedene Fragen zu meiner Vorgeschichte beantworten, die mir bislang immer als trivial erschienen waren. Ob ich Antikörper gegen Röteln hätte, ob meine Blutwerte in Ordnung seien, ein HIV-Test, wo wir nun schon einmal dabei waren. Wie war das noch, hatte ich nicht in einem Zeitungsartikel über schreckliche Mißbildungen bei einem Kind gelesen, dessen Mutter verdorbenes Lammfleisch gegessen hatte? Und hatte ich nicht eine große Portion rosafarbenes Lammfleisch gegessen in genau den Tagen, als die durchtrainiertesten von Karls Spermien ihren Rekord im Schwimmen aufgestellt hatten und mit dem Ei verschmolzen waren, das dann anfing, sich zu teilen und wieder zu teilen, und wieder zu teilen und dies seitdem so weiterging?

»Aber natürlich sollen Sie so einen Test machen!« sagte ich endlich mit erstaunlicher Bestimmtheit und stampfte wie zur Bekräftigung mit meinem Fuß auf, der in einer blauen Plastiktüte steckte. Die Einsicht, oder war es vielleicht eher der Instinkt, daß mein Kind die allerbesten Voraussetzungen für seinen Start ins Leben haben sollte, war plötzlich da. Um jeden Preis sollte mein Kind beschützt werden. Keine Sicherheitsmaßnahme war zu übertrieben. Ich wußte, daß ich es mir nie verzeihen würde, falls diesem wartenden, warmen Leben etwas zustoßen sollte.

Der HIV-Test versetzt mich plötzlich in Unruhe. Mein früheres, eher verhalten aufregendes Sexualleben erschien plötzlich vor mir wie eine Reihe risikobehafteter, hemmungsloser Orgien. So ein Blödsinn! Während der Jahre als Single schlief ich nie mit einem Neuen ohne Kondom. Und dann hatte ich von dem werdenden Vater verlangt, daß er zum Test geht, bevor ich ihn ranließ. Aber wenn man sich vorstellt, daß er nun doch untreu gewesen sein könnte? Wie naiv konnte man sein? Wenn ich nun hinters Licht geführt worden bin, nach Strich und Faden betrogen? Oder wenn ich mich trotz allem irgendwo angesteckt hatte? Wenn das Virus mein Kind erreicht!

Als das Testergebnis kam, fühlte ich mich wie eine hysterische Kuh. Erleichtert war ich aber doch. Toll war es nun, sich dem beglückendem Rausch dieses Zustands hinzugeben. Ich nahm ihn zum Anlaß, nicht allzu früh am Morgen aufstehen zu müssen. Ich blieb liegen, eingekuschelt in die Wärme des Betts, wenn Karl schon lange auf dem Weg war, genoß die Stille im Raum, das Knattern der Dieselmotoren von den Bussen, die vor der Tür fuhren, und das Gesumme vom Radio der Nachbarn. Ich lebte. Ich trug dazu bei, daß es weiterging. Komisch nur, daß niemand das Gewaltige an dem, was vor sich ging, zur Kenntnis nahm!

Das Gefühl, von der Welt nicht verstanden zu werden, saß rasch ziemlich fest.

»Leg dich lieber hin und schlaf, bald ist es damit vorbei«, sagte die eine Freundin.

»Freu dich lieber über deine Locken, solange du sie noch hast, bald gehen sie dir aus«, grinste die andere.

»Spar dir das Geld für neue Schuhe. Und wenn, dann geh lieber gleich in die Herrenabteilung«, flachste die dritte.

Ein paar wenige nur schienen sich echt zu freuen wegen Karl und mir, wegen des Kindes. Und dann spürte ich es wieder: Wie herrlich sich die Wärme in meinem Körper ausbreitete, bis hinein in die kleine Fruchtblase, wo der Raumfahrer schwerelos im roten Licht meiner Gebärmutter schwebte, mal hierhin, mal dorthin.

»Bringen Sie doch beim nächsten Mal Ihren Mann mit. Ich rate es Ihnen sehr, denn es ist absolut phantastisch, zum ersten Mal den Herzton des Kindes zu hören«, hatte Maud gesagt und mich ganz ernst angeschaut.

»Viele Männer sagen, daß sie in dem Moment erst fassen, was eigentlich passiert.«

Dieses Erlebnis wollten wir uns nicht entgehen lassen. Da lag ich nun also auf der Liege, den Bauch mit Gelee eingeschmiert. Karl saß in Schlips und Kragen neben mir, und es war ihm sichtlich unangenehm, während Maud ihr breitestes Grinsen aufsetzte und verstohlen auf uns beide schaute. Sie hielt das Mikrofon auf meinen Bauch. Es rauschte und blubberte. Karl und ich sahen uns an. Wie würden wir reagieren, wenn nichts zu hören war? Oder wenn man zweifache Herztöne hörte? Zwillinge. Drillinge! Maud stellte lauter, setzte das Mikrofon in einem anderen Winkel auf meinen Bauch und fuhr weiter. Und da kam plötzlich ein Zeichen von der anderen Seite, ein schwaches Klopfen, ganz schnell. Da, da, da! Haha, haben Sie es gehört? Na, wie fühlt man sich jetzt? Wunnnnnnderbar, oder? Na? Na!

Wir lächelten, so gut es ging. Natürlich freuten wir uns, aber mir war es schon immer schwergefallen, Dinge zu fühlen, die andere bereits vorweggenommen hatten. Ich brauche Zeit, um etwas selbst spüren zu können. Zeit – und gewiß keine Vorgaben. Glücklich oder traurig? Unendlich glücklich oder enttäuscht? So schnell kann man Gefühle doch gar nicht auseinanderhalten. Ein Fiasko kann ganz nah am größten Glück liegen. Maud war hier mal wieder keine große Hilfe.

Karl hatte keine Zeit, diesen Augenblick besonders lange mit mir zu teilen. Die Arbeit rief. Viel Arbeit. Ich sah ihm nach, wie er Seite an Seite mit seiner Aktentasche die Straße hinunterlief. Ich selbst machte mich auf den Weg zur nächstgelegenen Bäckerei, jedoch nicht allein. Ich war der Meinung, daß wir etwas zu feiern hatten, du und ich. Du mit deinem kleinen Herz, das mit Hilfe von meinem so schnell schlagen konnte. Wir hatten also einen Pakt. Wir waren ein Team. Ich wollte jetzt etwas mit dir teilen. Wir brauchten einen Windbeutel.

Glücklicherweise warst du bei mir. Zwei sind nun mal stärker als einer, das ist eine unumstößliche Tatsache. Es standen in der nächsten Zeit einige unangenehme Besuche in verschiedenen Kliniken bevor, und von außen betrachtet kam ich allein. Es fiel mir schwer, Karl darum zu bitten, mich zu begleiten. Es war zuletzt in meiner Kindheit gewesen, daß ich jemanden zum Händchenhalten hatte. Ich hatte das Gefühl, es wäre zuviel verlangt, wenn ich um den Beistand eines Erwachsenen bitten würde, obwohl ich unendlich dankbar gewesen wäre, wenn er sich angeboten hätte.

So erschien ich also allein im Krankenhaus zur Fruchtwasserpunktion. Der Termin war am späten Vormittag. Als ich mich auf den Weg zur Station machte, roch es schon im Fahrstuhl nach steriler Krankenhausluft. Mir war schlecht, zum einen von dem Geruch, zum anderen aus Furcht davor, was dieser Besuch an Tatsachen und Entscheidungsängsten mit sich bringen könnte.

Auf der Station war es auffällig leer. Auf einem handgeschriebenen Zettel die Aufforderung, auf der rechten Seite des Flures Platz zu nehmen. Da stand ein niedriger Tisch mit den üblichen Zeitungsstapeln aus unlesbaren Magazinen, unangetastet. Niemand, der hier erschien, würde die Chance haben, auch nur eine Minute lang zu vergessen, weshalb er hier war.

»600505? Bitte kommen Sie und nehmen Sie im Untersuchungsraum Platz.«

So unpersönlich war das also. Reine Routine. Wer kümmerte sich um mich, um uns, um den wichtigen Grund unseres Besuches hier, dachte ich, während der weiße Kittel hinter einer Tür im Flur wieder verschwand.

Im Labor war niemand zu sehen. Nur Apparate: Kontrolltafeln, Bildschirme, Instrumente. Mich fröstelte. Dann plötzlich die freundliche Stimme einer Frau.

»Hallo, ich bin hier Praktikantin, macht es Ihnen etwas aus, wenn ich bei der Untersuchung anwesend bin?«

Absolut nicht. Endlich jemand, der mir ins Gesicht sah, sogar mit mir sprach, und das freundlich.

»Wie fühlen Sie sich?« fragte die Frau.

»Nicht besonders«, antwortete ich.

»Ich kann Sie beruhigen. Die Frauen, die heute da waren, fanden es alle nicht so schlimm, wie sie gedacht hatten. Man spürt nicht mehr als einen Wespenstich, sagte eine. Natürlich sieht diese Riesenspritze gespenstisch aus, wenn man damit kommt, aber die Nadel selbst ist ja nicht länger als ein paar Zentim ...«

»Danke, das reicht. Danke.«

Die Praktikantin machte ein erstauntes Gesicht. Vielleicht sah sie jetzt, wie meine eben noch hektisch roten Wangen immer blasser wurden? Mein Gott, haben sie Psychologie in der Ausbildung des Krankenhauspersonals abgeschafft? Riesenspritze! In meinen Bauch, um Fruchtwasser zu entnehmen, wie sollte das gehen, ohne daß es katastrophale Folgen hätte? Es gab ein erhöhtes Risiko für Fehlgeburten im Zusammenhang mit dieser Untersuchung, das konnte man doch überall lesen! Wäre ich in dem Fall schuld? Ich hatte ja entschieden, die Untersuchung machen zu lassen.

Nun kamen zwei weitere Frauen ins Zimmer, die die Punktion vornehmen würden. Ich hatte den Eindruck, sie starrten mißtrauisch auf meinen wachsenden blassen Bauch. Was hatte ich da zu suchen? Was für ein Recht hatte ich, diese Mittel in Anspruch zu nehmen und über Leben und Tod bestimmen zu wollen?

Meine Zeit zum Nachdenken war um. Sie hatten ihre Arbeit zu machen, und die sollte nun sofort erledigt werden.

»Ich werde Ihnen genau beschreiben, was ich tue, und Sie können auf dem Bildschirm den Weg der Nadel verfolgen«, sagte die Ältere.

»Nein, danke.«

»Nein danke?«

»Ich möchte bitte nichts sehen und auch nichts hören.«

»Wirklich? So schlimm ist das aber gar nicht.«

Ich schloß die Augen, ohne mir eine Antwort abzuringen, konnte es aber nicht lassen, ein wenig zu blinzeln. Was ich zu sehen bekam, waren die ersten Bilder von meinem wachsenden Kind – das konnte ich mit Hilfe der Fachbücher erkennen. In meinem Körper machte sich Wärme breit, und mir kamen die Tränen. Mein Kind! Bald schon traute ich mich nicht mehr hinzusehen. Allein der Gedanke daran, sehen zu müssen, wie sich die Nadel dem Fötus näherte, verursachte mir Übelkeit. Als ich die Geräusche vom Pumpen der Riesenspritze hörte, wurde ich ohnmächtig. Das machte ihnen einen Strich durch die Rechnung, es gab ein x im Protokoll, es brachte die Termine durcheinander, führte womöglich zu Überstunden, was weiß ich?

»Wollen Sie ein Glas Wasser? Auf der Toilette gibt es Becher«, sagte die Frau, die das Ultraschallgerät bediente, und seufzte genervt.

Was für eine Fehlbesetzung! Eine Person wie diese an eine der phantastischsten Maschinen des Jahrhunderts zu stellen, ein Guckloch in den Bauch, ein umgedrehtes Observatorium, das sich gerade in den Berg hinein richtete statt hinauf, hinaus oder ganz weit weg.

Wie konnte man jemanden für diese beeindruckende Nabelschau – im schönsten Sinne des Wortes – hierher setzen, der sich für das zu besichtigende Wunder im Innern der Frau so ganz und gar nicht zu interessieren schien?

Diese Gedanken gingen mir durch den Kopf, als ich im Fahrstuhl die Hände um meinen Plastikbecher mit lauwarmem Wasser schloß und sich die Türen hinter meinem Rücken schlossen.

Fünf geschlagene Wochen dauerte die Warterei auf das Ergebnis. Währenddessen ging die Schöpfungsgeschichte voran, obwohl ich am liebsten auf »Pause« gedrückt hätte. Der Fötus war schon sechzehn Wochen alt, wenn der Befund da wäre und ich bereits über die erste Frist für eine Abtreibung. Ein positiver Befund bedeutete eine noch schwerere Entscheidung. Und die lag in meinen Händen.

Die zitternd ersehnte Antwort kam endlich in einem weißen Umschlag. Ein unpersönlicher Formbrief mit unleserlicher Unterschrift des Arztes teilte mit, daß die Untersuchung der Fruchtwasserprobe ergeben hätte, es »läge eine normale Chromosomenanalyse vor und der Alpha-1-Fetaprotein-Spiegel im Fruchtwasser sei unauffällig«. Um das Geschlecht des Kindes zu erfahren, konnte ich Kontakt zum klinisch-genetischen Labor der Klinik aufnehmen und mußte dann dort meine Registriernummer angeben.

Welch ein Stilbruch. Daß es der Außenwelt so schwerfiel, die Schönheit und Sinnlichkeit in dem, was mit mir geschah, zu erkennen. Meine Registriernummer angeben! Wie bei der Zulassungsstelle. Was hatte das mit meinem Sohn oder meiner Tochter zu tun? Ich hatte definitv keine Lust, das Geschenk zu öffnen, bevor der Geburtstag gekommen war. Was spielte das Geschlecht schon für eine Rolle? Mein Kind erwartete so oder so die gleiche Liebe. Ich sehnte mich jetzt tatsächlich danach, es kennenzulernen, es im Arm zu halten und anzusehen, mit der Nase an einen flaumigen Kopf zu stupsen. Viele lange Tage standen noch bevor. Dennoch: Im Moment war ich überglücklich und erleichtert.

Das Netz an Kontrollterminen bei Maud wurde nun immer engmaschiger. Als sie Urlaub hatte und eine Vertretung da war, überlegte ich, ob ich einen Fluchtversuch machen sollte. So konnte ich mich vielleicht überwinden zuzugeben, daß ich für den Rest der Schwangerschaft die Hebamme wechseln wollte.

Die Vertretung hieß Astrid. Sie sah etwas bieder aus, hatte dafür eine viel weniger aufdringliche Art. Ich mußte nicht Bericht erstatten, wie ich mich fühlte. Irgendwie war sie angenehmer als Maud.

»Na, dann fangen wir mal mit der Blutprobe an«, sagte Astrid. »Geben Sie mir bitte Ihren Finger. Finden Sie Blutentnahmen unangenehm?«

»Na ja, es geht so ...«

»Finde ich auch«, unterbrach mich Astrid und beugte sich vertrauensvoll zu mir. »So richtig Spaß macht mir das ehrlich gesagt nicht.«

Grinsend schaute ich Karl an, der mich dieses Mal begleitete: eine Hebamme, die sich vor Spritzen fürchtete?!

»So, das war's, alles okay?« Astrid drehte sich wieder um und atmete erleichtert auf, während sie meine nur schwach blutende Fingerkuppe mit einem Pflaster versorgte. »Jetzt können Sie sich hinlegen, dann messen wir den Bauch.«

»Donnerwetter, hab ich das Maßband verkehrt herum abgelesen? Nein, doch nicht. Aber machen Sie sich keine Gedanken. Sie sind ja nicht dick, nur hier sind Sie ganz gut beieinander«, sagte Astrid und versetzte meinen Oberbauch in Schwingungen. »Habe ich auch«, zwinkerte sie mir zu und strich sich über die Taille.

Ich fand das im Moment gar nicht komisch. Ich war eine höchst fruchtbare Frau mittleren Alters mit mittlerem Gewicht, größer als der Durchschnitt und hatte die Hälfte meiner Schwangerschaft schon hinter mir. Astrid dagegen war ganz sicher schon in den Wechseljahren. Der Vergleich behagte mir ganz und gar nicht. Ich beschloß, Hebammen ab sofort generell nicht mehr zu mögen.

An der Wand hinter Astrids Schreibtisch hingen die gleichen schrecklichen Fotos von Neugeborenen und Frischentbundenen wie bei Maud. Die gleichen albernen Dankesschreiben an »die beste Hebamme der Welt, ohne die ich dieses süße Baby im Leben nicht auf die Welt gebracht hätte«, standen aufgefaltet im Bücherregal. Niemals würde ich es über mich bringen, derartige Karten zu schreiben. Baby. Oder Bayby? Warum muß nur alles in dieser eingerahmten Welt süß, mit Spitzen verziert und pastellfarben, einfach so lächerlich sein? Warum begegnet mir und meinem Kind niemand mit Direktheit, Freundlichkeit und Respekt? Ich seufzte tief. Wahrscheinlich würde es auch in Zukunft mit Maud weitergehen. Astrid wäre da auch nur der Unterschied zwischen Regen und Traufe ...

Der Sommer rückte näher. Und damit die Zeit der Hochzeiten. Es regnete Einladungen. Zum ersten Mal im Leben war ich zu einer Hochzeit eingeladen, bei der um Abendgarderobe gebeten wurde. Ich ärgerte mich maßlos. Im sechsten Monat war ich zum Zeitpunkt der Trauung. Mit mindestens 108 cm Taillenmaß. Keine berauschenden Aussichten für elegante, lange Kleider. Ich war schon durch die ganze Stadt gelaufen und hatte die üblichen Umstandsmoden durchstöbert. Enttäuscht war ich nach Hause gekommen. Warum mußten Schwangere diese Flut aus Röschen, Rüschen und Pastell über sich ergehen lassen? Warum so viel Kleingeblümtes? Warum mußten schwangere Frauen aussehen wie die Frauen und Töchter der Waltons?

Wie, bitte sehr, war jetzt an ein schönes langes Abendkleid zu kommen? Unmöglich. Ich war verzweifelt.

Auf der Hochzeit stellte ich erleichtert fest, daß ich nicht die einzige war, die sich den Kopf zerbrochen hatte, um den Wünschen der Gastgeber zu entsprechen. Da waren noch zwei schwitzende Frauen mit geschwollenen Brüsten, im neunten Monat und in enganliegende Seide gehüllt. Die Stirn glänzte von der Hitze, aber sie waren unwiderstehlich schön, wie sie sich mit ihren geschwollenen Füßen auf niedrigen Absätzen bewegten.

Ich selbst hatte mir in meiner Not ein Etuikleid genäht, mit einem Schlitz, der bis übers Knie reichte. Völlig umsonst. Niemand auf dieser Feier interessierte sich für meine Beine. Ich landete neben einem netten Mann, Vater einer vier Monate alten Tocher, die mit ihrer Mutter in Skövde lebte. Dieser nette Mann hatte das Angebot bekommen, eine Stelle in Lund anzunehmen, was er nicht ausschlagen konnte. Deshalb pendelte er und war nur am Wochenende zu Hause. Das gehe ausgesprochen gut, versicherte er, obwohl die Fahrten natürlich sehr anstrengend seien. Mir fiel die Kinnlade.

»Die Fahrten sind also anstrengend? Dann hat's Ihre Frau ja gut, wenn sie sich nur um das Kind kümmern muß«, warf ich ein. Doch die Ironie troff an ihm ab.

»Das klappt ziemlich gut, obwohl es stressiger wurde, als meine Frau es sich vorgestellt hatte. Emma hat nämlich Koliken.«

Ich bekam den Mund nicht mehr zu. Da saß mir tatsächlich ein Mann gegenüber, der völlig arglos davon redete, daß seine Frau die Woche über allein mit einem Kolikkind zu Hause sitzt, ein Mann, der nicht kapierte, daß die Frau, die ihm das Liebste war, auf dem Zahnfleisch gehen mußte. Wenn das der Prototyp Vater war, dann Gute Nacht!

»Na ja, sie ist nicht der Typ, der jammert, Sie wissen schon, sie hatte sich so darauf gefreut, endlich Mutter zu werden, und will alles so gern alleine schaffen. Im Herbst wollen wir alle nach Malmö umziehen, dann kann ich auch etwas mehr zu Hause sein.«

Etwas mehr. Er kann »etwas mehr zu Hause sein« – im Herbst. Und sie läßt Freunde und Verwandte zurück, wenn sie umziehen. Immerhin kommt er seinem Traumjob näher.

Wie schön für dich, dachte ich. Du wirst einen wirklich heimeligen und gemütlichen Arbeitsplatz brauchen, wenn deine Ehe den Bach runtergeht.

Das Essen war zu Ende. Die Musiker fingen an zu spielen, und ich tanzte. Ohne Alkohol im Körper, in einem ganz anderen Rausch. Ich fühlte mich wertvoll und wichtig. Ich genoß die Stimmung und das Fest. Ich stellte mir vor, ich sei der vierundachtzigjährige Großvater, der als allerletzter ging und nachts um zwei mit dem Taxi heimfuhr, nachdem er mit allen Frauen getanzt hatte, den jungen und den alten. Ich würde auch gern einmal auf ein Fest gehen, bei dem ich meine Kinder und Enkel tanzen und feiern sehen könnte. Ich wäre gern Teil einer Gemeinschaft, bei der ich nicht das letzte Glied in der Kette bin. Ich war auf dem richtigen Weg.

Die Tage vergehen. Ich trete kürzer und arbeite zu Hause. Die Projektleiter melden sich bei mir und fragen, wie es mir geht. Ich genieße sowohl den Kontakt zu ihnen als auch den Abstand. Ich habe die Möglichkeit, mich hinzulegen, wenn mir danach ist. Am liebsten möchte ich mich nur noch um die Dinge kümmern, die mit dir zu tun haben, mein Kind. Dafür hat aber niemand so recht Verständnis.

»Du kannst doch nicht nur herumsitzen und auf die Geburt des Kindes warten«, sagt Karl. Ich zucke zusammen. Daß *er* das nicht mal versteht.

Wir verhalten uns klassisch. Sehen eine Anzeige in der Zeitung von einem Haus auf dem Land. Es ist phantastisch, so mitten im Grünen, und läßt uns einfach nicht mehr los. Eine Wiese und ein paar Hügel gehören auch dazu. Wir brauchen jetzt etwas Größeres. Und es ist ja so herrlich für Kinder, auf dem Land zu wohnen! Unser Kind soll es gut haben. Wir kaufen das Haus und machen es winterfest. Der Umzug aufs Land fällt genau auf den Tag vor dem Entbindungstermin. Um die Handwerker zu beaufsichtigen, bin ich aber schon jetzt fast immer da.

Wir hätten es besser wissen müssen. Bekannte, die gerade einen Hauskauf hinter sich gebracht haben, kommen mit langen Checklisten vorbei und fragen, wie es mit der Infrastruktur, Dienstleistungen, Kindergarten, Schulen, Post, Bank und der Müllentsorgung aussehe.

»Keine Ahnung«, sagen wir. »Aber das Haus ist schön.«

Es muß eine Menge renoviert werden. Während der Urlaubszeit füllt sich das Haus mit Handwerkern. Schon bevor sie kommen, habe ich keine Lust mehr. Trotzdem stelle ich mich in die Küche und rühre in Töpfen und Pfannen, backe und koche und brate. Meine Müdigkeit nimmt zu. Mitten am Tag lege ich mich hin und schlafe zwei Stunden am Stück. Sie können nebenan mit einer Motorsäge in die Wand fahren, ohne daß ich es mitbekomme. Nichts kann mir etwas anhaben. Nichts kann dir etwas anhaben. Zwischen uns pulsiert das gleiche Blut durch die Nabelschnur.

Mein Körper wird mächtiger, die Schritte schwerer. Es wird anstrengender zu atmen. Ich brauche doppelt so lange, um die Zeitung zu holen. Ich kaufe mir häßliche Schuhe, die mich fest auf den Beinen halten. Die Balance zu halten war noch nie meine Stärke gewesen. Die Fußgelenke knicken um, ich gehe, als sei ich beschwipst. Eines Tages mache ich mich mitten auf dem Kiesweg lang. Ich schaffe es gerade noch, mit den Händen den Sturz abzufangen, bevor mein Bauch aufschlägt. Kindheitserinnerungen werden wach, als ich sehe, wie Blut aus dem Knie tropft und ich die Steinchen in der Wunde spüre. Wie oft habe ich das nicht schon erlebt? An einem Sommerabend rutsche ich als Kind mit dem Fahrrad auf dem glitschigen Kiesweg aus, so daß ich von Kopf bis Fuß Verletzungen davontrage. Ich krieche durch das Gebüsch nach Hause und werde in Mamas Armen ohnmächtig. Papa ist verreist. Als ich aufwache, sitzt Onkel Yngve an meinem Bett und sagt, die Wunde müsse genäht werden. Mir wird wieder schwarz vor Augen. Zum vierten Mal in diesem Jahr müssen wir in die Notaufnahme. Diese Krankenhäuser, mit ihren ekligen Gerüchen und ihren Leuchtstofflampen.

Aber jetzt bin ich erwachsen, und die Verletzung hat einen Sinn. Ich habe dich in mir drin beschützt. Dann muß ich trotzdem eine Weile weinen. Ich fühle mich allein da auf dem Kiesweg. Ich fühle mich allein, als ich die Wunde reinige. Es werden noch einsamere Tage kommen.

Wieder einmal Kontrolluntersuchung. Mein Blutzuckerspiegel ist zu hoch, ich werde total nervös. Maud möchte, daß ich einen Glukosebelastungstest im Krankenhaus mache. Eigentlich sollte ich für ihre Fürsorglichkeit dankbar sein, aber sie macht mich nur wütend. Abends nichts mehr essen und dann mit dem ersten

Bus zum Krankenhaus fahren, um eine Zuckerlösung auf nüchternen Magen zu trinken. Ich fluche, als ich mich im Morgengrauen schwankend zur Bushaltestelle bewege.

Wir sind drei Frauen, die schweigend im Labor sitzen. Es ist drückend heiß. Die beiden anderen haben Diabetes in der Familie und lassen sich vorsorglich testen. Nur ich bin aus einem anderen Grund hier. Es ist mir peinlich. War ich zu unvorsichtig? Zu viele Windbeutel? Mist, ich will nicht beim Kräftesammeln gestört werden.

Werde ich aber. Die Werte sind zu hoch. Ich muß unterschreiben, daß ich ein Probendöschen und Probennadeln bekommen habe. Ein paar Mal am Tag piekse ich mich selbst in den Finger und messe den Wert. Ich muß an die Hebamme denken, die sich bei den Blutentnahmen so anstellt. Jetzt hätte sie dabeisein müssen.

Wir haben einen nahezu tropischen Sommer, und die Hitze hält noch immer an. Eines Nachts habe ich einen fürchterlichen Alptraum. Ein ekliges Tier kommt aus einem großen Abflußrohr gekrochen und wirft sich auf mich. Es sieht aus wie eine Riesenratte, so groß wie ein Rauhhaardackel. Ich laufe weg, um ihm zu entwischen und um jeden Preis zu verhindern, daß es mir zu nahe kommt.

Ich wache davon auf, daß Karl mich umarmt. Wir stehen an der Haustür, ich splitternackt im Flur und versuche immer noch, vor dem Tier wegzulaufen! So etwas ist mir noch nie passiert. Ich bin heilfroh, daß Karl verhindert hat, daß ich nackt in den Fahrstuhl gestiegen bin! Damit hätte ich dem Nachbarn unter uns eine Chance zu süßester Rache geboten. In der letzten Woche war ich nämlich zu ihm gegangen und hatte mich beschwert, daß er im Vollrausch seine Stereoanlage mitten in der Nacht aufgedreht hatte, gerade als ich endlich zur Ruhe gekommen war. Was aber sagt die Hausordnung dazu, nackt im Treppenhaus herumzuhüpfen?

Nachmittags treffe ich Paula. Wir haben uns in einem Sommer kennengelernt, der genauso heiß und klebrig wie dieser gewesen war. Ich war achtzehn und hatte einen Ferienjob in einem Büro angenommen. Die Flure waren unendlich grau, meine Aufgaben monoton und die Kollegen langweilig. In den Pausen wurde über das Sammeln von Pfifferlingen diskutiert und spekuliert, wer wohl der Gewinner der Monatslotterie wird und die Flasche Wein bekommt. Nur Paula nicht. Sie erzählte von sich, ihren Kindern, von ihrem geschiedenen Mann, und wir redeten über Bücher und Filme.

»Wie Menschen sich verhalten, ist das einzige, was mich wirklich interessiert. Was haltet ihr zum Beispiel von außerehelichen Affären?« konnte sie mit ganz unschuldiger Stimme in der Woche nach dem Betriebsfest fragen und sich dabei auf einen italienischen Film beziehen, den sie vor kurzem angeschaut hatte.

Die anderen sahen sich dann ganz irritiert an und verschwanden bald mit ihren Tabletts. Ich saß wie festgenagelt auf dem Kunststoffsofa der Kantine und hörte ihren Geschichten zu, oder Paula fragte mich aus. Sie nahm mich ernst, obwohl sie vom Alter her gut meine Mutter hätte sein können. Das war ganz ungewohnt für mich, denn in unserer Familie hatten erstens die Männer das Sagen und zweitens die älteren Männer.

Daß Jung und Alt, Mann und Frau auf gleicher Augenhöhe miteinander sprachen, war für mich damals nicht selbstverständlich.

»Muß ich eigentlich warten, bis sie gestorben sind, damit ich auch mal reden darf? Und müssen du und Tante Erna und alle anderen Frauen das auch?« fragte ich als Teenager einmal meine Mutter bei einem Familientreffen in der Küche. Onkel Yngve hatte sich wie gewohnt über Gott und die Welt ausgelassen, über seine Frau die Nase gerümpft, seine Schwägerin in den Hintern gekniffen und aus vollem Halse gelacht, daß ich es gewagt hatte, meine Meinung zu äußern.

»Pssst, nicht so laut, das geht dich nichts an. Laß sie machen, sie haben ihren Spaß. Wir können uns doch hier in der Küche unterhalten. Das hast du doch immer gerne getan. ›Kütte‹ hast du gesagt, als du klein warst. ›Komm Mama, wir gehen in die Kütte‹.« Dabei sah sie mich nicht an, denn sie brauchte all ihre Konzentration, um an Vaters Lieblingsnachtisch letzte Hand anzulegen. Liebevoll verzierte sie die gekochten Birnen dann dick mit Schokoladensoße, und ich sollte das Dessert servieren. Das hatte ich getan, soweit man zurückdenken konnte. Man erzählte sich gern die Anekdote, wie ich als Zweijährige noch mit wackligem Schritt einen Teller mit einer ebensolchen Birne hinübertrug, stolperte und den klebrigen Nachtisch auf Onkel Yngves Jackett entleerte. Schon bevor ich in die Schule ging, kam mir die Geschichte zu den Ohren raus.

Während meine Mutter also damit beschäftigt war, den perfekten Nachtisch für die Männer zuzubereiten, schloß ich mich auf dem Klo ein und heulte, weil ich mich übergangen fühlte.

Ich habe nie verstanden, warum sie nicht wahrhaben wollten, daß ich größer wurde. Im nachhinein fiel mir auf, daß die Geschichten über mich als kleines Mädchen sehr früh begannen und überproportional viel Platz einnahmen. Das, was mich in der Gegenwart bewegte, war bei meinen Eltern zumeist Nebensache.

»Du warst so niedlich, als du klein warst«, sagte Mama so oft und blätterte im Fotoalbum. »Kannst du dich noch an das rote Samtkleid erinnern?«

Wie hätte ich es vergessen können? Das Kleid, das sie mir so gerne anzog, hatte lange weiße Spitzenmanschetten, die mir immer wieder ins Essen gerieten. Mutter kaufte jahrelang für ihr Mädchen, das nun immer größer wurde, Kleider ein, doch die Modelle und die Größen blieben klein.

Aber als ich achtzehn war, saß ich also in einer Kantine auf festmontierten Sofas und stellte fest, daß mir jemand zuhörte.

»Was hättest du in dieser Lage gemacht, Sarah? Ich brauche deine Hilfe, damit ich wieder verstehe, wie die jungen Leute denken«, konnte Paula sagen, wenn eines ihrer vier Kinder wieder etwas getan hatte, was sie sich nicht erklären konnte. Ich konnte es. In ihrer Gegenwart wurde ich zur Autorität.

Manchmal gingen wir zusammen ins Kino. Paula sah sich gerne lateinamerikanische Filme an, in denen Frauen mit zerzausten Haaren und in schlappenden Hausschuhen mit ihren Männern, die sie belogen und betrogen, reinen Tisch machten. Im Dunkeln mit ihr gewann ich neue Erkenntnisse über Eifersucht, Liebe, Leben und Tod.

»Da sollten wir jetzt mal drüber nachdenken«, sagte sie, als der Film zu Ende war. »Ist es wirklich wahrscheinlich, daß diese Frau ohne Druck einen Mann heiratet, von dem sie weiß, daß er seine erste Frau grün und blau geschlagen hat?«

»Wohl kaum«, sagte ich.

»Ganz abwegig ist das nicht. Menschen haben so verschiedene Gründe, Dinge zu tun, und Liebe ist nichts Rationales, das wirst du bald zu spüren bekommen. Die Leute machen das mit. Weil sie es wollen oder weil sie glauben, es zu müssen. Du mußt aufpassen, Sarah. Du wirst vielen Menschen begegnen, die über dich bestimmen wollen und dir ausreden wollen, was du eigentlich wolltest. Besonders Männer.«

»Werd' ich das? Meinst du?« antwortete ich, viel zu sorglos, ein lebendes Beispiel für das, was sie eben erklärt hatte. Ich, die so lange Zweifel daran hatte, überhaupt jemals jemanden zu treffen.

»Laß nicht einfach irgendwen in dein Leben, Sarah, dafür bist du zu schade.«

Sie setzte eine ganze Pflanze von Selbstachtung in meine noch kümmerliche Erde. Anfangs war das nur ein schmales Pflänzchen, das jedoch voller Lebenskraft war.

Irgendwann beendeten wir beide unsere Arbeit in diesem Büro, aber wir trafen uns auch weiterhin. Als die heißersehnten Männer schließlich auftauchten und alles anders lief, als ich es mir vorgestellt hatte, rief ich Paula an, um mich auszusprechen und mir von ihr erklären zu lassen, was eigentlich ablief. Sie kannte sich aus in der Welt der Therapien, hatte das Ich, das

Über-Ich und die Triebe erforscht. Es gab nichts, wovon sie in diesem Bereich noch nichts gehört hatte, und sie machte auch nicht Halt vor unbequemen Wahrheiten.

Jetzt sitzen wir auf dem Humlegården und versuchen, unter einer der Eichen der Sonne zu entfliehen. Ich erzähle ihr meinen Traum von der Ratte aus dem Abwasserkanal.

»Vielleicht liegt es an der Hitze, daß man so was träumt«, sage ich.

»Angst vor der Entbindung«, sagt sie trocken. Der verbrannte Rasen im Park raschelt unter unseren Füßen.

Es ist August. Karl und ich besuchen einen Kurs. Geburtsvorbereitung. Maud hat sechs Paare zusammengetrommelt, die ihr Kind im Herbst bekommen. Es ist eine ungewohnte Stimmung in dem fensterlosen Raum. Zwölf Personen, die Liebe und Glück zur Schau stellen. Jeder will der Glücklichste sein.

»Man fragt sich bei einigen schon, wie die zueinander gefunden haben«, sagt Karl, als wir gehen. »Die mit der Latzhose zum Beispiel mit dem Typen im Anzug.«

Die mit der Latzhose hat ihr langes Haar mit Hilfe eines Bleistiftes zu einem lässigen Knoten hochgesteckt. Sie spricht dauernd von natürlicher Geburt, nimmt vier Scheiben von dem Hefekranz, den Maud eingekauft hat, und erklärt, daß sie über Ernährung nicht besonders viel nachdenkt, die Hauptsache sei doch, daß man sich wohlfühle. Wollüstig leckt sie die Zuckerglasur von ihren Fingern ab, während ihr Mann hektisch in seinem Filofax blättert.

Kaffeedurstig schaue ich zu dem gedeckten Tisch hinüber. Nicht einmal ein Vollkornzwieback, so weit das Auge reicht. In der wunderbaren Prä-Entbindungswelt existiert keine Schwangerschaftsdiabetes.

Maud ist braungebrannt nach ihrem Urlaub. Der weiße Kaugummi leuchtet gegen die dunklen Wangen, als sie den Mund öffnet, um die Anwesenheit zu überprüfen.

»Birgitta und Nisse, Maria und Erik und dann Samip und Birthe.«

»Samir.«

»Bitte?«

»Ich heiße Samir.«

»Ach so. Das heißt wohl Samir.«

»Ich WEISS, daß es Samir heißt«, sagt Samir und seufzt müde.

Maud rückt ihren Haarreif zurecht und räuspert sich.

»Heute wollen wir besprechen, was bei der Geburt passiert, damit Sie ein bißchen vorbereitet sind. Hat sich schon jemand ein Krankenhaus angeschaut, haha? Nein, nicht? Da wird es aber langsam Zeit! Sehen Sie zu. Nun gut. Ich habe ein paar Dinge mitgebracht, um Ihnen den Weg des Kindes ins Leben zu erläutern. Wie Sie wissen, haben die Kommunen nicht übermäßig viel Geld, deshalb müssen wir hiermit vorlieb nehmen.«

»Das ist also die Gebärmutter«, sagt Maud und hält etwas in die Luft, das wie ein alter rosafarbener Rollkragenpulli aussieht. »Sie müssen ein bißchen Phantasie haben. Und Sie können wohl raten, was das hier sein soll«, sagt sie und wedelt mit einem Schuhkarton, aus dem ein Halbkreis ausgeschnitten ist, vor den zwei kleine Stoffstücke gehängt sind.

Ein Theater für Barbies, ein Aquarium, das ein Kindergartenkind gebastelt hat, will ich gerade rufen, als Maud mir zuvorkommt: »Das ist natürlich der Beckenboden. Sie machen doch wohl Beckenbodentraining? Wenn Sie noch nicht begonnen haben, tun Sie es jetzt. Sie müssen ihn zusammenkneifen, zusammenkneifen, zusammenkneifen, Ihr ganzes Leben lang, sonst kriegen Sie im Alter ziemliche Probleme.«

»Der Beckenboden besteht also aus Muskeln in ...« Plötzlich geht Mauds laute Stimme auf ein Minimum zurück. »Muskeln in was? Ja genau, in der SCHEIDE!«

An dieser Stelle verliere ich die Konzentration. Turnschuhpappkarton, Rollkragenpulli, Betäubungsspritzen und peinliche Dinge am Unterkörper. Wir machen Kaffeepause. Die in der Latzhose nimmt ein Stück Hefekranz und tätschelt ihren runden Bauch.

»Die Pausen können Sie dazu verwenden, Ihre Bäuche zu vergleichen«, säuselt Maud, wieder auf sicherem Boden. »Es ist doch amüsant zu sehen, wie groß oder klein sie sein können.«

Die Schlange an der Damentoilette löst sich die ganze Pause über nicht auf. Dann schauen wir Dias über das Stillen an. Maud hat die Bilder schon so oft gesehen, daß sie es im Raum nicht mehr aushält. Sie bittet eine der werdenden Mütter, den Apparat zu bedienen.

»Wenn Sie es piepen hören, drücken Sie weiter, genau wie in der Schule.«

Schon nach ein paar Bildern geht irgend etwas schief.

»Hier sehen Sie ein Diagramm, das beschreibt, wie die Saugbewegungen des Kindes die Milchproduktion beeinflussen«, sagt die Stimme auf dem Band, während wir auf ein glückliches Elternpaar schauen, das ein schreiendes Neugeborenes zwischen sich liegen hat.

Pling!

»Die richtige Haltung ist eine Voraussetzung dafür, daß das Stillen so schmerzfrei wie möglich passieren kann«, sagt die Stimme. Wir starren verwirrt auf ein Dia, auf dem eine Hand den Fuß einer Frau massiert.

Pling!

»Manchmal ist ein kleines Schläfchen nötig, bevor das Kind an der zweiten Seite weitertrinkt«, sagt die Stimme, und wir sehen eine Frau, die erschöpft über einem Gymnastikball im Kreißsaal hängt.

Maud schaut plötzlich herein und ärgert sich.

»Sie haben falsch gedrückt«, schreit sie und drückt die Fernbedienung. Die Bilder sind ineinander verhakt. Da fühlt man sich an die sechziger Jahre erinnert, wenn sich im Vorführungsraum Fräulein Fredmans Gesicht verzog, weil der Film, den sie vom Zentralen Filmverleih geholt hatte, herausgesprungen war und kein Hausmeister weit und breit in Sicht. Der Vortrag wird abrupt beendet. Maud rückt ihren Haarreif zurecht und geht zu anderen Themen über: mentales Training.

»Vielleicht haben Sie schon mal Entspannungsmusik angehört? Das sollten Sie, damit können Sie die Wehenpausen richtig nutzen.«

Mittlerweile spüre ich eine latente Nervosität in Hinblick auf die Entbindung, und mentales Training klingt ja erst mal ganz ansprechend. Wenn es schon Sportlern dazu verhilft, zweieinhalb Meter hoch oder neun Meter weit zu springen, sollte es doch wohl auch mir behilflich sein können, mit ein bißchen weniger Schmerzen zu gebären. Noch am gleichen Nachmittag gehe ich los und kaufe mir die empfohlene Kassette. ›Geburt unter Kontrolle‹ lautet der optimistische Titel. Ich schaffe es gerade einmal, sie ganz anzuhören. Die sich ständig wiederholenden Sätze des Sprechers rauben mir den letzten Nerv, wenn die Botschaft auch verheißungsvoll ist.

Ein paar Wochen später, als ich im Kreißsaal knie und es mir den Körper zerreißt, der Schmerz mich zu Boden zwingt und mein Mund sich mit Blutgeschmack füllt, da wird mir jene Kassette als eine der größten Betrügereien der Menschheit einfallen. Das Versprechen, man habe »volle Kontrolle über seine Entbindung« hilft mir nicht die Bohne. Als müßte man, an einen Baum gefesselt und mit Tritten in den Magen malträtiert, zur Überwindung des Schmerzes nur sagen: »Ich habe die volle Kontrolle über diese Mißhandlung. Was macht schon ein gebrochener Kiefer, was scheren mich ein paar zerschlagene Rippen? Eigentlich tut es doch gar nicht weh. Das hat alles seine Richtigkeit. Es fühlt sich gut an. Bald ist es vorbei.«

Anruf meiner Mutter.

»Wie geht es dir, meine Kleine? Oder soll ich eher Euch sagen?«

»Gut. Und dir?«

»Sehr gut. Vater hat gestern mit einem Zahnarzt eine Runde gespielt, der ein hole-in-one geschlagen hat, und jetzt ist er ganz aus dem Häuschen.«

»Ja und du, wie geht es dir?«

»Geht es ihm gut, geht es mir gut. Jetzt redet er unentwegt davon, sich im Winter in Form zu bringen.«

»Wann fliegt ihr?«

»Am ersten. Wie jedes Jahr. Kann sich deine kleine Motte nicht ein wenig beeilen, damit wir sie noch zu Gesicht bekommen?«

Ich schluckte. Mein Mutter hatte laut vor Freude geschrien, als sie erfuhr, daß sie nun endlich ein Enkelkind bekäme. All ihre Freundinnen waren schon Großmütter. Aber so groß war die Freude nun auch wieder nicht, daß sie ihren Abflug nach Spanien, wo sie seit ein paar Jahren den Winter verbrachten, ein bißchen aufschieben wollten.

»Vater sehnt sich so nach Spanien, weißt du. Mit seinen Gelenken braucht er die Wärme einfach. Und ihr seid doch wohl im Frühling auch noch da, oder?«

Aber klar. Wie hatte ich annehmen können, daß so etwas Banales wie mein Kind, ihre erstes Enkelchen, ihre Kreise berührt hätte. Vaters Wohlbefinden stand immer an erster Stelle, solange ich denken konnte. Früher arbeitete er tagsüber in seinem Autogeschäft, und in seiner Freizeit zimmerte er an unserem Haus herum. Mutter hatte ihren Job als Friseurin, sorgte für das Haus und für mich, aber in erster Linie kümmerte sie sich um ihren Mann. Er selbst hat das gar nicht registriert, wie es an ihre Kräfte ging, aber sie hatte ständig nur sein Bestes im Sinn.

»Halt, Papa darf zuerst nehmen«, sagt sie leise zu mir, wenn Minutensteaks oder Birne Hélène auf den Tisch gestellt wurden, immer so, daß das größte Stück zu ihm zeigte.

»Laß Papa doch auf seinem Lieblingsplatz sitzen«, sagte sie und machte auf dem Sofa, das vor dem Fernseher stand, Platz für den König.

»Jetzt laß Papa doch die Nachrichten sehen«, bedeutete sie mir lautlos hinter seinem Rücken und schaltete auf die Nachrichten um, obwohl ich schon den ganzen Abend dabei war, einen Film zu sehen.

Papa tätschelte mich dann abwesend am Kopf und ließ sich in den Sessel fallen. Ich weiß nicht, ob ihm jemals aufgefallen ist, wie meine Mutter ihm den Weg geebnet hat. Jeder Versuch, mit ihm in Kontakt zu treten, ist gescheitert. Mädchen wurden halt Frauen und keine Männer.

»Kleine Mädchen hauen sich nur auf den Daumen«, sagte er und legte den Hammer außer Reichweite für mich ab, als ich auf der Baustelle, die einmal unser Haus werden sollte, um ihn herumschlich.

»Kleine Mädchen machen sich dabei nur schmutzig«, sagte er, als ich lernen wollte, wie man mit einem Schraubenschlüssel umgeht, und unter das Auto schaute, als er den Auspuff wechselte. Mit der Zeit wurde mir klar, daß kleine Mädchen und kleine Mamas in seiner Welt zu nicht viel mehr in der Lage waren, als kleine Teller abzuwaschen, kleine Zimmer sauberzuhalten und kleine Blümchen zu pflücken.

Mutter und ich hätten uns zu einem starken Paar zusammenschließen und den Gegenbeweis führen können, aber wenn es darauf ankam, war sie immer auf seiner Seite, ging es immer um *sein* Bestes.

»Jetzt lassen wir den Papa mal in Frieden, Sarah. Er arbeitet so viel für uns und braucht jetzt seine Ruhe.«

Es war sonderbar. Meine Mutter hatte bei einem Damenfriseur gearbeitet, bevor ich geboren wurde. Als ich kam, blieb sie zu Hause. Die eine oder andere Freundin bekam in unserer Küche in der alten Wohnung noch die Haare geschnitten, und als wir in unser Haus umzogen, riß der Strom von Nachbarn, die die Haare gemacht bekommen oder Dauerwellen haben wollten, längst nicht ab. Nach und nach wurden die Papilloten und Trockenhauben ins Souterrain getragen, und draußen am Zaun wurde ein Schild angebracht, um neue Kunden anzuziehen. Das klappte ausgezeichnet, bis es Vater einfiel, daß er nicht mochte, Kartons mit Ei- und Ölshampoo in seinem Hobbykeller herumstehen zu haben. Daraufhin eröffnete Mutter zusammen mit Tante Ann einen Salon in der Innenstadt. Manchmal ging ich nach der Schule dorthin. An manchen Tagen fegte ich die Haare auf dem Boden zusammen, an anderen saß ich hinter dem Perlenvorhang in der kleinen Küchenecke, las Zeitungen und genoß den Duft der Haarwässerchen. Nie hatte ich das Gefühl zu stören.

Mutter hatte Erfolg mit ihrer Arbeit, sie war talentiert. Die Buchhaltungsakten des Ladens standen säuberlich sortiert hinter dem Vorhang. Wenn ein Fön kaputt ging, holte sie den Werkzeugkasten und reparierte ihn. Sie hatte immer viel zu tun und muß einen ganzen Batzen für die Familie dazuverdient haben. Darüber wurde nie ein Wort verloren.

»Davon habe ich keine Ahnung, am besten fragen wir Papa, ob er uns helfen kann«, sagte Mutter, wenn zu Hause das Licht plötzlich ausging oder die Rechnungen in unserem Briefkasten landeten.

Das war doch nicht in Ordnung. Und was hatte es für einen Sinn, Vater zu fragen? Mir wurde klar, daß ich mein Wissen aus einer anderen Quelle beziehen mußte, wenn ich etwas lernen wollte. Ich fing an, meine ganze Energie in die Schule zu stecken, und wurde zu meiner Verwunderung mit offenen Armen aufgenommen. Ich kam mit glänzenden Noten nach Hause und erntete gerade mal einen zufriedenen Blick über den Rand der Zeitung hinweg. Wir lebten nach dem strengen Motto, nichts zu übertreiben, nicht zu froh und nicht zu traurig zu sein.

Einmal ließ mein Vater sich dazu herab, einen Film zu kommentieren: »In diesem Film geht es um einen Onkel, der Nixon heißt, ich weiß nicht, ob du von ihm schon mal gehört hast, er war früher mal Präsident der Vereinigten Staaten«, sagte Vater eine Woche, nachdem ich Schulsieger in Gemeinschaftskunde und Politischer Bildung geworden war.

»Scheißkerl«, wagte ich nach dieser Demütigung zu antworten und versuchte, die Tränen zu unterdrücken.

»Ja genau«, sagte Vater und schaute weiterhin zufrieden auf den winkenden Ex-Präsidenten an der Flugzeugtür. »Ein richtiger Scheißkerl, wie sich herausstellte.«

»Er hat um diese Zeit eine Menge zu tun, das darfst du nicht vergessen«, flüsterte Mutter mir ins Ohr und fügte noch leiser hinzu, als sei es ein ganz peinliches Geheimnis: »Und ich finde, daß du sehr fleißig bist.«

Es muß wohl dieser Augenblick gewesen sein, in dem ich zum ersten Mal begriff, daß fleißige Mädchen auf der Hut sein müssen, damit niemand mitbekommt, über welche beschämenden Eigenschaften sie verfügen.

Viel, viel später, als ich Karl zum ersten Mal mit nach Hause brachte und ihn meinen Eltern vorstellte, nahm sie mich in der Küche zur Seite und fragte im Vorbeigehen, ob Karl denn wüßte, welche Position ich innehabe.

»Er weiß, was ich mache.«

»Ja, weiß er etwa auch, daß du Personalverantwortung hast?«

»Klar.«

»Ich dachte nur, es wäre vielleicht angebracht, da etwas zurückhaltend zu sein. Manche Männer schreckt das doch ab, und das wäre jammerschade. Er macht einen sehr netten Eindruck.«

»Solche Männer will ich nicht, Mutter.«

»Nein, sicher nicht.«

Sie lächelte und reichte mir den Kuchenteller.

»Denn er macht ja einen sehr netten Eindruck.«

Ich bin über die Zeit. Mein Bauch ist groß und gespannt. Ich mag ihn. Jeden Tag spreche ich mit meinem Kind. Meistens bin ich allein, denn Karl hat vor ein paar Monaten einen großen Auftrag angenommen.

»Versprichst du mir, daß du weniger arbeitest, wenn das Baby kommt?« frage ich ihn eines Abends, als er sehr spät nach Hause kommt und sich noch im Jackett neben mich aufs Bett fallen läßt.

»Selbstverständlich«, sagt er und führt dann meinen Monolog weiter, der sich an unser Kind richtet: »Nun komm schon raus, wir sind neugierig, wie du aussiehst!« ruft er meinem Bauchnabel zu. Das sind kurze, aber schöne Momente. Wir sind zusammen. Karl, ich und das Kind.

Schon vor längerer Zeit hatte ich ihn darum gebeten, mal nachzulesen, was in meinem Körper jetzt vor sich geht. Ich möchte, daß er teilhat, für uns alle, denn unser Kind ist unsere gemeinsame Sache. Der Erfolg war bescheiden. Em Ende habe ich einfach seine Fachzeitschriften gegen das Buch ›Kinder kriegen‹ ausgetauscht, bevor er ein paar Tage auf Geschäftsreise ging. Als er zurückkam, war er immerhin bis zum Kapitel über die Geburt gekommen.

»Folsäure«, sagt er. »Da steht, daß ihr viel Folsäure braucht. Ist da so was drin?« fragt er und schaut etwas skeptisch auf die Käsehappen in meiner Hand. Das ist der Mann, der meine Schwächen kennt. Ich werde ihn nicht mehr bitten weiterzulesen.

»Wir müssen uns langsam mal um einen Termin beim Gynäkologen kümmern«, sagt Maud. »Wenn das Kind nicht bald von allein kommt, werden sie die Geburt einleiten wollen.«

Mir gefällt weder die Einstellung noch die Sache selbst. Einleiten. Mein Kind kommt, wenn es kommt. Und noch ist nicht der Tag da, von dem *ich* glaube, daß du kommst. Der errechnete Termin vom Ultraschall stimmt nicht mit meinen Berechnungen überein.

Meine Aufgaben habe ich nun erledigt und verbringe die Tage damit, den Umzugsputz zu machen. Alle Möbel sind bereits im neuen Haus. Weit oben auf einer Leiter sitze ich und wische Leisten ab und putze in gemächlichem Tempo die Fenster. Die Pausen werden häufiger. Ich lege mich auf eine zusammengefaltete Decke auf den leeren Boden und atme in den Bauch. Ich mag die offenen Räume und den Seifengeruch. Ich liebe diese Wohnung und werde sie vermissen. Aber jetzt ist das ohne Belang.

»Woher weiß man, wann es soweit ist?« frage ich Paula.

»Man weiß es«, antwortet sie. Sie hat vier Kinder bekommen.

Die Tage vergehen. Eines Morgens wache ich auf, bevor es draußen hell ist, und fühle mich sonderbar. Mir ist schlecht, ich habe Bauchdrücken und Schmerzen wie bei der Menstruation. Mit einem Mal weiß ich Bescheid.

»Heute ist es wohl soweit«, sage ich zu Karl und zupfe ihn am Arm.

»Gott, bin ich müde!« sagt er und schläft wieder ein.

In der Schwangerschaftsgymnastik habe ich eine kleine Dose ausgeliehen, deren Inhalt die Schmerzen lindern soll.

»Funktioniert bei manchen einwandfrei«, hatte Maud gesagt.

Sie hatte von einer Mutter erzählt, die allein mit diesem Reizstrom ausgekommen war und kein Lachgas gebraucht hatte. An der Dose sind vier Elektroden, die man am Bauch oder an den Hüften anbringt. Ich probiere es aus, schmiere Gel auf die Elektroden und plaziere sie wie vorgeschrieben. Keine Wirkung. Ich drehe die Spannung höher. Kein Unterschied. Ich versuche, zwei Elektroden an die Hüften zu kleben und bekomme einen richtigen Schlag. In der nächsten Stunde bringe ich es fertig, mir mindestens dreimal heftige Stromstöße an den Händen zu verpassen. Weil ich die Kabel verliere und vergesse, den Strom abzustellen, bevor ich sie anfasse. Ich schreie auf, die Maschine brummt, Karl schnarcht.

Ich hole eine Stoppuhr, um die Abstände zwischen den Wehen zu überprüfen. Erstaunt stelle ich fest, daß sie so dicht kommen, daß ich mich schon im Krankenhaus anmelden könnte. Ich rufe an. Eine müde Stimme nimmt mein Anliegen nicht ganz ernst. Erstgebärende? Legen Sie sich in die Badewanne, und rufen Sie in einer Stunde noch einmal an.

»Ich habe keine Badewanne.«

»Dann duschen Sie eben.«

Im Namen der Hygiene wage ich nicht zu sagen, daß wir nicht einmal eine Dusche haben, weil alles umgebaut wird. Aber ich bin nett und warte eine Stunde, bis ich wieder anrufe. Die Wehen kommen nun noch häufiger. Ich müßte die Zugangsberechtigung nun eigentlich haben.

»Ja, dann kommen Sie eben«, seufzt die Schwester widerwillig.

Karl ist nun bei Bewußtsein und hat begriffen, daß es ernst ist. Er rast hin und her und räumt die Sachen für die Tasche zusammen, die ich trotz aller Ermahnungen immer noch nicht gepackt habe. Ich lege drei Kissen ins Auto und kurbele den Sitz in Liegeposition. Wir fahren los. Ich muß an die Geschichte von dem nervösen werdenden Vater denken, die ich in den vergangenen Monaten einige Male gehört habe. Er war alleine ins Auto gesprungen, ohne seine schwangere Frau. Die musste ihm dann in einem Taxi hinterherfahren. Aber mein Mann sitzt tatsächlich neben mir. Er fährt schnell. Ich habe Schmerzen. In der Nacht war es stürmisch gewesen, große Äste sind heruntergebrochen. Karl muß aussteigen und einen Ast zur Seite ziehen, der fast die ganze Fahrbahn blockiert. Ich beiße die Zähne zusammen und stöhne. Es ist unmöglich, den Körper ruhig zu halten.

»Gleich sind wir da, Schatz«, sagt Karl, obwohl ich selber weiß, daß wir gerade den ersten Teil der Reise hinter uns haben. 45 Minuten bis zum Krankenhaus. Warum so tun, als sei man in

Norrland, wenn man eigentlich in Stockholm wohnt? Warum den Wir-werden-Eltern-Klassiker abziehen und Häuser auf dem Land beziehen, wo doch jeder Mensch begreifen müßte, daß alles beim alten bleibt, wenn man Kinder bekommt? Auf der Fahrt verschwende ich aber keinen weiteren Gedanken daran. Ich versuche, meine Übelkeit zu unterdrücken. Es gelingt mir nicht wirklich. Nach einer halben Stunde Fahrt muß ich Karl an die Seite dirigieren.

»Halt an!«

»Schnell.«

»HALT AN!«

»Ja, ich brauche eine Stelle, wo ich ...«

»JEEEEEEETZT!«

»Ach so«, sagt er und sieht voller Staunen zu, wie ich mich aus dem Auto schmeiße, auf die Knie werfe und mich auf einem Parkplatz unter einem Balkon übergebe. Ein ebenso erstaunter Mieter starrt auf das schwangere Bündel, das auf seinem Parkplatz kollabiert. Meine Schuhe sind von Erbrochenem bespritzt. Mir ist alles egal. Ich weiß nicht, daß ich schon in der Übergangsphase bin.

»In zehn Minuten sind wir im Krankenhaus«, sagt Karl. »Halte durch!«

Er läßt mich vor dem Kreißsaal aussteigen. Ich wanke hinein zur Aufnahme, den Mutterpaß fest im Griff. Eine Schwester holt mich in einen Raum in der Aufnahme. Ich habe solche Schmerzen, daß ich unmöglich still liegen kann.

»Wir brauchen eine Urinprobe«, sagt sie.

Ich versuche es, aber es kommen nur ein paar Tropfen in den Becher. Die Krankenschwester legt ein Band um meinen Bauch und bittet mich, noch zwanzig Minuten auszuhalten. Sie ist kühl und grob. Ich fühle mich einsam und verlassen, bis Karl hereinkommt, nachdem er das Auto geparkt hat. Ich bin heilfroh, daß er da ist und mir hilft, meine schmutzigen Schuhe ordentlich an die Seite zu stellen.

»Ich fühle mich wie ein Idiot, weil ich heute morgen einfach wieder eingeschlafen bin. Entschuldige«, sagt er und wischt mir die Stirn ab.

Zwanzig Minuten vergehen. Die Schwester kommt zurück, sagt mit großer Verwunderung, daß ich schon sieben Zentimeter geöffnet bin und daß es an der Zeit ist, in den Kreißsaal zu wechseln. Als ob sie aus Erfahrung wüßte, daß Erstgebärende immer übertreiben und zu früh ins Krankenhaus kommen, um dort mit Gehstühlen stundenlang herumzuspazieren. Als ob sie uns am liebsten an der Tür gleich wieder nach Hause geschickt hätte.

Die Hebamme kommt: eine wunderbare Frau, die uns auch vor ein paar Monaten, wie lange das her ist, das Krankenhaus gezeigt hat. Sie ist blond und hübsch, kompetent und freundlich. Sie hört mir zu. An ihrer Seite eine ebenso freundliche und hübsche Schwester, die einen gotländischen Dialekt spricht und aufmunternde Kommentare abgibt. Das tut gut.

»Ja, Sie sind ja geradezu gemacht fürs Kinderkriegen«, sagt die Krankenschwester, zwinkert mir aufmunternd zu und bietet mir eine Tasse zuckerfreien Apfelsaft an.

Die Schmerzen werden schlimmer. Ich habe mir lange Gedanken gemacht, ob ich irgend etwas Schmerzstillendes nehmen will. Am liebsten hätte ich es so natürlich wie möglich, so wenig chemische Substanzen, wie es geht, weil sie mich und mein Kind belasten könnten. Ich habe Karl gesagt, daß ich mir Akupunktur und Lachgas vorstellen könnte, und habe ihn gebeten, mir den Rücken zu stärken, wenn sie mit anderen Vorschlägen kommen.

»Einmal Sekt«, sagt die Krankenschwester fröhlich und gibt mir den Lachgasschlauch. Ich atme tief ein, immer wieder, merke aber überhaupt nichts. Frauen von Karls Freunden hatten im Lachgasrausch Kommentare wie »Hier sind so viele Cowboys im Zimmer« abgegeben. Bei mir muß er darauf verzichten. Das Lachgas schlägt einfach nicht an, obwohl ich tiefer und tiefer unter der Maske atme. Die Schmerzen sind langsam unerträglich.

»Haben Sie über eine andere Schmerzlinderung nachgedacht?« fragt die neue Krankenschwester, als ihre Schicht beginnt.

»Periduralanästhesie«, keuche ich und greife mir ihren Arm, bevor sie ihre Frage zu Ende sprechen konnte. Alle Warnungen, daß man tagelang Juckreiz am ganzen Körper hätte oder nicht auf die Toilette gehen kann, wenn man zu stark darauf reagiert, schlage ich in den Wind. »Einen ganzen Liter Urin konnten sie danach aus einer meiner Frauen herauszapfen«, hatte Maud geflüstert. Natürliche Geburt? »Du hast deine Entbindung in der Hand.« Ihr könnt mich mal! In Seilen hängen oder sich an Bällen festklammern, das können andere machen. Gebt mir eine Spritze. Schnell!

Schmerzbekämpfung. Was für ein wunderbares Wort, was für eine Befreiung, als mein Körper Frieden bekommt. Ich schlafe ein.

»Stehen Sie auf und kreisen Sie im Gehstuhl«, sagt die Schwester, »Sie müssen etwas mithelfen.« Am liebsten möchte ich in dem kühlen Bett liegenbleiben, aber ich tue, was sie sagt. Stelle mich hin und wiege mich von der einen Seite zur anderen. Die Erinnerung an ›Gymnastik im Zweiten‹ kommt hoch, der Vorturner in engen Trainingshosen mit Steg unter dem Hacken. Den rechten Fuß heben, den linken Fuß. Ich muß lachen. Man muß alles versuchen. Und hoffen, daß die Schwerkraft hilft.

Aber das Kind läßt sich nicht locken. Fünfmal spritzen sie nach, um die Schmerzen in Schach zu halten, aber die Zeit vergeht. Welch süßer Frieden, wenn die PDA übernimmt und das Böse in die Knie zwingt. Beim sechsten Mal geben sie mir ein anderes Medikament. Dann kommt die Nachtschwester. Die neue Hebamme ist eine resolute Frau, an ihren Ohren baumeln silberne Thorshämmer. Von jetzt an habe ich nichts mehr zu sagen. Mit dem Arzt beschließt sie, mir keine Betäubung mehr zu geben, jetzt muß die Geburt in Gang gebracht werden. Vielleicht, weil sie das Bett brauchen oder weil sie sieht, daß ich immer müder und kraftloser werde.

Mein Gott. Diese Schmerzen. Und diese sinnlosen Bemerkungen, daß es eben nicht leicht sei, Kinder zu bekommen. Als ob ich das nicht gerade merken würde. Ich schreie und fluche. Sage, daß ich nicht mehr will. Nicht mehr hier sein will. Sondern nach Hause gehen.

»Ich KANN doch nicht mehr, verflucht«, schreie ich, als sie mich auffordert zu pressen. Ich habe keine Kraft mehr und heule vor Erschöpfung. Ich sehe Karls Entsetzen und schaue nicht mehr hin. Ich möchte, daß er uns was vormacht, lügt, sonst muß ich mich auch noch um seine Angst kümmern. Das Gefühl habe ich jedenfalls, aber ich habe keine Energie mehr, um ihn zu trösten.

Er feuert mich an, versucht mich aufzumuntern, hält mich, macht mir Dampf. Aber ich sehe ihm seine Sorgen an, höre, wie seine Stimme dünn und kindlich wird. Mehrere Male schlage ich seine Hände fort. Es ist, als sei mir schlecht, und da kommt plötzlich ein Geruch, den ich nicht riechen kann oder als berührte mich jemand am falschen Körperteil. Trotzdem ist er ganz wichtig für mich. Ohne ihn wäre das alles nicht auszuhalten.

Ich kämpfe und presse, aber nichts passiert. Nicht genug jedenfalls.

»Ich versuche es mit einer Saugglocke«, sagt die Frau mit den Thorshämmern am Ohr.

Ich kenne die Komplikationen, die dabei auftreten können, aber ich protestiere nicht, ich bin gar nicht mehr dabei. Ich bin da, aber es geht nicht um mich. Das passiert nicht mit mir. Das ist eine out-of-body-experience. Holen Sie die verfluchte Glocke, tun Sie irgendwas.

»Ich werde auch einen Dammschnitt machen«, sagt sie.

Auch das ist mir völlig egal, obwohl ich gelesen habe, was so ein Schnitt in Hinblick auf schlechte Heilung, Komplikationen am Beckenboden und so weiter bedeutet. Schneiden Sie einfach, ich habe eh nichts mehr zu melden und auch keine Lust mehr. Ich merke es ja nicht einmal, ich bin ja betäubt.

Dann plötzlich ist das Kind da. Ich höre Karls Freude, sehe ein Kind in Schleimschichten und fühle das große, warme, feuchte Bündel auf meinem Bauch.

»Was ist es?« frage ich zweimal. »Was ist es?«

»Ein Junge«, sagt Karl, und ihm versagt die Stimme.

Ein Junge. Unser Junge. Er ist körperwarm und duftet süß und nach Blut auf meinem angeschwollenen Bauch. Diesen Duft werde ich nie vergessen. Seine Haare und sein Körper sind schmierig und blutig, aber er ist wunderbar. Der Schmerz ist für den Moment vergessen. Ich begreife es nicht, aber er ist tatsächlich vergessen. Das kleine Bündel mit den großen Augen blinzelt und schaut. Er ist so schön.

»Wie soll er heißen?« fragt die Schwester.

Nils.

Als Nils gebadet werden soll, geht Karl mit in den Nebenraum. Ich weiß nicht mehr, ob ich ihn davor oder danach noch eine Weile neben mir liegen hatte.

»Lassen Sie ihn mal an die Brust«, sagt die Schwester.

Er landet an der falschen Stelle, und ich kann noch Wochen später die wunden Stellen davon an den Brustwarzen sehen. Vielleicht nähen sie mich auch zuerst. Irgendwann nähen sie, und es tut weh, aber es ist nicht unerträglich. Ich bin an der Stelle, wo die Frau mit den Thorshämmern geschnitten hat, nicht weiter gerissen, aber ich habe einen ganzen Liter Blut verloren. Mir wird schwindelig, als die Schwester vor mir mit einer Plastiktüte voller Blut auftaucht. Ich weiß nicht, warum ich mir das ansehen muß.

Sie legen mir einen Eisbeutel auf den Bauch, und ich bekomme eine lange Krankenhausvorlage und diese phantastischen Nylonunterhosen. Ich kann mich kaum bewegen. Alles fühlt sich wund an, innen und außen. Die Hebamme kommt und drückt ganz fest auf meinen Bauch, in einem fort. Ich reiße an ihrem Arm, damit sie aufhört. Es tut wahnsinnig weh.

»Ich muß das machen, das ist Ihre Lebensversicherung«, sagt sie. »Sie können verbluten, wenn sich Ihre Gebärmutter nicht zusammenzieht.«

Karl, Nils und ich dürfen einen Augenblick alleine sein. Sie müssen noch Blutproben von meinem Sohn nehmen, weil ich Schwangerschaftsdiabetes hatte. In den Tagen darauf stechen sie immer wieder in diese kleinen Füßchen. Was soll er nur von dieser Welt denken? Er hat Antibiotika bekommen, weil ich den ganzen Tag während der Entbindung Fieber hatte und durch den Tropf Penizillin bekommen habe. Alles ist völlig anders, aber ich lehne mich nicht dagegen auf, sondern bin dankbar, daß das Schlimmste vorbei ist.

Mein Sohn wird gemessen und gewogen. Er ist groß, wie Diabetikerkinder es meistens sind. Karl darf zuschauen, wie sie ihn waschen und ihm eine kleine Windel ummachen. Er hat eine Unmenge Haare, die wie eine Angoramütze in alle Richtungen abstehen, als sie trocken sind. Dann ruft Karl unsere Familien an und verkündet die Neuigkeit. Es geht auf zwei Uhr nachts zu. Er muß nach Hause fahren. Es ist sonderbar, sich jetzt zu trennen. Traurig. Ich habe Angst, daß ihm etwas passieren könnte, daß er auf dem Nachhauseweg einen Unfall haben könnte, einen Elch anfahren, von einer Brücke hinabstürzen oder direkt in eine Felswand steuern könnte. Er küßt uns und fährt.

Nils und ich bleiben noch einige Stunden in diesem Raum. Ich darf unter die Dusche und auf die Toilette gehen. Ich kann mich nicht auf die Klobrille setzen, das ist zu schmerzhaft. Der Enddarm fühlt sich grotesk vergrößert an. Die riesengroße Binde ist schon jetzt durchgeblutet. Der Bauch hängt runter. Ich hänge den Tropf an einen Haken und dusche heiß und lange. Alles fühlt sich so unwirklich an. Und ich bin mit meinem Kind allein.

Gegen Morgen werden wir von einem Pfleger mit einem Rollstuhl abgeholt. Ich setze mich vorsichtig hinein, Nils im Arm, in eine warme Decke gehüllt. Draußen ist es dunkel, drinnen in dem großen Haus ganz still. Ich bin ganz andächtig und spüre die Verantwortung, aber ich fühle mich auch allein, als wir auf die Wöchnerinnenstation kommen. Karl hätte mich begleiten müssen. Ich werde in ein Doppelzimmer gebracht. Eine syrische Frau liegt im Nachbarbett. Sie schaut ruhig in meine Richtung, nickt mir zu. Nach langem Schweigen kommt eine Frage in gebrochenem Schwedisch: »Ist es Ihr Erstes?«

»Ja.«

»Schön«, sagt sie.

»Bei Ihnen auch?«

»Nein, meins ist das sechste.«

Wahrscheinlich ist sie so alt wie ich.

»Mein Mann will so viele Kinder«, sagt sie und lächelt, vielleicht mit einem leisen Seufzen. Mit Mühe steht sie auf und wickelt ihren Sohn mit geübten, sicheren Handgriffen, bevor sie ihn anlegt. Ich sehe, wie sie die Augen schließt und die Zähne zusammenbeißt, als er ansaugt. Auch ihr tut es weh, nicht nur mir, die das noch nie erlebt hat.

Am Morgen wird sie entlassen. Sie wird von dem Mann abgeholt, der so viele Kinder haben will. Er sieht frisch aus, als er ins Zimmer hereinschaut, in dem ich in dem einzigen Sessel sitze und zu stillen versuche. Es ist nicht einfach, aber das Personal hilft mir. Sie wollen ein baby-friendly hospital sein, was auf eine Initiative der Weltgesundheitsorganisation und der UNICEF zurückgeht, deshalb sollen die Zahlen der stillenden Mütter ansteigen. Langsam schläft Nils ein. Zögernd wage ich mich ins Badezimmer, zwei Meter entfernt. Das Spiegelbild, das mich trifft, ist ein Schock. So ein müdes Gesicht, ein Körper, den ich nicht wiedererkenne. Eigentlich hatte ich nie nennenswerte Brüste. Jetzt stehe ich hier mit wunden Warzen und einem Bauch, der immer noch ziemlich schwanger aussieht.

Auch heute kann ich nicht auf der Toilette sitzen, das geht erst ungefähr eine Woche später. Jetzt fühle ich mich wie zusammengeschlagen. Zwischen den Beinen genäht, igitt, wie eklig. Ich weine, alles ist so schrecklich. Ich habe Angst wegen der heftigen Blutung. Woher kommt das? Von der Gebärmutter oder von der Wunde? Und dieser Schmerz im Schließmuskel.

»Eine Entbindung fühlt sich an, als presse man einen Fußball heraus, sagt man, und es stimmt, das weiß ich aus Erfahrung«, sagte die sanfte blonde Hebamme, als wir den Kreißsaal angeschaut haben. Jetzt weiß ich es auch aus Erfahrung, und mir fällt ein, was Paula immer sagte: »Bevor ich Kinder hatte, habe ich gesagt: ›Daß man so klein sein kann!‹, wenn ich ein Neugeborenes gesehen habe. Jetzt muß ich immer denken: Daß etwas so Großes auf diesem Wege herauskommen kann, kann nicht mit rechten Dingen zugehen.«

Wieder zurück im Bett, kann ich mich kaum bewegen. Alles ist wund und tut weh. In die zehn Meter entfernte Kantine zu gehen, erscheint mir wie eine Expedition. Gleichzeitig soll ich mich um mich und mein Kind selbst kümmern, das Personal tut, was es kann, aber sie stehen unter Streß und schaffen einfach nicht alles. Es ist schwer.

Vor dem Stillen bekommt Nils zusätzliche Nahrung, weil er so groß ist und anfänglich einen hohen Blutzuckerspiegel hatte. Er bekommt die Mahlzeit in einer Tasse, was bewirken kann, daß er nicht mehr an die Brust will. Eine nette Hebamme fragt mich, ob ich eine Umfrage mitmachen möchte, in der es darum geht, wie Babys reagieren und wie sie saugen, wenn zugefüttert wird.

»Wir brauchen Forschungsmaterial.«

»Natürlich fülle ich das aus«, antworte ich entgegenkommend, ich braves, dummes Mädchen. In den nächsten Tagen ärgere ich mich noch darüber, wenn ich verzweifelt mit meinem Sohn auf dem Arm versuche, Papier und Stift zu balancieren und mich zu erinnern, wie er sich beim Stillen nun wirklich verhalten hat. Denn so viel von meiner Kraft verschwende ich darauf, diesen wunderbaren kleinen Jungen anzusehen, wenn er in seinem kleinen Plastikbettchen liegt, immer ein Auge auf ihn zu haben, wenn er schläft. Beim kleinsten Pieps muß ich aufwachen und mich um ihn kümmern, ihn mit Liebe überschütten, ihn wikkeln und küssen. Darüber hinaus bin ich nur damit beschäftigt, mich mit Mühe ins Bett hinein oder aus dem Bett hinaus zu bewegen, möglichst so, daß die Schmerzen nicht zu stark sind.

Mit relativer Rekordgeschwindigkeit bewege ich mich in die Kantine, noch in derselben Minute, in der das Essen aufgetischt wird. Mein Hunger ist ein Faß ohne Boden. Doch gleichzeitig bin ich so unentschlossen. Kann ich Nils in seinem Plastikbettchen alleine lassen, während ich zur Toilette gehe? Traue ich mich unter die Dusche? Was ist, wenn er anfängt zu schreien? Wann bekomme ich endlich meinen Telefonanschluß? Wann kann ich Karl anrufen? Ich möchte ihn die ganze Zeit um mich haben, will hier keine Minute allein sein.

Am Nachmittag bekomme ich eine neue Zimmernachbarin. Sie hat eine Tochter, die zu früh geboren ist und genau die Hälfte von Nils wiegt. Die frischgebackene Mutter telefoniert herzlich gern. Und immer wieder erzählt sie jedem, den sie anruft, lang und breit, daß sie sich vor Schmerz nicht bewegen konnte, nachdem sie die Akupunkturnadeln gesetzt bekam, daß sie dann eine PDA gelegt haben, aber die Nadel herausgerutscht sei, so daß die Betäubung nicht gewirkt hat, und daß es niemand vom Personal gemerkt hat.

Sie beschreibt ihre Schmerzen in epischer Breite und mit großer Detailfreude. Ich will mir die Ohren zuhalten, liege aber nur erschöpft in meinem Bett und lausche. Jede Bewegung tut weh, krampfartig halte ich mich an der Handschlaufe über meinem Bett fest, aus Angst vor dem Schmerz, der beim erneuten Zufassen über mich kommt, wenn ich loslasse. Ich kämpfe, als ich versuche, mich aufzusetzen, weil Nils sich meldet. Sitze lange da und starre einfach nur auf diesen kleinen Menschen, der da liegt und schlummert. Wie kann das sein?

Am nächsten Tag bekommt die Frau mit dem zu früh geborenen Kind ein eigenes Zimmer, ihre Tochter hat Gelbsucht bekommen und muß mehrere Male am Tag einige Stunden unter einer Lampe liegen. Ich bin froh über meine Einsamkeit. Wie ein Bär hat sie die ganze Nacht geschnarcht. Zum Schluß habe ich Ohropax genommen, obwohl ich eigentlich Angst hatte, daß ich nicht mehr höre, wenn Nils schreit. Mitten in der Nacht kommt die Nachtschwester herein und fragt, ob sie sich eine Weile um ihn kümmern soll, ich sähe so geschafft aus. Dankbar nehme ich ihr Angebot an.

Ständig holen sie Nils für Tests, Blutproben oder zusätzliche Essensrationen. Ich bin zu müde, um zu protestieren, und es erschreckt mich, daß sie von einem eventuellen Zuckertropf sprechen, wenn seine Testergebnisse nicht besser werden. Ich spüre, daß er beschützt werden muß. Zum Glück werden seine Werte bald besser.

Das Stillen ist mühsam und tut weh. Die Brustwarzen sind so empfindlich, und er hat einen enormen Zug. Immerhin habe ich eine Pause, wenn Karl kommt. Kann in Ruhe duschen und Arme und Beine entspannen. Er bleibt mehrere Stunden. Ich will wissen, was außerhalb der Mauern passiert. Ich habe das Gefühl, ich bin schon Wochen hier.

»Nichts Besonderes. Ich habe ein paar Leute angerufen. Wollte gestern abend mit Mattias ausgehen und feiern, aber es war ein komisches Gefühl, an einer Theke zu stehen und zwischen den vielen Leuten eine Zigarette zu rauchen, wo ich doch wußte, daß ihr hier liegt, da bin ich wieder gegangen und habe mich schon früh ins Bett gelegt.«

Jetzt muß er wieder nach dem Haus sehen. Eine dicke Schneedecke hat sich über den Garten des Krankenhauses gelegt, soviel habe ich immerhin mitbekommen.

»Fahr vorsichtig«, ermahne ich ihn mit demselben Mantra, wie meine Mutter es seit Jahren tut. »Fahr vorsichtig.«

Ganz früh am nächsten Morgen kommt eine neue Mutter mit einem blassen und müden Vater herein, der neben seiner jungen Frau ins Bett schlüpft. Sie stürzt sich noch gieriger als ihre Vorgängerin auf das Telefon. Mal für Mal für Mal erlebe ich auch ihre Entbindung hautnah mit. Das ist an der Grenze zum Unerträglichen. Sie telefoniert laut und ausgiebig. Nicht einmal, als die Hebamme hereinkommt, um mit ihr zu reden, legt sie auf. Ich selbst wollte nur ein paar wenige Freunde anrufen, um mitzuteilen, daß Nils da ist. Mehr will ich gar nicht sagen. Mehr kann ich auch gar nicht.

Der frischgebackene, bleiche Papa kriecht aus dem Krankenhausbett heraus, um nach Hause zu fahren, zu schlafen und sich ein frisches Hemd anzuziehen. Am Abend ist er mit neuen Kräften zurück. Gerade als ich den Kopf zur Seite lege, um zu schlafen, höre ich vom Nebenbett Geklapper. Die Frischentbundene und ihr Mann spielen Kniffel! Die Würfel rollen, und ihre Stimmen werden beim Diskutieren immer lauter. Mensch, wir haben gerade ein Kind bekommen, unser Leben ist von nun an für immer anders. Full House, Pasch, Straße. Rassel, rassel. Wo ist eigentlich die Ehrfurcht vor diesem Wunder geblieben, frage ich mich und suche mir einen Schokoladenkeks in der Tüte, die Karl hereingeschmuggelt hat. Ich nicke ein und wache mit Schokoladenresten auf dem Nachthemd und einem schlechten Gewissen wieder auf.

Die Tage vergehen. Weil alle Werte gut sind, dürfen wir früher nach Hause als geplant. Ich sehne mich heim. Ich sehne mich danach, nach Hause geholt zu werden. Aber in den letzten Tagen ist immer mehr Schnee gefallen. Karl sitzt in unserem Haus auf dem Land und ist eingeschneit, auf dem Auto sind außerdem nur Sommerreifen aufgezogen, also muß ich mir ein Taxi rufen. Ich habe keine Kleidung für Nils, keinen Kindersitz, kein Geld für das Taxi, weil wir darauf hingewiesen wurden, aufgrund des Diebstahlrisikos keine Wertsachen mit ins Krankenhaus zu nehmen. Ich fühle mich wie ein Fall für den Kinderschutzbund. Wie unorganisiert kann eine Mutter sein? Eine Schwester bekommt mein Dilemma mit und sagt, daß man einen Anspruch darauf habe, mit dem Taxi heimzufahren. Einen Hundertkronenschein habe ich noch in einem Strumpf in der Reisetasche versteckt. Trotzdem muß ich einen Gutschein für das Taxi besorgen. Ich selbst. Auf einer anderen Station.

Ich schleiche runter zu dieser Station, nachdem ich Nils bei den gestreßten Schwestern von der Wöchnerinnenstation lassen durfte. Eine jammernde Frau mit akuter Eileiterentzündung liegt auf einer Trage. Ich störe.

»Hundert Kronen! Wir haben überhaupt kein Wechselgeld. Da müssen Sie schon mit passendem Geld wiederkommen.«

Ich protestiere nicht und schleiche wieder davon. Runter zum Kiosk. Kaufe etwas, das ich nicht brauche, und schleiche zurück. Bekomme den Gutschein. Hoch auf die Station. Rufe ein Taxi. Haben Sie ein Auto mit Kindersitz? Denn der Sitz, den wir für Nils gekauft haben, ist in dem Auto festgemacht, das eingeschneit zu Hause auf dem Land steht.

»Nee«, sagt die Frau in der Zentrale ungeduldig, »das kann ich wirklich nicht garantieren, das könnte nur sein, wenn ein Fahrer seinen privaten Kindersitz dabei hat.«

»Was soll ich dann machen?«

»Ja, das weiß ich doch nicht.«

Wo sind eigentlich all die babyfreundlichen Taxis? Ich halte auf dem Flur eine Hebamme an. Was soll ich tun?

»Nehmen Sie ihn halt auf den Arm, was denn sonst?«

Ich sehe das ganze Schreckensszenario an mir vorbeiflimmern: Schneeglätte, Winterwetter, Unfall auf der Landstraße, mein Kind rutscht mir aus den Armen, fliegt mit dem Kopf nach vorn ... Mein Gott! Aber ich muß jetzt nach Hause. Wir müssen nach Hause.

Ich sinke matt und verschwitzt in den Sessel in meinem Zimmer und versuche zu stillen. Eine Schwester steckt den Kopf zur Tür herein.

»Sie sollten am Tag Ihrer Entlassung möglichst bis zehn Uhr das Zimmer geräumt haben. Nehmen Sie doch bitte das Bettzeug und die andere dreckige Wäsche und bringen Sie sie in die Wäschekammer.«

Sie sieht meinen entsetzten Gesichtsausdruck und fügt hinzu: »Das würde uns helfen.«

Mein Schädel fängt an zu brummen, das Herz pocht lauter. Das würde ihnen helfen? Gebt mir einen Eimer und eine Flasche Sagrotan, dann kann ich auch gleich die Toilette putzen, wenn ich schon mal dabei bin. Wer hilft hier eigentlich wem? Ich fühle mich so mickrig und erbärmlich und ausgeliefert, daß ich es nicht fertigbringe, mich zu wehren. Ich bin ja nur eine Frau, habe gerade eine Entbindung durchgestanden, eine Anstrengung für meinen Körper wie die einer Herzoperation. Ob die frisch operierten Bypasspatienten in der Thoraxchirurgie wohl auch die Laken zusammenlegen und die Kopfkissen aufschütteln?

Aber ich habe keine Kraft zur Gegenwehr. Also »räume« ich das Zimmer: ich putze, schütte das Wasser aus den Vasen, packe Blumen in Papier, wasche mich, wickle Nils, stecke ihn in eine warme Decke und versuche, mit der schweren Tasche in der einen Hand und meinem neugeborenen Kind auf dem Arm loszumarschieren. Ganz allein, wie ordentliche Mädchen das so machen. Es geht nicht.

»Könnte mir vielleicht jemand helfen?«

»Im Moment geht's gerade nicht, einen Augenblick Geduld bitte.«

Ich habe Geduld. Eine Schwester kommt mir zu Hilfe.

»Haben Sie hier so lange Schichten?« frage ich, weil ich sie schon am vorigen Abend auf der Station gesehen habe.

»Das ist schon ein neuer Arbeitstag für mich«, sagt sie. »Ich habe keine Ahnung, wer sich unsere Schichten ausdenkt, denn es liegen nur neun Stunden zwischen dem Ende der Spät- und dem Beginn der Frühschicht. Als ob alle direkt in der Nähe wohnen würden.«

Sie lacht müde, aber sie seufzt nicht. Ich sehe es ein, daß es stimmt, was mir die andere Schwester heute morgen sagte, daß ich ihnen helfe, wenn ich mein Zimmer aufräume. Sie brauchen jede Hilfe, die sie kriegen können. Na gut.

Schließlich sitze ich mit meinem Kind im Taxi. Der Fahrer wirft uns durch den Rückspiegel einen müden Blick zu:

»Na, da wissen Sie ja, was Sie die nächsten zwanzig Jahre zu tun haben. Was ist es denn?«

»Ein Junge.«

»Dem Herrn sei Dank!« entfährt es ihm, und er tritt das Gaspedal durch. Ich denke nicht darüber nach, was er damit meint. Ich bin viel zu sehr mit dem Gedanken an mein neues Leben beschäftigt: Heute bin ich ein anderer Mensch als der, der am Mittwoch hier in die Aufnahme kam. Alles, was jetzt kommt, ist völlig neu.

Die Winterluft ist klar und rein und knistert. Mein Sohn liegt in meinem Arm, in mehrere Schichten warmer Decken gekuschelt. Nur ein kleines Haarbüschel schaut hervor. Es ist Sonntag, und die Sonne scheint auf den Schnee, der gefroren ist. Eine betäubende Schönheit. Ich sehe nichts, das nicht schön ist, höre keinen Laut, der mich stört.

Karl steht auf der Treppe, als wir kommen. Er kommt uns in Halbschuhen entgegen, den Schnee bis zum Knöchel, und nimmt uns in den Arm. Er sieht so glücklich aus. Wir sind froh. Es ist ein Wunder, daß wir jetzt zu dritt sind. Und zusammen.

Ein ganzer Monat ist schon um. Ich stehe am Fenster und sehe das weiße Postauto zwischen den Schneeverwehungen verschwinden. So werde ich einmal am Tag daran erinnert, daß auf diesem Planeten menschliches Leben existiert. Manchmal stelle ich das in Frage. In einem Vorort zu leben, heißt verstehen, wie das Leben nach der Neutronenbombe aussehen wird. Bäume,

Häuser und das eine oder andere eingeschneite Fahrrad stehen da, wo sie immer gestanden haben. Der Rest ist Schweigen und Tod. Die gut geplanten Spielplätze sind leer. Die Kinder sind im Kindergarten oder in der Schule, die Eltern an ihrem Arbeitsplatz. Der hundertste Rentner oder Arbeitslose befreit sich kurz aus dem Nebel. Und ich wohne nicht einmal in einem Vorort. Ich wohne auf dem Land.

Mein Zuhause, das große warme Haus, das im Sommer so viel versprach, gähnt nun vor Leere. Ich habe Angst davor, was sich hinter den verschlossenen Türen versteckt, hinter den schwarzen Schatten. Das Leben pulsiert in einem winzig kleinen Kokon. Darin leben Nils und ich. Draußen ist Schweigen und Kälte.

Das überirdische Gefühl des Wie-Neugeboren-Seins, das ich hatte, als ich das erste Mal mit meinem Sohn den Fuß in dieses Haus setzte, hielt nicht besonders lange an. Eigentlich hätte ich mich erst einmal mit ihm und Karl in unser gelbgestrichenes Schlafzimmer zurückziehen sollen. Statt dessen lief ich in die Küche, sobald mein Kind schlief, und kochte das Essen für den Tischler Torbjörn und meinen Mann. Wie kam ich darauf, daß ich das tun müsse? Niemand hatte mich darum gebeten, wie von selbst band ich mir die Schürze um, dort, wo ich die Taille vermutete, vergrub das Band in dem noch immer angeschwollenen Nachwehenbauch und fing an, Sardellendosen zu öffnen und Eier aufzuschlagen. Sie arbeiteten ja. Also mußte ich auch arbeiten. Daß sich mein Adrenalinspiegel seit fünf Tagen auf der Höhe meiner Ohren befand, tat nichts zur Sache. Fand zumindest ich.

Torbjörn schaute unseren Sohn freundlich an und erzählte, wie seine Tochter ausgesehen hatte, als sie geboren war.

»Sie mußten sie mit der Saugglocke holen. Mensch, wie die gezogen haben. Der Kopf war dann so deformiert, daß es die ganze erste Woche so aussah, als hätte sie eine eingebaute Zipfelmütze auf. War aber bald vorbei«, fügte er hinzu, als er meinen verschreckten Blick sah.

In der Nacht wacht Nils auf und schreit. Im Kinderzimmer neben unserem Schlafzimmer habe ich einen Wickeltisch aufgestellt und einen Sessel zum Stillen. Ich dachte mir, da setze ich mich hin, damit Karl nachts seine Ruhe hat. Wie komme ich eigentlich dazu zu glauben, daß er seinen Schlaf dringender braucht als ich? In dieser Nacht bekommen wir beide nicht viel Schlaf. Wir sind beide beschäftigt: versuchen, ihn zu stillen, die Windeln zu wechseln und ihn in den Schlaf zu wiegen. Ich weiß nicht, wie lange wir es mal mit dem einen versuchen, mal mit dem anderen. Jedenfalls sind wir alle drei ziemlich gerädert. Karl und ich, weil wir es nicht verstehen, keine Ahnung haben. Was will er denn eigentlich? Ich starte einen Versuch nachts um drei in der Mittwinternacht und setze mich entspannt in den Sessel zum Stillen. Prompt bekomme ich einen Krampf in der Schulter. Damit ist diese Idee abgehakt. Ab sofort mache ich es mir im Bett bequem und stille im Halbschlaf.

Karl kommt herein und sieht uns liebevoll an, sagt, daß wir total süß aussehen, wenn Nils trinkt. Aber in den ersten Tagen schreie ich auf und muß weinen, wenn mein Kind ansaugt. Es tut so weh. Und gleichzeitig ist da so eine Liebe zu diesem kleinen Nils, diesem kleinen Menschen, der da komplett fertiggebacken vor mir liegt und mit seiner niedlichen kleinen Nase und seinen schönen Augen so wunderbar ist.

Ich hole alle Kissen und Decken für ein Nest zusammen, in dem er schlafen kann, wenn keiner von uns im Zimmer ist. Er hat einen leichten Schlaf. Ich weiß nie, wie lange er anhält, genieße aber die Momente. Ob ich es dieses Mal schaffe zu duschen? Das wäre nötig. Mir läuft von morgens bis abends der Schweiß. Anfangs wegen der Hormonumstellung. Dann mehr und mehr wegen des ständigen Streßgefühls. Der Schrei eines Kindes muß exakt über der Grenze dessen liegen, was für einen anderen Menschen erträglich ist. Das klingt logisch. Das hat die Natur eingerichtet, um dem Kind das Überleben zu sichern. Er gibt einen Piep von sich, und ich rase los. Sofort. Einmal zerre ich mir die Oberschenkelmuskulatur, als ich aus dem Fernsehsessel aufspringe und in neuer Rekordzeit die Treppe hinauflaufe. Ich will ihm helfen: ihn stillen, trösten, ihn in den Schlaf wiegen. Will sein Bestes. Der Klang seines Schreies prägt sich meinen Ohren ein. Er schläft ruhig und friedlich ein, und ich gehe wieder hinunter in die Küche. Wieder höre ich ihn weinen und laufe also die Treppe hoch, um ihn zu trösten und zu beruhigen. Ich rausche ins Zimmer hinein. Da liegt er ebenso friedlich schnorchelnd wie vor fünf Minuten, als ich gegangen bin. Ich schließe die Tür hinter mir und sinke auf den nächsten Stuhl. Aber auch jetzt kann ich mich nicht entspannen.

Ich kaufe mir ein Babyphon und trage es ständig bei mir. Eine andere frischgebackene Mutter, die ich treffe, sagt mir, daß sie sich so einen Apparat nicht angeschafft hat. Ihr Haus sei zwar groß, aber sie höre ihr Kind allemal.

»Der einzige Raum im Haus, wo ich sie nicht höre, ist die Waschküche, aber da halte ich mich am Tag höchstens eine Viertelstunde auf, das macht nichts.«

Bei dem Gedanken bekomme ich Schweißausbrüche. Wer hält es aus, fünfzehn Minuten ununterbrochen zu schreien, fast eine ganze Hockeyspielzeit voller Angst? Warum muß man kleine Kinder Dingen aussetzen, bei denen ein Erwachsener auf die Barrikaden gehen würde?

Viele Gespräche kreisen nun um diese Themen. Wieviel Aufmerksamkeit sollte man den Kindern geben? Wie sehr darf man sich anpassen? Was? Ihr laßt ihn bei euch im Zimmer schlafen? In eurem Bett? Das werdet ihr ihm nie abgewöhnen können, lachen die Leute hämisch, die auch nicht auf die Idee kämen, alleine in ihrem Doppelbett zu schlafen. Warum einem anderen Geborgenheit und den warmen Hautkontakt so mißgönnen?

»Du verwöhnst ihn«, meckert eine andere, und ich nehme an, daß ihr Gemecker nicht so hartnäckig wäre, wenn sie selbst einmal mit Liebe und Nähe überschüttet worden wäre.

Nur Paula sagt genau das, was ich denke:

»Wie kommt man darauf, daß die Kinder sich uns anpassen sollen, wenn sie auf die Welt kommen. Wir haben doch wesentlich bessere Voraussetzungen, uns ihnen anzupassen.«

Ich nehme mir ihre Worte zu Herzen. Von diesem Tag an kann ich meinem Instinkt viel leichter folgen. Man muß nur einen gewissen Grad an Überzeugung aufbringen. Nils war noch keine Woche alt, da hagelten Ratschläge von allen Seiten auf uns herab. Tante Erna kommt uns besuchen, um das Wunderwerk zu bestaunen, und überreicht uns ein liebevoll eingeschlagenes Buch über Kindererziehung aus dem Jahre 1953.

»Ich habe daran sehr viel Freude gehabt, ihr findet sicher auch das eine oder andere darin.«

»Vielen Dank«, sage ich wohlerzogen und schlage blindlings eine Seite auf. Das Kapitel handelt von »dem kleinen Tyrannen« und gibt genaue Anweisungen, wie man es verhindert, sein Leben von einem kleinen Säugling bestimmen zu lassen. Woher diese Angst, gebraucht zu werden? Wieso fehlt das Vertrauen in die eigenen Fähigkeiten, die Kinder zu unterstützen, sie an etwas zu gewöhnen oder ihnen etwas abzugewöhnen?

Viele Frauen, die ihre Kinder in der Alle-vier-Stunden-Stillen-und-Schlafen-Epoche bekommen haben, machen große Augen, wenn ich meinen Sohn trinken lasse, wann er will. Meine Tante ist eine von ihnen.

»O je, da wird er aber verwöhnt«, sagt sie, als ich Nils zur Beruhigung anlege.

»Darf er gerne werden«, antworte ich.

»Wie oft darf er denn trinken?«

»Das ist unterschiedlich. Manchmal alle zwei Stunden, wenn er einen Wachstumsschub macht, öfter.«

Sie sieht traurig aus.

»Na ja, bei mir reichte die Milch bei einem meiner Mädchen ja nur ein paar Wochen.«

»Das lag vielleicht daran, daß sie nicht öfter angelegt wurden als alle vier Stunden. Heute weiß man, daß häufiges Anlegen zu mehr Milchbildung führt. Wie hättest du das wissen sollen?«

Ich habe Mitleid mit der traurigen Frau vor mir. Wer traute sich vor vierzig Jahren schon, Ärzten oder Schwestern zu widersprechen? Aber jedes Mal, wenn wir uns im folgenden Jahr sehen, fragt sie als erstes, ob ich immer noch stille. Klar, ich stille noch.

»Hast du wirklich noch Milch für ihn in der Brust?« fragt sie mit großen Augen.

Doch irgendwann wird es mir lästig zu antworten. Was geht dich das an, denke ich. Sie beharrt darauf, mir immer wieder ihre Geschichte aufzutischen. Von der versiegenden Milch. Und daß es doch wohl trotzdem nicht gut sein kann, ihn nuckeln zu lassen, wann er will. Als das Thema zum vierten Mal zur Sprache kommt, möchte ich Tante Erna am liebsten in der Luft zerfetzen. Sitzt sie auf ihren Ohren? Was hat sie mit meinen Brüsten zu tun?

»Sie verarbeitet ihre eigene Traurigkeit«, sagt Paula, die ihre eigenen Erfahrungen gemacht hat. Ihr Erstgeborener mußte daliegen und vor Hunger schreien, weil sie sich nicht traute, ihn hochzunehmen, bevor vier Stunden um waren.

»Und dann, wenn es an der Zeit war, sollte man völlig wahnsinnig von dem Streß die Milch herausdrücken und außerdem hinterher die Waage holen und nachgucken, wieviel Gramm er bei der Mahlzeit zugenommen hat. Daß wir das überlebt haben!« Paula schüttelt den Kopf.

Ja, wahrscheinlich betrauert meine Tante die verlorengegangene Stillzeit. Vielleicht ist sie neidisch. Aber die Forschung ist halt auch ein bißchen weitergekommen, seit meine Cousinen auf der Welt sind. Die Elternzeitschriften haben ausführliche Beilagen zum Thema Stillen. Ich wünschte mir, sie würde sagen, sie hätte sie gelesen und verstanden, wovon ich rede. Dann hätten wir eine gemeinsame Basis. Statt dessen dieses aneinander Vorbeireden, fürchterlich.

»Es ist schwer, Kinder zu erziehen«, sagt Paula. Alle brauchen Anleitung, und viele möchten darüber diskutieren, wie man was machen sollte, damit sie die Bestätigung bekommen, es selbst richtig zu machen.«

»Und wem kann man vertrauen?«

»Sich selbst. Und Buddha.«

»Was sagt der dazu?«

»Glaube nicht an eine Meinung, weil jeder sie ausspricht. Akzeptiere nichts, nur weil es in Büchern geschrieben steht. Verlasse dich nicht auf Traditionen.«

»Das ist ein Rat?«

»Ja.« Sie lacht.

In der Bibliothek finde ich den ›Großen Schwedischen Erziehungsratgeber‹. Der Inhalt wirkt alt und muffig, obwohl das Buch neu aufgelegt wird. Kinder müssen abgehärtet werden, steht da. Lassen Sie das Kind im Kinderwagen am offenen Fenster stehen. Geben Sie nicht nach, wenn es weint. Gehen Sie nur ins Zimmer und sagen Sie, daß Sie da sind. Wenn Sie sie schreien lassen, hören sie innerhalb weniger Tage damit auf. Mich fröstelt. Und muß daran denken, was meine eigene Mutter erzählt hat.

»Als du geboren wurdest, hast du ununterbrochen geschrien. Vater war auf Geschäftsreise, und ich war mit dir allein. Nach ein paar Tagen mußte ich mich abhärten. Wie sollte ich die Tage bewältigen bei diesen Nächten ohne Schlaf? Beim ersten Mal hast du fast die ganze Nacht geschrien. Ich biß die Zähne zusammen und steckte den Kopf unters Kissen. In der zweiten Nacht war es weniger. Und in der dritten Nacht warst du still.«

Diese Geschichte macht mich noch immer traurig. Ja, ich habe aufgehört zu schreien. Die Frage ist nur: warum? Weil auch ein kleines Kind schon begreift, wenn etwas nichts nützt. Wenn keiner auf meine Bedürfnisse antwortet, warum also schreien? Auf diese Art kann man einem Menschen schon während seiner allerersten Wochen auf dieser Erde klarmachen, daß seine Bedürfnisse niemand anderem etwas bedeuten, daß er dem guten Willen der anderen völlig ausgeliefert ist und daß das, was weh tut und quält, abgetan und ausgehalten werden soll. Mit Wohlwollen und Liebe. Oder weil man im Alltagsstreß seinen Schlaf braucht. Man braucht ein ganzes Dorf, um sich um ein Kind zu kümmern, heißt ein Sprichwort. Man braucht jedenfalls mehr als eine einsame, müde Mutter.

Ich jedenfalls trage mein batteriebetriebenes Babyphon direkt am Herzen und lege es erst hin, wenn ich es gegen meinen Jungen getauscht habe. Ich trage ihn im Arm, auf meiner Schulter, ganz nah, habe seinen Duft in der Nase und spüre ihn atmen, während mir der Schweiß langsam vom Nacken tropft und meiner Haut diesen Geruch gibt, diesen Geruch, der ihm auch im Schlafe sagt, wer seine Mama ist.

Zeit hat eine neue Dimension bekommen. Eines Tages sitze ich vom Aufstehen bis zum Sonnenuntergang mit meinem Kind an der Brust auf dem Sofa.

»Wachstumsschub«, sagt die Schwester im Mütterzentrum. »Er braucht mehr Milch und hilft dir, die Menge zu steigern.«

Karl hat sich freigenommen und ist am Vormittag zu Hause. Vom Sofa aus höre ich ihn auf dem Dachboden werkeln. Irgendein Frigolit muß installiert werden und ein Ventilator ebenso.

Ich bin unangemessen neidisch, und er versteht einfach nicht, worauf, als er zu uns heruntergesprungen kommt und Sägespäne und Staub von seinen Kleidern rieseln.

»Auf deine Entscheidungsfreiheit natürlich, darauf, sich aussuchen zu können, ob man auf dem Dachboden zwischen alten Wespennestern herumkriechen möchte, wenn man Lust dazu hat, oder nicht. Ich bin ja am Sofa festgenagelt.«

»Aber ihr habt es doch gemütlich«, sagt er und streichelt den

Kopf seines Sohnes und meine Wange, bevor er sich wieder erhebt.

Ich hatte mich darauf gefreut, ihn die ersten zwei Wochen nach der Geburt zu Hause zu haben. Als Hilfe. Das war ein gutes Gefühl. Schon einen Tag, nachdem wir aus der Entbindungsklinik kamen, fuhr er in die Stadt und war den ganzen Tag weg. Er hatte Besorgungen zu machen: kaufte Werkzeug und Baumaterial. Er tat es seinen Vorfahren aus der Steinzeit gleich: er baute das Nest, jagte die Tiere und brachte sie zur Zubereitung nach Hause. Ich habe damals nichts gesagt und sage heute nichts. Ich akzeptiere, was er tun muß, aber ich bin enttäuscht und ängstlich. Wie soll ich das alles alleine schaffen, das Leben mit unserem kleinen Bündel?

Später wird mir meine Unbeholfenheit wie ein großes Fragezeichen erscheinen. Woher diese Hemmungen, um Hilfe zu rufen?

Bald ist auch seine Zeit für die Basteleien im Haus an diesem Tag um. Er muß noch ins Büro zum Arbeiten, einige Werkzeuge besorgen, an einer Aufsichtsratssitzung teilnehmen und zum Friseur gehen.

»Bitte kauf mir das mal«, sage ich. Endlich hatte ich ein fürchterliches Kapitel über Körper und Seele nach der Entbindung in diesem Buch hinter mich gebracht, das ich im vergangenen Jahr schon drei Mal in der Bibliothek ausleihen mußte. Ich hatte es einfach nicht ausgehalten, Seite für Seite in diesem vor Blut triefenden Werk zu lesen, das davon handelte, was einem so alles passieren könnte, vom Gebärmuttervorfall bis zum zerborstenen Unterleib. Jetzt brauche ich unbedingt mehr Informationen. Was passiert eigentlich jetzt in mir drin?

Ich lese das Buch beim Stillen: es geht um Schlafdefizite, den Streß, Depressionen, die Hormone, Gefühle, die ungeahnte Dimensionen annehmen können. Darin wird sogar eine Studie erwähnt, die bewiesen hat, daß frisch entbundene Mütter eine starke Tendenz zeigen, anderen gefallen zu wollen, eine Eigenschaft, die von fundamentaler Bedeutung für den Schutz des kleinen Kindes ist, der Mutter selbst aber eher schadet. Wesentlich später gebe ich zu, daß ich diese Passage auch gelesen haben muß. Gelesen, aber nicht verstanden.

Meine Liebe zu Karl ist in dieser Zeit unendlich groß. Eine so starke Bindung und eine so große Angst: dir darf nichts zustoßen, sei hier bei uns, sei für uns da. Ich kann darüber nicht sprechen, schaffe es nicht, ihn in unserer Nähe festzuhalten. Ich wünsche mir, daß er ständig bei uns ist und wir uns gemeinsam durch die erste Zeit boxen, daß er die Wasserkrüge wieder auffüllt, die ich umkippe, daß er auf unseren Sohn auf dem Wickeltisch achtgibt, wenn ich mich zu einem heruntergefallenen Söckchen beuge. Ich möchte Unterstützung haben. Trost und Gesellschaft. Er will mir aber auf ganz andere Art helfen.

»In ein paar Stunden bin ich zurück«, sagt er fröhlich am Wochenende, nimmt das Auto und zieht los, um Schraubenschlüssel und eine Hobelbank zu kaufen.

Mein Körper hat seine Funktionsfähigkeit entgegen allen Erwartungen in der letzten Zeit bewiesen. Ich habe ein starkes und gesundes Kind im Bauch getragen und zur Welt gebracht. Die Milchfabrik arbeitet. Ich schaffe es, meinen Sohn mit Nahrung zu versorgen, ihn zu tragen und in den Schlaf zu summen, mit ihm Spaß zu haben und ihn auf den glitschigen Winterspazierwegen im Kinderwagen zu schieben. Trotzdem fühle ich mich wie ein Wrack. In der ersten Woche nach der Geburt saß ich auf der Toilette und heulte, weil ich mich nicht traute, Stuhlgang zu haben. Mir tat der Unterkörper von den Preßwehen immer noch weh, und ich hatte Angst, daß die Wunde wieder aufreißen könnte, obwohl ich gelesen hatte, daß das sehr unwahrscheinlich sei. Aber was heißt schon Wahrscheinlichkeit für mich? Am fünften Tag traute ich mich nun endlich und heulte auch deswegen eine Weile. Kurz zuvor war ich bei der neuen Schwester auf der Wöchnerinnenstation gewesen, die die Fäden gezogen hatte.

»Das ist ja das reinste Nadelkissen«, sagte sie und zog die Fäden, »aber Sie sind ja tapfer und stark.«

Wohl eher schwach und weinerlich, dachte ich mir, aber ihr Kompliment trocknete für eine kurze Zeit den Schweiß auf meiner Stirn.

Noch vor dem Morgengrauen macht sich Karl auf den Weg zur Arbeit. Ich wache etwa eine Stunde später auf, stürze aus dem Bett und schließe die Türen. Ich habe Angst. Angst vor Dunkelheit, Schatten und fremden Leuten habe ich seit Jahrzehnten nicht mehr gehabt. Jetzt hat sie mich wieder voll im Griff. Ich muß mein Kind beschützen.

Diese betäubende Isolation macht mir die Schokoladenseite meines Lebens madig: die Erleichterung, keine Termine einhalten zu müssen, so herrlich neben einem schlafenden Baby liegen zu dürfen. Wo sollten wir auch hin, was sollten wir auch machen? An manchen Tagen bin ich erst richtig angezogen, wenn die Dunkelheit hereinbricht. Die Wege sind schmal, schlecht befestigt und nicht beleuchtet. Wir müssen zu Hause bleiben.

Ich seufze. Das Nachmittagsprogramm bekommt nun zwei Zuschauer mehr. Jede alte Wiederholung muß herhalten. Im Echo der Erkennungsmelodie höre ich Toneffekte, die ich aus Quizprogrammen kenne. Was ist aus meinem Leben geworden?

Ich wünschte, ich wäre in der Stadt. Da braucht man weder Stirnlampe noch Signalweste, nur weil es eben zufällig auf Mitternacht zugeht, wenn man endlich mit dem Kinderwagen losgehen kann. Die Schaufenster der Geschäfte sind beleuchtet, die Apotheke und McDonald's sind Tag und Nacht geöffnet. Da gibt es Menschen in Hörweite und Grüppchen von Eltern.

Unsere erste, wunderbare Kinderkrankenschwester auf dem Land lobte die Krabbelgruppe sechs Wochen lang. Dann machte sie sich aus dem Staub: sie verließ das flache Land und ging weg, wechselte einfach den Arbeitsplatz. Wir blieben zurück mit einer Schwester, die ebenso wie die Felder in den letzten Jahrzehnten vermutlich brachgelegen hatte. Nett und freundlich war sie, aber nicht gerade aufgeschlossen, etwas Neues zu lernen. Und die Krabbelgruppe, na ja, vielleicht im Frühling wieder, das Infektionsrisiko sei im Winter immer so schrecklich hoch.

In der Stadt dagegen wimmelt es nur so von Krabbelgruppen. Lechzend höre ich von wöchentlichen Treffen, organisierten langen Spaziergängen im Hagapark und von Müttern, die die ganze Gruppe nach Hause einladen. Es würde mir so gut tun, mit jemandem reden zu können, der im selben Boot sitzt. Das wäre eine solche Erleichterung: ein bißchen Gesellschaft und Verständnis für den anderen zu haben und zu geben.

Ich fange jetzt bereits mit dem Frühstücksfernsehen an. Da ist zum Beispiel dieser eitle Hausarzt, der kluge Tips gibt. Schonungslos deckt er gesellschaftliche Mißstände auf. Dieses Mal geht es darum, wo all die Krankenkassenbeiträge eigentlich versickern. Und gleich hat er die Lösung parat: lächerliche Krabbelgruppen streichen, die nur als unentgeltlicher Kaffeeklatsch auf Kosten der Steuerzahler fungieren, informiert er den interessierten Zuschauer. Eltern werden ist ja, so wie die Schwangerschaft auch, keine Krankheit, lacht er herzlich und streicht sich seine Stirnlocke aus dem Gesicht. Im nächsten Programmpunkt geht es um Depressionen. Prozac wirke gut, sagt der Arzt.

Wie bin ich diesen gesunden Mann leid, der sich in der letzten Sendung noch für Gesprächskreise für Direktoren mit Magenleiden ausgesprochen hat. Warum leugnet eigentlich jeder das Phänomen Baby Blues? Schwester Maud erwähnte es in Eile vor langer Zeit einmal nebenbei, B.B., before birth. Damals, vor einem Monat und in meinem früheren Leben.

»Die Hormonschwankungen bewirken, daß die Mütter sehr sensibel werden. Sie müssen dann einfach weinen, und Ihre Männer haben keine Ahnung, warum«, sagte Maud und grinste.

In der ersten Zeit habe ich mit Spannung darauf gewartet: gleich geht es los, gleich werde ich auch von den Hormonstürmen umgehauen, gleich liege ich auf allen vieren auf dem Boden im Badezimmer und schreie, sagte ich mir. Aber der dritte Tag verstrich. Und der vierte. Und ich stand auf meinen Füßen, so gut es ging mit meinem schmerzenden Bauch.

»Das passiert mir nicht«, dachte ich dann und fühlte mich stark.

So vergingen ein paar Tage, ich dachte nicht mehr daran, und plötzlich war das Heulen da. Mein Sohn war eine gute Woche alt, und ich hatte das Gefühl, als wäre er schon immer dagewesen. Manche Leute sagen von ihren Kindern, daß es sie immer gegeben habe, die Zeit davor zähle nicht. So habe ich es nicht empfunden, aber er hatte schon ganz selbstverständlich seinen Platz. Trotzdem war nun jeder Tag ein Kampf. Ich fing an zu weinen. Und seitdem ist es so.

Ich weine vor Freude, ihn zu sehen und ihn zu streicheln, sein Haar zu riechen und den kleinen Kopf mit meinem Kinn zu berühren. Ich weine aus Liebe. Er ist das Herrlichste, was mir je passiert ist, und wenn ich das in mein Tagebuch schreibe, weine ich schon wieder. Ich muß weinen, wenn ich an meinen Mann denke, daran, daß ich ihn liebe. Ich weine, weil jetzt, wo wir auf dem Dorf wohnen, so viel Schnee fällt. Ich weine, weil ich so erschöpft bin, weil die Verantwortung für diesen kleinen Menschen so riesig ist und so lange da sein wird, weine, weil der Wochenfluß so eklig ist und das Badezimmer immer noch nicht fertig. Ich weine, wenn ich die Nachrichten im Fernsehen sehe, weil die Menschen so böse zueinander sind, ich weine, wenn ich in einer alten Schwarzweißaufzeichnung sehe, wie die finnische Skiläuferin Toini Gustafsson Gold bei den Olympischen Spielen in Grenoble gewann, ich weine, wenn ich mir Gedanken darüber mache, ob ich jemals wieder verreisen kann, wohin ich will, leben wo ich will, und wenn ja, wo würde mein Sohn dort zur Schule gehen, und wenn ich mir dann vorstelle, daß er keine Freunde findet, daß er sich nicht wohlfühlt! Zur Sicherheit vergieße ich noch ein paar Tränen. Der Vorrat ist unerschöpflich.

Meine Gefühlsumschwünge vollziehen sich blitzartig. Aus der Freude, die mich erfüllt, wenn ich das warme, weiche Bündel in meinem Arm halten darf, wird Panik. Weil Karl das Haus verläßt, weil Nils nur so kurz schläft und so viel Aufmerksamkeit verlangt, weil ich nicht zum Essen komme und nie so viel Schlaf bekomme, wie mein Körper ihn eigentlich braucht. Ich brauche Hilfe, Hilfe, Hilfe, und es fällt mir so schwer, Karl ganz direkt darum zu bitten. Obwohl ich eigentlich schon finde, daß ich darum gebeten habe, und meine, daß er doch eigentlich auch wissen müßte, was ich brauche.

Auf der anderen Seite will ich auch alles schaffen. Ich bestehe darauf, daß ich fahre, wenn wir alle drei in die Stadt fahren. Die Straße ist vereist, die Windschutzscheibe beschlagen, die Sonne blendet, und ich heule vor Streß.

»Ich kann doch fahren, laß uns wechseln«, sagt Karl, mit einer Stimme, die ich von ihm nicht kenne.

»Neieiein«, schniefe ich, und nur langsam trocknen die Tränen in meinen Augen, und der nasse Handschuh wischt ohne nennenswerten Erfolg über die Scheibe. Wir fahren an einem halbzerlegten Auto vorbei, das wohl am Morgen da von der Straße abgekommen sein muß, und leisten ihm beinahe Gesellschaft. Aber ich habe das Gefühl, daß ich diese Aufgabe, die ich mir selber gestellt habe, erledigen muß. Bloß nicht nachgeben, keine Niederlage zugeben.

Das meiste bekomme ich an den einsamen Tagen schon auf die Reihe, bis zu dem Glockenschlag, an dem Karl zu Hause sein wollte. An weniger guten Tagen rechne ich rückwärts vom frühen Morgen an. Noch sieben Stunden. Noch fünfeinhalb. Vier. Drei. Zwei. Eine. Scheinwerfer vor dem Haus. Er ist da! Endlich! Ich bin nicht mehr allein und bekomme Unterstützung! Was für ein Glück!

Dann ruft er um fünf Uhr an und sagt, daß es heute später werden kann. Bis neun Uhr würde er aber bestimmt zu Hause sein. Ich fange an zu weinen. Ich halte die Anspannung nicht noch ein paar Stunden aus. Ich muß den Empathiedetektor mal ausschalten und in Ruhe auf die Toilette gehen. Endlich mal vernünftig kochen. Ein Telefonat führen. »Komme um neun Uhr nach Hause!« Warum nicht gleich in Ulan Bator überwintern? Meine Verzweiflung könnte kaum größer sein.

Ich erkenne mich selbst nicht wieder. Wo ist die Frau geblieben, die jahrelang allein gelebt hat, die durch Asien gereist ist? Wo ist die Projektleiterin, die zwölf Kunden gleichzeitig zufriedenstellen konnte, die nie eine Deadline verpaßte, sich nebenbei noch um Projekte von Kollegen kümmerte, die in die Binsen gegangen waren. Gab es sie jemals? War sie ich?

Schließlich macht mein Sohn die Äuglein zu und schläft ein. Ich rase in die Küche, um mir etwas zu essen zu machen. Ich finde etwas gekochten Reis, den ich in der Mikrowelle aufwärme und schnell verdrücke. Muß ja anständig essen, damit die Milch weiterhin so gut fließt, sättigend und gut. Muß ja.

Als Karl endlich heimkommt, bringt er Blumen und Schokolade mit. Er denkt an mich. Mir ist schon wieder zum Heulen zumute. Er sieht, daß es mir nahegeht, aber ich schaffe es nicht, ihm klarzumachen, warum ich mich so fühle. Die Attacken zehren. Ich brauche jemanden zum Reden, jemanden, der genau weiß, wie es ist, die Tage mit einem Säugling zu verbringen. Du dicker, mittelalter TV-Arzt, wenn du wüßtest, wie billig Krabbelgruppen im Vergleich zu Psychotherapien sind.

So langsam durchdringen Signale der Außenwelt meine Isolation. Im nachhinein ist mir klar, daß es nicht einmal besonders lange gedauert hat. Ein paar Wochen. Die, die am weitesten entfernt wohnen, kommen als erste. Diejenigen, die schon Kinder haben, schauen mit sehnsuchtsvollen Blicken und murmeln etwas von dem dritten oder vierten, einfach wegen der Freude, wieder einen kleinen Säugling im Arm halten zu dürfen. Ich verstehe das Prinzip, doch der Gedanke ist mir derzeit fremd. Jetzt heißt es erst mal, uns drei unbeschadet da durchzubringen.

Björn kommt mit seiner neuen Frau und ihren Kindern. Sie

sind sympathisch. Ich fühle mich wie ein Wrack, versuche aber, immerhin wie ein glückliches Wrack auszusehen.

»Und wie geht es dir jetzt?« fragt Björn. »Bist du wieder fit und so?«

Ich sage nichts.

»Ich weiß, fit ist ein bißchen hoch gegriffen«, sagt er, und alle lachen.

»Wann wird es denn mal besser?« frage ich seine Frau an der Tür, als sie aufbrechen.

»Das gibt sich bald. Und es ist trotzdem eine ganz schöne Zeit«, sagt sie und streichelt meinen Sohn, der auf ihrer Schulter liegt.

Anna will mich auch besuchen kommen. Sie hat einen Abend in ihrem vollgestopften Kalender frei, zwischen zwei Reisen nach Moskau und New York. Ich seufze neidisch, obwohl ich gerade das habe, was sie am allerliebsten hätte – ein Kind.

»Vor einem Jahr war wenigstens die Grundlage da«, jammert sie ins Telefon.

Damals lebte sie ein stilles Leben mit Mann, Haus, Boot, Hund und vor einiger Zeit sogar mit Zyklustabellen. Henrik und sie hatten sich nach dem Gymnasium kennengelernt, und sie war nach ein paar Monaten plötzlich schwanger geworden – viel zu früh, um eine Familie zu gründen, beschlossen sie nach kurzer Bedenkzeit. Heimlich ließen sie eine Abtreibung vornehmen, lebten dann vom Bafög und jobbten nebenbei für ihren Lebensunterhalt. Er hatte sein ganzes Leben davon geträumt, ein Jahr nur zu reisen, und sie hatte nichts dagegen einzuwenden gehabt. Als sie wieder zurückkamen, begannen sie langsam und artig, die Karriereleiter hinaufzuklettern, er etwas zielstrebiger, sie meistens eine Sprosse unter ihm. Eines Tages kam ein Angebot für eine neue Stelle. Für sie. Als sie den Job annahm, beschlossen sie, ihre Familienpläne eine Weile auf Eis zu legen.

»Ich wollte beim Vorstellungsgespräch nicht lügen. Außerdem hatte ich ja gedacht, daß es eine gemeinsame Entscheidung gewesen sei, daß wir uns in dieser Sache einig waren. Jetzt würde ich auch Karriere machen, es würde uns wirtschaftlich gut gehen, wir hätten ein besseres Fundament für unsere Familie.«

Ein halbes Jahr später sagt ihr ihr Mann, daß er sich vernachlässigt fühle, daß sie zu viel Zeit bei der Arbeit verbringe, daß er sie mehr im Fernsehen sehe als zu Hause. Plötzlich hat er sich in eine 21jährige verliebt, die sowohl gefühlsmäßig als auch finanziell von ihm abhängig war.

»Sie haben sich beim Training kennengelernt. Kannst du dich noch erinnern, daß ich so froh war, daß er sich endlich ein Hobby gesucht hat, daß er sich wieder mal um seinen Körper gekümmert hat?«

»Ja.»

»Das war kein Zufall, daß er so motiviert war. Sie war schon schwanger, bevor ich überhaupt mitgekriegt habe, daß sie existiert. Danke für die letzten Jahre. Hier sitze ich nun mit meinen Plänen. Ich habe mich immerhin für uns beide abgeschuftet. Ich hatte wohl geglaubt, daß man einfach rational sein könnte, ein oder zwei Jahre auf Pause drücken könnte und daß die Liebe das aushalten würde und immer noch da wäre. Jetzt habe ich meinen phantastischen Job, mein super Gehalt, das leere Haus und den Streß, jemand neues kennenzulernen, in den ich mich verlieben kann, die Verliebtheitsphase und am besten einige Krisen durchzumachen, bevor wir uns entscheiden, eine Familie zu gründen. Wenn ich mir damit genügend Zeit lasse, werde ich schon zu alt sein, um mich in die Schlange der Eltern mit Adoptionswunsch einzureihen, wenn es mit eigenen Kindern nicht klappt.«

Sie seufzt.

»War ich ein Idiot, daß ich mich so auf die Arbeit konzentriert habe, Sarah?«

»Wir wissen wohl beide, wer hier der Idiot ist«, sage ich und werde rot. Weil ich das eigentlich anders sehe. Ich kann plötzlich ganz gut verstehen, was passiert ist. Das Leben ist nicht rational. Irgendwas geht immer in die Hose. Mann, Frau, Kinder – oder der Job.

»Es gibt eben keine Gerechtigkeit«, bekomme ich heraus.

»Ich weiß. Paßt es dir, wenn ich dann am Mittwoch komme? Dann fahre ich direkt von dir zum Flughafen. Die Konferenz geht am Donnerstag los, dann bleiben ein paar von uns noch übers Wochenende. Ich hoffe, daß Alvaro aus unserem Büro in Rio noch Interesse hat und Single ist. Wenn nichts anderes anliegt, kann man ja immer noch shoppen gehen. Oder in einen Salsaclub.«

»Es gibt keine Gerechtigkeit, habe ich doch gesagt.«

Wir fahren mit dem Nachtzug Richtung Norden. Karl hat einen halben Tag freigenommen und will Nils seiner Mutter zeigen.

»Natürlich«, habe ich gesagt. »Natürlich können wir fahren.«

Eigentlich habe ich nicht die geringste Lust. Ich möchte ihn in diesen wenigen, kostbaren Stunden nur für mich alleine haben. Wir fahren. Karls Vater war gestorben, bevor ich auf der Bildfläche erschienen bin. Seine Mutter habe ich nur wenige Male getroffen. Daß sie zu uns kommen würde, stand nie zur Debatte. Stockholm stand für ein Leben, dem sie nicht gewachsen war. Außerdem hatte sie Beschwerden mit der Hüfte und ging am liebsten gar nicht aus dem Haus. Als Karl mich das erste Mal mit nach Hause genommen hatte, waren wir erst ein paar Monate zusammen. Er füllte das Handschuhfach seines Caravans mit Süßigkeiten, bevor wir in der Frühsommernacht losfuhren. Der Verkehr wurde immer dünner, die Straßen schlechter, und die Lakritzschnecken gingen uns aus. Doch das spielte alles keine Rolle. Wir waren beinahe lächerlich glücklich. Ich wollte mehr von ihm wissen, und er wollte mich seiner Mutter vorstellen, mir zeigen, wie schön es da war, wo er aufgewachsen war, wo der Schulbus ihn abgeholt hatte und wo der Fußballplatz war.

»Du hast ein Recht darauf, alles über mich zu wissen«, lachte er.

Inzwischen hatte er einen neuen Job bekommen: jetzt war er der jüngste irgendwer, der diese Position in seiner Branche erreicht hat. Der Heimkehrer hatte sein Glück gemacht.

»Soso«, sagte seine Mutter, als wir am Küchentisch saßen und Kaffee tranken, ich weiß ja nicht, was du den ganzen Tag lang machst. Aber Hans wird Filialleiter im ICA-Geschäft. Und beide Kinder sind jetzt in die Schule gekommen.«

Mehr war dem nicht hinzuzufügen. Hans war mit Karl in dieselbe Klasse gegangen und wohnte noch immer im Haus nebenan. Seine Erfolge konnte Karls Mutter nachvollziehen. Was Karl und ich erreicht hatten, damit konnte sie nichts anfangen. Das Leben, das er in der Stadt führte, sollte er leben, wie er es für richtig hielt. Er war ihr doch schon vor ganz langer Zeit entglitten.

Daß nun auch noch ich in das Leben ihres Sohnes getreten war, machte ihre Ernüchterung nicht gerade kleiner. Möglicherweise war sie enttäuscht, weil sie fand, daß ich zu alt war, um Kinder zu kriegen. Und zu schmal war ich auch.

»Hier ist etwas zum Eintunken, bitteschön, du bist ja ein Strich in der Landschaft«, sagte sie ohne jeden Anflug eines Lächelns und schob mir die Schale mit den selbstgemachten Marmeladenkeksen hin.

Der Besuch war nicht besonders gelungen. Es war eine Erleichterung, den Bonbonvorrat wieder aufzufüllen und heimzufahren. Der Kontakt zwischen Karl und ihr blieb weiterhin sporadisch, aber als sie erfuhr, daß Nils unterwegs war, freute sie sich aufrichtig.

Sie steht am Fenster, als wir kommen. Über ihrem noch immer schwarzen Haar leuchtet der Adventsstern. Karl winkt ihr zu. Sie nickt zurück und reckt den Hals, um etwas von Nils zu erspähen, der in einem Tragesack vor meinem Bauch sitzt, unter dem Mantel. Bei früheren Besuchen haben wir uns immer raffinierte Geschenke ausgedacht: elektrische Dosenöffner, liebevoll ausgewählte Bücher, einen Schal, den Karl von einer Geschäftsreise mitgebracht hat. Nichts davon ist besonders gut angekommen: zu modern, zu kostbar. Dieses Mal ist es anders. Es sieht so aus, als sähe sie, daß wir etwas Wertvolles dabei hätten.

»Willst du ihn mal nehmen?« fragt Karl.

»Ja, darf ich?«

Vorsichtig nimmt sie Nils in ihre Arme und wiegt ihn hin und her.

»Ich habe die Wiege herausgeholt«, sagt sie und sieht Karl an. »Die Wiege, in der du geschlafen hast. Und ich übrigens auch.«

Da dreht sie sich zu mir um.

»Du siehst gut aus, Sarah!« Sie schaut aufmunternd auf meinen derzeit eher runden Körper. Bitte, was zum Eintunken.

Das ist immerhin das erste Mal, daß ich von meiner Schwiegermutter so etwas wie Anerkennung erfahre. Beinahe zum ersten Mal sehe ich sie froh. Also war die Reise doch nicht umsonst.

Nils ist sechs Wochen alt. Er trinkt ohne Pause und schläft nur auf meinem Bauch ein. Karl badet ihn in der Spüle. Wie glückliche Eltern in einem Werbespot für Windeln schauen wir uns an. Unser Sohn ist wunderbar. Wir sind wunderbar, wir haben ihn gezeugt. Dann ist wieder Stillzeit. Karl will an seinen Sachen weiterarbeiten, er hat so viele Dinge vorzubereiten und muß sich um ein undichtes Rohr kümmern. Ich lande wieder einmal mit der kleinen Maus auf dem Sofa.

Inzwischen habe ich eine Technik herausgefunden, mit der man während des Stillens gleichzeitig lesen kann, ohne daß man sich den Rücken verbiegt. Ich will nicht zu denen gehören, die sagen, sie hätten keine Zeitung mehr in der Hand gehabt, seit das Baby da ist. Ich will nicht außen vor sein. Den Leitartikel lasse ich jedoch links liegen, die Seiten über Außenpolitik überblättere ich, die über Schweden ebenso. Irgend etwas werde ich doch wohl lesen mögen außer den Anzeigen für Babyartikel? Letztlich bleibt mein Blick auf der Gesellschaftsseite hängen. Da gibt es eine Serie über den Bund der Liebe. Zwei Familientherapeuten berichten, was in ihren Sprechzimmern passiert: »Zu uns kommen unzählige Männer, die verzweifelt darum kämpfen, ihre Liebe so auszudrücken, daß die Frauen sie verstehen. Obwohl die Art und Weise der Männer nicht schlechter ist. Sie sieht nur völlig anders aus. Ein Beispiel zur Verdeutlichung: Eine Ehefrau beklagt sich darüber, daß sie von ihrem Mann nicht geliebt wird. Er zeigt es ja so gut wie nie. Nie bringt er Blumen mit, nie sagt er ihr, daß er sie liebt oder daß sie schön sei. Der Mann hört sich das an, wird immer verzweifelter. Am Ende schlägt er mit der Faust auf den Tisch:

›Aber ich habe doch verflucht noch mal ein Sommerhaus gebaut!‹«

»Sag mal: Geht dir das eigentlich auch so?« frage ich Karl, als er mit einer Rohrzange in der Hand vorbeikommt.

»Vielleicht«, antwortet er zerstreut.

Mein Sohn und ich bleiben bis Mitternacht auf dem Sofa sitzen. Nils gibt nicht auf. Die Milchmenge muß erhöht werden. Er saugt und saugt, bis jedes Gefühl aus meiner Brust verschwunden ist und meine Schultern zu Steinpanzern geworden sind. Am Ende schläft er in unserem Bett ein, geschützt von meinem Arm, umgeben von meinem Körper. Diese Haltung ist für mich ungewohnt, aber mein Schlafdefizit ist so groß, daß ich einschlafe, sobald es auch nur die kleinste Möglichkeit dazu gibt.

»Ich bin müde. Ich schlafe nachts so schlecht. Da sind so viele ungewohnte Geräusche und Bewegungen«, sagt Karl morgens.

ER ist müde. Er, der nicht mehrmals in der Nacht zum Stillen geweckt wird, sich aufsetzen muß, um Nils das Bäuerchen zu entlocken, dann das Kind auf der anderen Seite anlegt und das gleiche noch mal veranstaltet, er, der nicht mit fürchterlichen, scheuernden Still-BHs einschlafen muß, mit auslaufenden Brüsten und sauerriechenden Stilleinlagen. ER, der sich nur zur Seite drehen muß und dann wieder einschlafen kann – ER schläft schlecht!

Da muß ich an den Mann denken, der einfühlsam und anschaulich davon erzählte, wie grauenhaft es bei der Entbindung gewesen war, als seine Frau seine Hand so fest gedrückt hatte, daß er glaubte, sie bräche ihm die Knochen.

Jetzt geht es um Karls Schlaf. Ich scheiße auf Karls Schlaf. Ich ertrage es nicht, Gejammer von ihm zu hören. Und ich warte – Herrgottnochmal – auf ein Lob. Warum sagt er nicht, daß es phantastisch ist, wie ich nach einer anstrengenden Geburt so schnell wieder auf die Beine gekommen bin, wie ich es durchhalte, mehrmals in der Nacht aufzustehen, um unser Kind zu wickeln und zu stillen? Warum bitte ich ihn nicht, mich zu loben? Weil es stimmt, was in jenem blutrünstigen Buch – das Karl mir kaufen sollte – steht, daß jede Hilfe, die spontan angeboten wird, doppelt wertvoll ist? Statt dessen höre ich völlig verwundert, wie mein Mund sagt (mein Gehirn ist nämlich eindeutig nicht beteiligt):

»Du kannst ja Ohropax benutzen. Oder im Gästezimmer schlafen.«

Was wird mir als nächstes einfallen? Zungenreden, ekstatisches Geschwafel ohne Sinn und Verstand?

Am Morgen darauf werde ich von einem Mann geweckt, der mich auf den Mund küßt, das Frühstück ans Bett bringt und mir sagt, daß er mich liebt. Zwischen uns liegt Nils und strampelt. Er lacht uns an. Draußen scheint die Sonne. Es ist ruhig und hell von der dünnen Schneedecke. Der Garten ist so schön, so friedlich, so reich. Die Grübeleien vom vergangenen Tag verschwinden. Ich spüre Zuversicht.

»Es ist doch herrlich, mal frei zu haben, oder?«

Die Trulla im Supermarkt sieht mich neugierig an, nachdem sie in den Kinderwagen geschaut hat auf meinen zufällig gerade mal schlafenden Sohn.

Ich nicke schwach und male mir aus, wie der Kinderwagen von schwarzen Strichen nur so übersät sein müßte, wollte ich bei jedem dieser oder ähnlicher Kommentare einen hineinritzen. Erziehungsurlaub. Wer hat sich diesen bescheuerten Begriff ausgedacht? Am nächsten Tag schreibe ich genau auf, was wir an unseren *Urlaubs*tagen machen, mein Kind und ich. Die Stillzeiten in der Nacht kann ich nicht überblicken, ich weiß nur, daß ich alle zwei oder drei Stunden geweckt werde. Also:

7.30 Nils wacht auf. Wird gestillt.

8.30 Karl bringt mir das Frühstück ans Bett und wickelt Nils. Ich schaufele mir das Müsli hinein. Karl frühstückt, während ich Nils beschäftige, und macht sich dann auf den Weg in die Stadt.

9.00 Nils wird gestillt.

9.45 Nils schläft auf meinem Arm ein.

9.55 Ich lege Nils in sein Bett, gehe duschen, ziehe mich an, gehe in die Küche.

10.20 Nils wacht auf. Ich trage ihn herum, bis er zehn Minuten später auf meinem Arm wieder einschläft.

10.35 Nils wacht auf.

10.40 Nils wird gestillt.

10.45 Potentielle Käufer des Nachbarhauses klingeln, um sich über das Brunnenwasser und über technische Details zu unterhalten. Ich versuche, meine Brust warm zu halten, während ich an der Tür stehe und sie daran hindere einzutreten.

10.50 Ich stille weiter.

11.10 Zweite Seite.

11.25 Fertig gestillt. Setze Nils in den Tragesack. Esse Dickmilch.

11.45 Nils schläft im Tragesack ein.

12.20 Wir gehen raus. Holen die Post, gehen 5-10 Minuten spazieren.

13.05 Nils wacht auf, hat Hunger.

14.10 Nils schläft ein. Ich sehe fern.

15.05 Wir schlafen beide.

16.00 Nils wacht auf. Bekommt sein Essen.

16.40 Nils schläft ein. Ich mache mir selbst was zu essen.

16.50 Nils wacht auf. Bekommt sein Essen.

17.15 Nils schläft ein.

Hier endet die Liste. Ich verliere den Überblick, oder den Stift. Vielleicht wird die Dunkelheit um mich herum so dicht, daß ich mich nicht mehr darauf konzentrieren kann, alles aufzuschreiben. Ich wiege mein Kind, esse eine halbe Packung Kekse, heule eine Runde und zähle die Minuten, bis Karl heimkommt.

Am gleichen Abend klingelt das Telefon. Mist, jetzt kommt er wieder später, schießt es mir gleich durch den Kopf. Aber er ist es gar nicht, es ist Lena. Wir haben seit Jahren nichts voneinander gehört. Einmal haben wir zusammen gearbeitet, das war noch in meinem früheren Leben, wir haben immer zusammen Mittag gegessen, sind zusammen zur Arbeit und wieder heim gefahren, wir sind zusammen verreist und haben zusammen an Theken geklebt. Wir hatten beide unsere Männer, die aber nie dabei waren, wenn wir uns trafen. Lenas und meine Welt war eine abgegrenzte Spaß-Welt. Dann habe ich den Job gewechselt, und unsere Beziehung schlief ein. Wir haben immer gemeint, das Kinderkriegen sei so weit weg. Nein danke, jetzt noch nicht, vielleicht wenn wir auf die Vierzig zusteuern. Jetzt gehen wir auf die Vierzig zu, höchst unfreiwillig, aber in Riesenschritten.

»Wie geht es dir?« fragt Lena.

»Ich habe ein Kind bekommen«, antworte ich.

»Ich weiß, ich habe Anna auf der Straße getroffen. Als ich draußen war mit *meinem* Kind«, sagt Lena.

Wir müssen hysterisch lachen. Ich freue mich so, ihre Stimme zu hören. Kein »Was ist passiert? Warum hast du dich nicht mehr gemeldet? Interessierst du dich noch für mich?« Nur diese große Freude, daß sie da am Telefon ist.

»Können wir uns treffen?«

»So schnell wie möglich.«

»Morgen«, sage ich.

»Morgen!«

Ich bin richtig glücklich, als ich den Hörer auflege. Ich habe jemanden, der auf mich wartet, jemand, auf den ich mich freue und dem ich meinen Sohn zeigen möchte. Auf einmal spüre ich wieder so etwas wie Zuversicht. Das ist gar nicht selbstverständlich.

In den Jahren, bevor Nils kam, habe ich in meinem Adressbuch Tabula rasa gemacht. Da standen noch zu viele Namen, die etwas von mir wollten, die mir langsam die Luft zum Atmen nahmen, zugegeben mit meinem Einverständnis. Für jemanden, der sich immer nach den anderen gerichtet hat, ist es schwer, nein zu sagen.

Es gehörte schon zum Ritual, daß Karin anrief und Stunden über die Ausfälle ihres gräßlichen Mannes sprach und über ihre eigenen tollen Entwicklungen. Ich hörte zu, genauso geduldig wie ich es immer getan hatte, seit wir uns im Tierfreundeklub der Schule kennenlernten. Wenn wir auf dem Heimweg waren, erzählte Karin mir von ihren Flirts mit den Jungen aus der A oder C. Und ich war beeindruckt. Nach und nach ging es in ihren Geschichten dann um Jungen aus der Konfirmandengruppe, in die ich aus ideologischen Gründen nicht gehen wollte. Durch Karins Erzählungen mußte ich aber rasch einsehen, daß meine Entscheidung taktisch unklug gewesen war. Man konnte während dieser Treffen sein Herz auch anderen Jungen als Jesus öffnen. Ihre Abenteuer nahmen ein abruptes Ende, als Kennet auf der Bildfläche erschien, ein leicht ergrauter Mann, mit dem sie, als sie gerade zwanzig geworden war, ihre erste und seine zweite Ehe einging. »Sie suchte einen Vater und fand einen Großvater«, lästerte Anna, als wir Karin zum Altar schreiten sahen. Sicher etwas übertrieben, aber von dem Tag an war ich eigentlich der Meinung, daß vor mir das interessantere Leben läge. Trotzdem behielten wir unsere Gewohnheit bei: sie redete, und ich hörte zu. Einmal, als sie gerade ausführlich ihre Überlegungen zu ihrer Hochzeitsfeier vor mir ausbreitete, rutschte es mir heraus, daß ich selbst gerade ein ziemliches Problem hätte. Ich hörte ein lautes Gähnen durch den Hörer. Dann beendete sie unser Telefonat mit den Worten: »Du, ich muß Schluß machen und endlich ins Bett. Ich melde mich«, sagte Karin.

Im Gehirn sammelt man ja eine ganze Menge an Informationen. Und die verdichteten sich nach diesem Telefonat langsam, aber sicher zu einer Sequenz zahlloser Erinnerungen an ähnliche Situationen.

»Diesen Job kann ich keinen Tag länger machen«, hatte ich einmal zu ihr gesagt, als ich allein lebte und die Angst von den Wänden tropfte.

»Mich belasten diese Intrigen und Revierkämpfe so sehr. Ich muß kündigen, bevor ich hier völlig verrückt werde, auch wenn es ein gewaltiger Schritt ist. Ich muß ja für mich sorgen können.«

»Ja vielleicht. Du könntest doch bei uns anfangen. Es würde dir vielleicht guttun, etwas völlig anderes zu machen, oder einfach nur Geld zu scheffeln, haha! Habe ich eigentlich erzählt, daß Kennet eine neue Stelle hat? Ein toller Titel, mehr Geld, mehr Urlaub. Gute Aussichten auf einen Posten im Ausland. Da muß man keine Steuern bezahlen, wußtest du das? Und die Kinder können auf Kosten des Unternehmens die teuerste Schule besuchen. Ich würde ein paar Jahre am Pool mit Hausangestellten und Kindermädchen nicht ablehnen.«

Ich schluckte, sagte aber nichts. Sie plapperte munter weiter.

»Wir waren übrigens unterwegs und haben uns nach einem Eßtisch umgeschaut. Ich wollte gern etwas im gustavianischen Stil. 24 000 Kronen wollten sie für einen haben, der zwar ganz schön war, aber nicht den richtigen Farbton hatte. In dem Fall hätten wir ihn umlackieren lassen müssen, und ich weiß nicht, ob ich schon wieder Handwerker im Haus ertrage.«

Ich schaute mich um in meiner gemieteten Ein-Zimmer-Wohnung.

»Vielleicht können wir uns bald treffen? Nur nicht am Wochenende. Das Boot soll am Samstag raus, abends sind wir dann bei meinen Eltern eingeladen, vierzigster Hochzeitstag, mit Champagner und dem üblichen Drum und Dran. Am Sonntag ist Golfturnier. Aber am nächsten Wochenende paßt es prima.«

»Da muß ich Pfandflaschen wegbringen.«

»Oh. Na ja, sollte ich auch mal tun.«

Ich schwöre, daß ich den Hörer dieses Mal aufgeknallt habe. Aber es dauerte noch eine ganze Weile, bis mir das Muster klar war. Dann fing ich an zu fluchen. Fast ein ganzes Jahr lang fluchte ich heimlich über ihre Anrufe, sagte aber nichts.

»Du solltest mit ihr sprechen«, sagte Paula. »Es ist ungerecht, wenn du dich nur auf ihre Fehler konzentrierst. Ihr habt euch doch mal gemocht.«

Ich wollte aber nicht darüber sprechen, ich war zu sauer oder vielleicht einfach zu feige. Statt dessen bekam ich jedes Mal Kopfschmerzen, wenn ich an Karin dachte. Ich hatte das Gefühl, daß mein Leben belagert war. Der ganze Spaß, den wir miteinander erlebt hatten, verblaßte zusehends. Sie war inzwischen eine Belastung, jemand, der sich nicht um mich scherte, sondern nur darum, was ich für sie tun könnte. Daß ich Karl kennengelernt hatte, sah sie als einen glücklichen Zufall an, etwas, das für den Übergang war, ich war ja zur Zeit diejenige, die im Beruf Erfolg hatte, da sollte sie wenigstens im Privatleben die Nase vorn haben.

Eines Tages brachte ich die Sache auf den Punkt. Die Nacht davor hatte ich allein dagesessen und versucht zu arbeiten. Karl war in den USA. Ich war krank vor Sehnsucht nach ihm. Da klingelte das Telefon. Ich hatte gehofft, daß er es war. Aber es war Karin, und sie legte gleich wieder los. Sie hatten ein unglaublich gelungenes Nachbarschaftsfest hinter sich, alle hatten ihr Komplimente über ihr Kleid gemacht, das sie schon seit ein paar Jahren hatte, genäht in Thailand, spottbillig, kein Problem, nach drei Kindern da hineinzupassen. Alle Männer aus dem Viertel wollten nur mit ihr tanzen und hatten Kennet so eifersüchtig gemacht, daß er das Fest leicht beschwipst verlassen hat, das Auto herausgeholt und mit Absicht in den neugebauten Zaun des angesehensten Nachbarn hineingefahren ist. Sie verstand das als Kompliment.

»Wie viele Frauen dürfen so was wohl erleben? Karl ist wohl nicht heißblütig genug für so was«, sagte sie schmunzelnd, und ich sah ihr selbstgefälliges Grinsen förmlich durchs Telefon.

»Weißt du was, Karin? Scher dich zum Teufel«, sagte ich ziemlich leise und spürte, wie der Hörer in meiner Hand zu zittern begann.

»Was?!«

»Scher. Dich. Zum. Teufel«, sagte ich. »Wir haben uns nichts mehr zu sagen. Ruf mich nicht mehr an.«

»Ich verstehe nicht.«

»Das weiß ich. Und ich habe keine Lust, es dir zu erklären. Aber jetzt ist es genug.«

Das war schon ein komisches Gefühl. Wie paradox, daß nun das, wovor ich am meisten Angst gehabt hatte, passiert war. Ich hatte in Freundschaftsangelegenheiten ja immer geglaubt, wenn ich etwas von einem anderen verlangen würde, dann würde derjenige von mir nichts mehr wissen wollen. Also habe ich lieber gar nichts verlangt. Ich glaubte tatsächlich, daß der Sinn einer Freundschaft darin bestand, loyal zu sein, um jeden Preis, zu geben, nichts zu fordern. Dann mußte ich jedoch feststellen, daß es gar keine echte Loyalität gab. Die Kopfschmerzen verschwanden noch am gleichen Abend.

Ein Anfang war also gemacht. Jetzt würde es mir leichterfallen, aufzuräumen. Eines Tages machte ich in meinem Adreßbuch einen ebenso fetten Strich bei der hübschen Linda, die sich weigerte, das Gute zu sehen, das ihr über den Weg lief und statt dessen mit Vorliebe jammerte, wie mißglückt ihr ganzes Leben sei.

»Nie trifft man den richtigen Mann, keiner will einen haben, jetzt sitze ich hier und versauere auf dem Land, was soll ich nur tun, du hast Glück gehabt, du hast Karl gefunden.«

»Aber du hast doch am Freitag einen Typen kennengelernt, hast du gesagt.«

»Ja schon, aber der war so breitschultrig und hatte so dünnes Haar, eigentlich gar nicht mein Typ, ich suche einen schlanken, muskulösen, vielleicht einen Künstler, das würde zu mir passen, ein bißchen rockig, harte Schale, aber weicher Kern, obwohl er auch finanziell gut dastehen sollte, ich habe es ja erlebt, wie es einem ergeht, wenn der andere meint, man könnte zu zweit vom Bafög leben, und ich bin es leid, meine Unterwäsche bei H&M kaufen zu müssen, aber wo sind diese Männer, ich habe keine Lust mehr, auch dieses Wochenende wieder an einer Bar herumzuhängen, ach ja, ihr habt ein Fest an diesem Wochenende, wie schön, kommt denn jemand, den ich kenne?«

»Nein, aber eine Unmenge attraktiver Junggesellen, die bestimmt interessiert sind, dich zu treffen.«

»So so ...«

Zwei Stunden vor dem Fest mit den attraktiven Junggesellen, dem ausgeliehenen Porzellan und dem liebevoll zubereiteten Essen rief Linda an und sagte, daß sie lieber bei der Katze zu Hause bleiben und die Gelegenheit nutzen würde, endlich mal in den Waschsalon zu gehen, wo sie nun schon Zeit hätte.

»Ich schleppe seit einer Woche eine Erkältung mit mir herum, aber sie kommt einfach nicht durch. Ich bleibe lieber zu Hause. Ich Pechvogel.«

»Ja, du Pechvogel.«

»Wir können uns ja nächste Woche treffen. Dann können wir auf meine Erbschaft anstoßen.«

»Ja.«

Linda hatte ganz unerwartet 175 000 Kronen geerbt. Da war die Freude groß, denn sie war permanent in Geldnot. Ihre Erläuterungen, was sie in ihrer Küche zusammensuchte und in der Frühstücksbox verstaute, um die Haushaltskasse zu schonen, waren ein fester Bestandteil unserer Gespräche. Ich selbst habe ein kompliziertes Verhältnis zum Geld. Nichts zu haben, ist furchtbar, und mehr als jemand anders zu haben, ist auch furchtbar. Ich versuchte, es auszugleichen. Ich hatte keine Ersparnisse, aber schon ein festes Einkommen. Linda hatte das nicht, und deshalb schämte ich mich.

»Ich lade dich ein«, sagte ich, wenn wir ins Kino gingen.

»Ich lade dich ein«, sagte ich, wenn wir Essen gingen.

»Wie lieb von dir«, sagte sie.

»Du kannst mich einladen, wenn du einen Job hast«, sagte ich.

Sie bekam einen Job.

»Aber das Gehalt ist mickrig. Es reicht hinten und vorn kaum, ich werde das Auto im Winter abmelden müssen, ich habe kein Geld für Winterreifen, Mensch, wie schön es wäre, ins Kino zu gehen, hätte man doch nur Geld für einen Armani-Blazer, Gott – schenk mir einen Armani-Blazer, zweiundzwanzig Kröten für einen Cappuccino, wer soll das bezahlen?«

»Ich lade dich ein.«

»Mensch, bist du lieb.«

Das höhere Gehalt ließ auf sich warten, aber das Erbe war plötzlich da. Wir trafen uns in der Bar jenes Restaurants, in das alle Karrieremänner am Freitagnachmittag gehen. Es war vier Uhr, noch waren nicht viele Anzüge in Sicht.

»Was ist das denn? Das sieht aus wie ein Schmuckstück für eine Fünfjährige«, sagte Linda und zeigte auf meine Brosche mit Korallen, ein Lieblingsstück, das ich von meiner Großmutter geerbt hatte.

Der Barkeeper kam, und wir bestellten jeder ein Bier. Ich stand näher an ihm, deshalb bezahlte ich.

»Nun erzähl doch mal von dem Erbe«, sagte ich.

»Es ist unglaublich«, sagte Linda. »Ich erhalte einen Anruf von einem Anwalt, der sagt, ich hätte einen Verwandten, der mir 175 000 Kronen vermacht habe. Genau wie im Film. Er war geizig, hat alles gespart, in einer heruntergekommenen Wohnung gehaust, alte Flaschen und Lumpen gesammelt und jedem erzählt, er hätte keinen Pfennig ...«

Das liegt vielleicht in der Familie, geht es mir durch den Kopf.

»... und dann stirbt er und hinterläßt den Kindern seiner Cousine eine größere Summe Geld, und ich bin eins davon.«

»Das ist ja phantastisch. Was machst du jetzt damit?«

»Neue Unterwäsche kaufen, ich habe einen herrlichen La Perla-BH aus grauer Spitze gesehen! Nach Spanien fliegen. Zum Friseur gehen. Essen gehen. Gardinen nähen lassen, dann kannst du die zurückbekommen, die du mir geliehen hast. All sowas. Und genießen, daß ich nicht geizen muß.«

»Das klingt ja ganz unglaublich!«

Wir saßen noch eine Weile in der Bar. Tranken noch ein paar Biere und musterten die Männer mit den teuren, zum Teil maßgeschneiderten Anzügen. Ich grüßte ein paar von ihnen, Bekannte aus der Zeit mit dem anderen Mann.

»Schöner Anzug, aber langweilig sah er aus«, maulte Linda. »Und diese Achziger-Jahre-Frisur.«

»Er ist ein netter Kerl. Sogar sehr nett«, sagte ich.

»Ich habe mich ein paarmal mit einem der Verkäufer aus der Firma getroffen. Nicht sonderlich gutaussehend, aber sehr nett. Und eigentlich nicht mein Typ. Jedenfalls nicht der Typ, den ich heiraten würde, um es mal so zu sagen.«

»Dann tu es doch nicht. Laß es einfach laufen. Hab Spaß.«

»Ich weiß, aber ich bin diesen Frühling auf drei Hochzeiten eingeladen. Ich fange an, nervös zu werden. Ich bin jetzt dreißig.«

Ich hob die Augenbrauen. Die Rechnung kam.

»Bist du so lieb und übernimmst das. Ich lade dich das nächste Mal ein«, sagte Linda und entschwand blitzschnell Richtung Toilette.

An diesem Abend habe ich lange darüber nachgedacht, wie es passieren konnte, daß es mich vierhundert Kronen gekostet hat, Lindas Erbe zu feiern. In meiner Familie wurde nie über Geld gesprochen. Abgesehen davon, sich nackt zu zeigen, gab es nichts, was peinlicher war als Geld. Dadurch wurde quasi unausgesprochen mitgeteilt, daß nie welches da war. Vielleicht lag die Peinlichkeit auch darin.

Die Frage: »Wolltest du mich heute nicht einladen?« wäre nach diesem Codex einfach nicht zulässig gewesen.

Eine Woche später rief Linda an.

»Es ist wie verhext. Jetzt ist es schon wieder passiert. Kannst du dir vorstellen, daß dieser Mistkerl zweigleisig fährt? ›Hat Bindungsängste, weiß nicht recht, wie seine Gefühle für die andere Frau sind‹, warum zum Teufel laufen mir immer solche Männer über den Weg?«

»Ich hatte nicht den Eindruck, daß du selbst so überzeugt davon warst. Wolltest du dich nicht auch mit Andreas diese Woche verabreden?«

»Schon.«

In der Woche darauf lernte sie tatsächlich einen Mann kennen. Einen ganz normalen Typen. Ihre Beziehung hielt ein Jahr. Ein Jahr lang hörte ich also keinen Ton von Linda. Dann erhielt ich eine Postkarte. »Wir haben Schluß gemacht. Bin völlig down. Und blank. Können wir uns TREFFEN?!« schrieb sie aus Barcelona.

»Verpiß dich«, sagte ich und verbrannte die Postkarte über dem Waschbecken in ritueller Andacht.

Wieder verschwand ein Name aus dem Adreßbuch. Ich räumte auf. Ich brauchte um mich herum Lebensraum und Leute, die mir Energie gaben, keine, die mir das bißchen, was ich besaß, wegnahmen. Ich setzte mich selbst an die erste Stelle. Das war ganz neu und ungewohnt.

»Schluck es runter, beiß die Zähne zusammen.« Das war die Devise gewesen, solange ich denken kann, egal, worum es eigentlich ging. Ich war nicht der Typ, dem man zuhörte oder der sich wehrte. Also biß ich die Zähne zusammen. Eine Zeitlang war ich so brav, daß ich eine Kieferklemme bekam. Ich konnte den Mund zwar schließen, aber ihn nicht mehr als bis zur Hälfte wieder öffnen. Es war unmöglich, etwas Größeres als ein Reiskorn zu essen. Ein deutlicher Fingerzeig meines Körpers, nichts mehr zu schlucken.

Ich ging zum Zahnarzt und erhielt eine Aufbißschiene. Nach der ersten Nacht konnte man im Plastik große Einkerbungen sehen, wo ich zugebissen hatte. Als einen Monat später meine Weisheitszähne durchbrachen und die so sorgfältig angepaßte Schiene nicht mehr saß, fing ich wieder an, mit den Zähnen zu knirschen. Bis heute.

Das ausgeprägte Pflichtbewußtsein übernahm weiterhin die Regie. Doch dann bemerkte ich eine Veränderung: Zuerst begriff ich nicht, was eigentlich in mir vorging. Doch nach und nach wurde es mir bewußt. Ich machte klar Schiff für dich, mein Sohn. Da war kein Platz in meinem Leben für ein Kind, solange ich mich von anderen vereinnahmen und mich von Fürsorge und Nächstenliebe drangsalieren ließ. Jetzt warf ich die Parasiten hinaus und fühlte mich schrecklich einsam und leer. Ich vermißte aber nicht die Menschen, die verschwanden, sondern vielmehr die Rolle, die ich für sie gespielt hatte. Denn obwohl man ausgenutzt wird, oder vielleicht gerade deshalb, hat man dadurch ja auch einen Platz in dieser Welt.

Am nächsten Vormittag packe ich die Dinge zusammen, die wir für einen Ausflug in die Stadt brauchen. Brei, Waschlappen, Klamotten zum Wechseln für Nils und für mich, Schnuller, Stilleinlagen, Flaschenwärmer, Äpfel für den Fall einer Unterzuckerung, eine Flasche Wasser gegen den Durst, der riesengroß ist, Binden für den Wochenfluß. Ist das schon alles?

Nils liegt im Bett und schaut sich sein Mobile an, das ich aufgehängt habe. Die Figuren sind lustig, aber er mag nicht länger als eine Minute so einsam daliegen. Ich rede nervös auf ihn ein, damit er weiß, daß ich in der Nähe bin. Mein Puls ist hoch, die Schweißproduktion läuft wie immer auf Hochtouren. Windel wechseln, bevor wir losfahren, Schneeanzug an, Halstuch, Mütze, die kleinen Socken – das findet er gar nicht gut. Die Reflexe des kleinen Körpers sind stark, er hört nicht auf zu strampeln. Der Schneeanzug muß sich wie ein Gefängnis anfühlen. Also schnell die Jacke an und in die Schuhe mit Klettverschluß. Die Schnürstiefel vom letzten Jahr stehen ganz hinten im Garderobenschrank, unbenutzt. Wer hat schon Zeit, Schuhe auf- oder zuzubinden, wenn ein kleiner Knirps nach Essen, Schlaf oder frischen Windeln jammert?

Raus zum Auto, Babyschale im eiskalten Auto befestigen, einen wütenden oder traurigen kleinen Jungen schuckeln und beruhigen, Kinderwagen zusammenklappen. Diese Metallösen wollen nie dahin, wo meine Finger sie haben wollen, die Sperre lösen, Mist! Bin mit dem Finger hängengeblieben, dann klappt der Wagen ineinander, schwer heben mit frisch zugenähtem Unterleib, anspannen, anspannen, bloß keinen Gebärmuttervorfall riskieren, Windschutzscheibe von Eis und Schnee freikratzen, mein Sohn schreit wie am Spieß, und auf dieses Kommando schießt die Milch ein und fängt an auszulaufen.

Wir haben zwölf Grad minus, strahlende Sonne, und ich weine hemmungslos, als ich mich auf den eiskalten Fahrersitz des alten Opels setze. Wieso habe ich mich auch für Karls geliebte alte Schrottkiste begeistern können? Ich mir eine Blasenentzündung holen oder unfruchtbar werden, auch gut, mehr Kinder wird es ohnehin nicht geben, völlig klar. Das Steuer läßt sich kaum bewegen, die Lüftung funktioniert kaum, und die Scheiben laufen schon wieder an. Aber wir machen uns auf den Weg.

Ein paar Minuten später ist Nils mit meinem kleinen Finger im Mund eingeschlafen. Es ist nicht ganz einfach, mit einer Hand zu fahren und zu kuppeln, aber es geht. Langsam kann ich meinen Finger wieder herausziehen.

Mit zunehmender Wärme im Auto kehrt Ruhe ein. Mein Puls geht etwas runter, wenn auch nicht viel. Noch mindestens ein Jahr lang werde ich 24 Stunden am Tag für akute Einsätze in den Startlöchern stehen. Der Körper ist für länger andauernden Streß eigentlich nicht gemacht, aber hier hat die Natur das Kommando.

Lena wohnt in der Stadt. Am Eingang des Jugendstilhauses ist ein Kinderwagen abgestellt. Ich schaue auf die Namen. Da steht ihrer, vierter Stock. Ich nehme den Fußsack mit meinem schlafenden Sohn in den Arm und drücke den Ellenbogen gegen die Klingel. Mit Kribbeln im Bauch. Da geht die Tür auf.

»Hallo!«

»Hallooo!«

Eine kleine Lena-Kopie klammert sich am Bein ihrer Mama fest. Ganz fröhliche Augen.

»Komm rein, ich habe Mittagessen gekocht.«

Ich lasse mich in die Wärme des engen Flures hineinsinken, in das Glück, eingeladen, umsorgt, verstanden und erwünscht zu sein. Es scheint wohl normal zu sein, daß man einer frischgebackenen Mutter Blumensträuße, hübsch verpackte Silberlöffel und kleine Babymützchen schenkt. Aber wie habe ich mich nach Essen, richtig gut gekochtem Essen, warmem Essen, mit Liebe gekochtem Essen gesehnt, seit Nils auf der Welt ist. Die Schwester im Mütterzentrum hatte mich gewarnt, daß die Milch ausgehen könne, wenn ich nicht vernünftig aß. Von Dickmilch und Müsli allein konnten auf Dauer weder Nils noch ich existieren. Aber wann sollte ich denn auch noch kochen?

»Das schaffen Sie schon«, hatte sie geantwortet, ohne den Blick von Nils' Gewichtskurve zu erheben.

Aber ich habe es bisher doch nicht geschafft. Dabei sollte ich es. Hätte mehr kochen und einfrieren sollen, bevor Nils kam. Müßte besser organisiert sein: Müßte mich in die Küche stellen und Fleisch kochen, wenn Nils schläft, statt selbst zu schlafen. Müßte besser, fleißiger, perfekter sein. Müßte mich halt verausgaben.

Vor mir landet eine große Schüssel mit dampfender Pasta.

»In den ersten zwei Monaten habe ich kaum etwas anderes als Dickmilch und Cornflakes gegessen«, sagt Lena. »Ich glaube, daß die Haare nicht deswegen ausfallen, weil man stillt, sondern weil stillende Mütter sich so einseitig ernähren und so gestreßt sind. Eine Zeitlang sahen Åke und ich wie Zwillinge aus. Die gleichen großen Fjorde in der Stirn und einen kahlen Fleck mitten auf dem Kopf. So habe ich mir das nicht gerade vorgestellt, als ich davon geträumt habe, unter gleichen Bedingungen wie gleichaltrige Männer zu leben. Und wie geht es dir? Kommst du zum Essen?«

Ich muß lachen, den Mund voller Pasta. So viele Jahre ist es her, und unsere Gedanken sind immer noch die gleichen.

Åke war seit einigen Jahren Lenas Mann. Sie hatten sich bei einem Segelkurs kennengelernt.

»Segelkurs. Hast du gehört? Segelkurs! Janne hatte schon seit Jahren auf mich eingeredet, daß ich so einen Kurs machen sollte. Das wurde uns dann leider zum Verhängnis. Er hatte sich wohl gedacht, daß ich sein blödes Boot mehr schätzen lernen würde, wenn ich ein bißchen mehr darüber wußte. Ich sagte, daß ich keine Lust hätte. Genausowenig wie ich zum Segeln rausfahren wollte, um mir den Kopf am Dach und den Wänden anzuschlagen, saure Dickmilch zu essen und auf ›herrlichen Skärgårdsinseln‹ zu pinkeln, wo hinter jeder Tanne schon benutztes Toilettenpapier liegt. Schließlich bekam ich diesen Kurs zum Dreißigsten von ihm. Super! Ich bin ausgeflippt und schrie, daß ich im Leben nicht fahren würde, niemals. Man könne die Anmeldegebühr leider nicht zurückbekommen, sagte der Geizhals, als ob das einen Unterschied machen würde. Dann kaufte ich ihm zum Geburtstag aus Rache ein schweineteures Aerobic-Hemd, von dem ich sicher war, daß er es nicht ein einziges Mal anziehen würde. Aber dann ist er doch tatsächlich hingegangen, kam steppend nach Hause und prahlte mit dem Mädchen mit knackigem Po im Trainingsdress, und da fühlte ich mich gezwungen, den Segelkurs wenigstens auszuprobieren.«

»Was für ein Reinfall«, sage ich und fange an zu lachen.

»Ja, ja, ich weiß schon, was du denkst«, lacht Lena.

»Kein Golf, kein Segeln, keine Hochzeit.«

»Keine Kinder«, ergänzt Lena. »Es waren einfache Lebensgrundsätze, und sie funktionierten vor zehn Jahren auch ganz gut, aber es ist schwer, sich über lange Zeiträume daran zu halten«, sagt sie und streichelt ihrer Tochter über das Haar, bevor sie fortfährt:

»Jedenfalls hatten sie einen Anfängerkurs ausgeschrieben. Klar. *Ich* war ja Anfänger. Alle anderen waren früher schon einmal gesegelt. Ein Feuerwehrmann aus Fjällbacka, der allein vom Schmelzen des Eises bis zum nächsten Winter segelte, war dabei, um seine Kenntnisse übers Spinnakern zu vertiefen. Leider würde ich ihm dabei nicht behilflich sein können, sagte ich, als wir auf der Brücke witzelten, bevor es losging. Fröstelnd und ängstlich stand ich mit einer ausgeliehenen Hockeytasche voller wasserabweisender Klamotten da und wollte nur noch nach Hause. Was hatte ich da zu suchen? Es war peinlich und anstrengend, und ich hatte Angst, ständig alles falsch zu machen. Zehn Minuten nachdem wir abgelegt hatten, stand der Lehrer unten in der Kajüte und versuchte, seine Freundin auf einem alten Handy anzurufen, während ich geradewegs auf die Klippen zusteuerte. Ich heulte, aber der Feuerwehrmann kam mir zu Hilfe. Meine Dankbarkeit war grenzenlos.

Etwa eine Woche nachdem wir wieder an Land gekommen waren, traf ich abends in der Stadt jenen Feuerwehrmann mit einem Bekannten. Der Bekannte war Åke. Sie luden mich zum Essen in den Sturehof ein. Wir saßen draußen im Biergarten, und ich mußte zu meiner Verwunderung feststellen, daß ich zum ersten Mal seit ziemlich langer Zeit richtig Spaß hatte. Am nächsten Tag rief mich Åke an, und wir trafen uns wieder, heimlich.«

»Heimliche Affären, waren die nicht eigentlich mal verboten bei uns?«

»Ja, ja, ja, früher mal, aber ich habe angefangen, so einige Dinge zu tun, von denen ich früher nichts wissen wollte. Jedenfalls wußte Åke, was er wollte, und ich fühlte mich geschmeichelt und war glücklich. Er gabelte mich mit seinem Sportwagen auf, und wir fuhren an lauter schöne Orte. Kannst du dir dieses Gefühl vorstellen, nachdem ich mir jahrelang anhören mußte, wie Janne mir immerzu vorrechnete, warum wir uns keinen neuen Wagen leisten konnten?«

»An den Ford kann ich mich gut erinnern«, sage ich. »Und an Jannes Sparsamkeit ...«

»Kannst du dir vorstellen, was es für ein Unterschied ist, plötzlich mit einem Mann in einem Sportwagen zu sitzen, der einen wirklich schätzt und einen Heiratsantrag macht? Ich dachte, er macht einen Scherz, und fragte ihn, ob er sich einen bestimmten Tag und eine genaue Uhrzeit überlegt habe. ›So schnell es geht‹, antwortete er. Und dann ging das alles ziemlich schnell. Ich erklärte Janne, wie es war. Er war der Meinung, daß ich das bereuen würde. Dann half er mir, meine Sachen zu packen und bot an, sie zu transportieren – in dem Ford –, aber ich lehnte dankend ab, weil ich mir wie eine Schlampe vorkam.

Åke und ich heirateten am darauffolgenden Wochenende. In Paris. Zwei Jahre danach wurde Sofia geboren.

›Wir werden viele Kinder haben‹, flüsterte er mir im Bett häufig zu, in der Zeit, als ich immer noch der Meinung war, daß wir traumhaften Sex hätten. ›Wieviele?‹ fragte ich ihn. ›Soviele du schaffst.‹ Ich dachte in meiner unglaublichen Blödheit, daß er damit meinte, wieviele mein Körper zur Welt bringen könne, aber es stellte sich ziemlich bald heraus, daß es darum ging, wie viele ich versorgen und aufziehen könne. Denn es ist ziemlich einsam geworden, seit Sofia da ist«, sagt Lena mit etwas gedrückter Stimme.

»Kann ich mir gut vorstellen«, antworte ich.

»Es ist schwer zu begreifen, was passiert. Und vielleicht auch, warum man die Lügen nie durchschaut hat. ›Die Liebe wird nur größer, wenn man sie teilt.‹ Klar. Ist doch logisch, daß für jeden weniger übrigbleibt, sowohl Liebe als auch Zeit. Jetzt streiten wir uns um die wenige freie Zeit, die wir haben. Neulich kam Åke nach Hause und erzählte neidvoll, daß er einen frisch geschiedenen Freund getroffen habe, der jetzt wieder bis halb vier Uhr morgens unterwegs ist und trinkt und der nach New York fliegt, wenn er Lust dazu hat. ›Ich habe ihn gefragt, wie man das macht‹, sagte er zu mir und lachte, ›das ist ja meilenweit von dem Leben entfernt, das man selber führt.‹ Sagt er! Der jeden Tag zur Arbeit geht, in Ruhe im Restaurant zu Mittag ißt und treffen kann, wen er will und wann er will. *Er* meint, sein Leben habe sich im gleichen Umfang verändert wie meines, nur weil ich mir wünsche, daß er nach Hause kommt und mit seiner Tochter mal eine Stunde spielt, bevor sie ins Bett geht. Ich bin inzwischen echt sauer. Und träume davon, mal in Ruhe auf die Toilette gehen zu können. Mein Gott, was rede ich. Warum erzähle ich dir das? Wo waren wir stehengeblieben? Ach ja, kommst du dazu, etwas Anständiges zu essen, oder denkst du auch über ein Toupet nach?«

Das Telefon klingelt. Lena nimmt ab. Das Gespräch dauert ein paar Minuten.

»Meine Schwiegermutter«, sagt Lena, als sie aufgelegt hat. »Du weißt sicher, wie das mit Schwiegereltern ist.«

»Nein, eigentlich nicht«, antworte ich. »Meine Schwiegermutter meldet sich nie, weder bei Karl noch bei mir.«

»Sei froh. Man sollte sie besser auf Abstand halten. Als ich aus der Klinik nach Hause kam, standen im Flur schon die Koffer, auf dem Sofa saßen Åkes Eltern und warteten. Eigentlich wollte ich nur meine Ruhe haben, aber was sollte ich tun? Åke war einverstanden gewesen, daß sie kamen. Als Sofia in der ersten Nacht aufwachte und schrie, hörte ich Schritte vor der Tür und kurz darauf höre ich Åkes Vater sagen: ›Nun laß sie sich doch in Gottes Namen selbst um ihr Kind kümmern.‹ Meine Schwiegermutter hatte sich auf den Weg zu unserem Schlafzimmer gemacht, um die Kleine zu übernehmen. Kannst du dir das vorstellen? Am nächsten Tag hängt sie mir ständig im Nacken und kommentiert alles, was ich tue. Sie erzählt mir, wie die Windeln aussahen, als Åke klein war, erklärt, warum Kinder auch im Haus eine Mütze tragen sollten, wundert sich, daß Sofias Haut keine Ekzeme hat, und gibt ihre Meinung zum Essen, Schlafen und der Temperatur im Schlafzimmer ab – alles, was du dir nur denken kannst.« Aber was mich am meisten ärgerte, war, daß sie tat, als würde es mich gar nicht geben. ›Oh, so eine süße Nase, die hat sie von Åke. Und wie du die Zunge herausstrecken kannst, hat Papa dir das beigebracht? Kann ich jetzt mal ein Foto von Vater und Tochter machen?‹ Mein Körper hatte die Schwerstarbeit gemacht, nun waren ihre Gene an der Reihe. Jetzt ruft sie fast täglich an und fragt, wie es Sofia geht. Ich kann damit nicht umgehen. Ich bin es mittlerweile ziemlich leid und werde von Mal zu Mal unfreundlicher. Die wenige Zeit, die ich am Tag habe, wenn mein Kind schläft, mag ich nicht mit ihr darüber plaudern, ob Sofias Bauch gerade hart oder weich ist, oder was es sonst gerade zu berichten gibt.

Jetzt mußte sie unbedingt anrufen, um uns mitzuteilen, wie enttäuscht sie sei, daß wir nicht zum Luciafest zu ihr gekommen sind. Wie kommt es, daß die Leute völlig vergessen, wie es ist, kleine Kinder zu haben? Wie verdammt müde man ist und wie nötig man jede Minute Schlaf braucht, die man kriegen kann. Und wie kommt es, daß ich plötzlich diejenige bin, die den Kontakt zu Åkes Eltern pflegt, obwohl es eigentlich sein Job wäre, alles fernzuhalten, was stört?«

Draußen senkt sich schon die Dunkelheit. Wir packen unsere

Kinder in die Schneeanzüge und Fußsäcke und machen einen Spaziergang im Park.

»Ich habe auch gedacht, daß die Bindung zwischen Karl und mir durch das Kind viel stärker werden würde«, sage ich. »Daß wir einen Pakt hätten. Daß es noch wichtiger sein würde, daß wir zusammen leben. Statt dessen sitze ich da draußen in unserem Haus und fühle mich vergessen und abgestellt.«

»Man muß nicht mal in einem Haus auf dem Dorf sitzen, um sich so zu fühlen«, sagt Lena.

»Letzte Woche wollte Karl, daß Nils und ich ihn zur Weihnachtsfeier seiner Firma begleiten. Es sei doch schön für mich, rauszugehen und unter Leute zu kommen, jetzt, wo sich die Lage ›langsam beruhigt‹. Ich brach sofort in Tränen aus, weil ich wirklich nicht verstehen konnte, was sich ›beruhigt‹ haben soll. Ich hatte gerade erst kapiert, daß mein Leben von nun an Kopf stehen würde.«

»Tja. Einerseits will man ja unbedingt Gesellschaft haben, aber unter anderen Vorzeichen. Es macht ja nicht gerade Spaß auszugehen, wenn einem überhaupt nichts mehr paßt, die Milch ausläuft, das Kind noch keinen Rhythmus hat und man sich ständig unter Strom fühlt. Ich habe den Fehler gemacht, zu so einem Fest mitzukommen, als Sofia gerade einen Monat alt war. Wir hatten gehofft, sie würde in ihrem Wagen schlafen, und daß wir sie durch das Babyphon hören könnten. ›Mensch, sie schläft aber schön‹, dachte ich noch, bis jemand hereinkam und meinte, sie würde seit einer Viertelstunde wie am Spieß brüllen. Die Stimmen der Gäste hatten das Babyphon einfach übertönt. Das Ende war, daß ich in einer Ecke des verrauchten Raumes versucht habe, ein weinendes Kind zu stillen und mich wie eine Rabenmutter fühlte, während Åke eine Zigarre rauchte und das Fest rundum genoß.«

»Genau diese Vision hatte ich auch. Ich fragte also Karl, ob er denn wirklich dieses Jahr zu seiner Weihnachtsfeier gehen müsse. Nils sei doch erst sieben Wochen alt, ich hatte seit seiner

Geburt nie mehr als drei Stunden am Stück geschlafen. Er war aber der Meinung, man dürfe den Kollegen gegenüber doch nicht sofort alle Elternklischees erfüllen.«

»Aber warum will eigentlich niemand zugeben, daß es wahnsinnig anstrengend ist, ein Neugeborenes zu versorgen?«

»Keine Ahnung. Und ich habe einfach Angst, abends in diesem blöden, großen, öden Haus allein zu sitzen. Einsam und verlassen. Karl ist ja der Meinung, ich würde mich selbst isolieren, aber mal ehrlich: ich habe doch gar keine Wahl. Ich habe mich nicht getraut mitzukommen, und Nils konnte ich nicht abgeben.«

»Ist er hingegangen?«

»Ja. Er hat gesagt, er würde nicht so lange bleiben.«

»Und du hast nicht weiter versucht, ihm deine Situation zu erklären? Das klingt überhaupt nicht nach dir«, sagt Lena.

»Stimmt. Ich wundere mich selbst, daß ich so wenig dagegenhalte. Es ist einfach nur kränkend und furchtbar zu hören, daß der, den man liebt, sagt, er ziehe betrunkene Arbeitskollegen mit Weihnachtsmannmütze mir und unserem Kind vor. Ich bin nicht der Ansicht, daß man Säuglinge ständig ins Kino, auf Partys, in Kneipen oder auf Kanutouren durch den Regenwald mitnehmen sollte. Es reicht doch schon, sich Sorgen zu machen, daß Nils sich erkältet. Wir brauchen einfach nur unsere Ruhe.«

»Es ist schon sonderbar. Eigentlich müßte das doch eine Zeit des Triumphes sein. Man hat ein wunderbares, süßes, gesundes Kind bekommen, das man liebt und das sich gut entwickelt. Und dann hat man das Gefühl, daß man dieses Erlebnis mit niemand anderem teilen kann. Es gibt keinen, der dieses Glück wirklich nachempfinden kann. Manchmal stelle ich mir vor, ein Lautsprecher würde uns den ganzen Tag folgen und am Ende zusammenfassen, was wir gemeinsam erlebt haben. Das könnte Åke sich dann anhören, wenn er nach Hause kommt, und zwischendurch wären noch Pausen zum Klatschen. Folgendes ist in den vergangenen Stunden passiert: Lena und Sofia wachen gegen halb acht auf. Lena steht auf und kommt nur schwer hoch, weil ihr Kreislauf sich nach der Schwangerschaft noch nicht richtig umgestellt hat und ihr von der vielen Schlepperei das Rückgrat weh tut, aber sie kämpft sich auf dem Weg zur Toilette vorwärts. Lena macht Brei für Sofia, liest mit einem Auge die Zeitung, ißt ein Brot und fängt Sofias Teller auf, als sie ihn gerade auf den Boden schmeißen will – wie beim Baseball! Lena schmeißt sich nach vorne, bevor Sofia an das Kabel vom Bügeleisen kommt, und schlägt sich den Kopf dabei an.«

»O Gott, das wird also noch schlimmer?«

»Es wird immer schlimmer. Mehr action, sozusagen. Es gibt jede Minute neue Herausforderungen, aber wenn Åke abends nach Hause kommt und fragt, was wir am Tag gemacht haben, habe ich das Gefühl, daß es nicht Großartiges zu sagen gibt. Ich fange Dinge auf, wische und schrubbe. Sofia holt etwas heraus und läßt es fallen. So muß es sein, das ist ihr Job. Einmal hatten wir beide eine Magen-Darm-Grippe, und ich war stolz darauf, uns über den Tag gebracht zu haben. Als er nach Hause kam, fragte er säuerlich, warum heute so viele Spielsachen herumlägen, und schimpfte darüber, daß er Kartoffelbrei unter dem Strumpf hatte. Da brach ich endgültig zusammen. Ich schrie ihn an, er könne seine Aktentasche nehmen und sie sich sonstwohin stecken, ich selbst hätte mich am liebsten vor die nächste U-Bahn geworfen. Er hat sich zwar gleich für seinen Auftritt entschuldigt, aber es ist schon ziemlich ernüchternd, eine so harte Arbeit zu machen, die einfach nicht anerkannt wird.«

Es ist schon später Nachmittag. Nils ist in seinem Wagen eingeschlafen. Ich muß zusehen, daß ich nach Hause komme, bevor es draußen allzu dunkel wird.

»Danke für den Tag.«

»Ich danke dir. Wollen wir uns bald wieder treffen?«

»Ja, unbedingt.«

Auf dem Heimweg wacht Nils auf und schreit zum Gotterbarmen. Ich überlege schnell und sehe ein, daß es nicht klappen wird, zu warten, bis wir zu Hause sind. Das Schreien wird immer heftiger, er ist knallrot im Gesicht. Mein Puls steigt, ich bin schweißgebadet, die Milch schießt ein. Ich halte auf einem Parkplatz am Supermarkt, schnalle mein Kind ab, mache meine Ziegenlederjacke auf, schiebe den Wollpullover, die Bluse und den Still-BH hoch und lege Nils an meine Brust, um seinen Hunger zu stillen, das Schreien zu beenden, meine Brust zu wärmen und einen Milchstau zu verhindern. Ich sinke in den Sitz hinein und ignoriere, daß es im Auto schnell ziemlich kalt wird. Denn mit der Stille werde auch ich ruhig. Die Stille, die verkündet, daß mein Kind zufrieden und geborgen ist, die meinen Herzschlag beruhigt.

»Es ist schön, dich so strahlen zu sehen, scheint dir gut zu tun, mal rauszukommen«, sagt Karl, als er mit einer Tüte chinesischem Essen aus unserem Lieblingsrestaurant in der Stadt nach Hause kommt – die Erinnerung an ein ganz anderes Leben, das nur ein paar Wochen zurückliegt.

Er hat recht. Ich bin froh. Der Besuch bei Lena war wunderbar. Lena versteht mich. Sie kann sich in mich hineinversetzen. Immer wieder hat Karl gesagt, er wäre froh, wenn ich wieder häufiger mit meinen Freundinnen spreche, denn er selbst fühle sich so unzulänglich und ausgeschlossen, wenn ich traurig bin.

»Ich will doch, daß du glücklich bist, Sarah. Du sollst glücklich sein.« Das sagt er oft. Aber ich spüre auch seine Hilflosigkeit, in dieser neuen Konstellation seine Rolle zu finden.

Am Abend lege ich mich nach dem Duschen nackt ins Bett. Nils ist eingeschlafen. Ich fühle nur mich. Nur meinen Körper. Keine Riesenunterhosen mit dicken Binden, keinen enganliegenden BH mit nassen Stilleinlagen. Nur Haut. Ich fühle mich warm und weich an. In ein paar Wochen habe ich die Blutung und die

Binden hinter mir, in einem halben Jahr den einschneidenden BH. Ich bekomme meinen Körper zurück. Danach sehne ich mich.

Erinnerung: Zum ersten Mal bin ich mit Karl im Bett. Alles ist ungewohnt. Das schmale Bett, sein Körper, der Duft eben dieses Mannes, das Licht, das durch einen kleinen Spalt in der Jalousie hereinfällt. Ich schlafe leicht, aber ganz ruhig. Wache oft auf, küsse ihn, werde geküsst. Werde am Morgen von einem Wecker geweckt und einem Mann, der strahlt. Ich muß lachen.

»Hast du gut geschlafen?«

»Ja. Und du?«

»Mm. Obwohl ich das Gefühl habe, als hätte ich die Nacht durchgemacht«, sagt er und küßt meine Schultern.

Ich bin verschlafen. Ich bin glücklich.

Drei Jahre später. Ich wache von leisem Schnorcheln auf, ein Arm wedelt, ein Bein tritt. Ich sehe meinen Sohn und lächle.

Ich bin verschlafen. Ich bin glücklich.

Kurz vor Weihnachten. Ich habe mich noch nie so erwachsen gefühlt wie damals, als ich meinen ersten eigenen Weihnachtsbaum kaufte. Das ist lange her. Bislang reiste ich hin und her und feiere das Weihnachten anderer Leute. Keine Ansprüche, nur eine Papiertüte mit Paketen zum Verteilen. Einmal habe ich mich betrunken, um die Busfahrt zu überstehen auf dem Weg zu Jesus' Geburtstagsfeier. Das war damals. Jetzt habe ich eine Familie und darf alles allein entscheiden. Wir bleiben zu Hause mit unserem Baum.

Karl ist da. Ich kann mich mal eine Weile freimachen. Es kostet eine gewisse Überwindung, nicht automatisch die Spüle oder die Waschküche anzusteuern. Manchmal bringe ich es fertig.

»Willst du heute vielleicht mal allein in die Stadt fahren?« fragt er mich eines Morgens.

Mein Herz hüpft vor Freude. Im Gefrierfach sind Tüten mit abgepumpter Milch. Die größte ist diese Woche verbraucht worden, als Karl sie sich auftaute in der Annahme, es handele sich um gekochten Blumenkohl. Aber die kleinen Tüten müßten bis zum Abend reichen.

»Was hast du vor?« fragt Karl, als ich zur Tür hinausgehe.

»Vielleicht ins Kino. Oder einfach bummeln gehen ohne die Angst, daß die Milch ausläuft, weil Nils zu schreien anfängt. Ruf mich an, wenn es kritisch wird. Hab dich lieb.«

Ich trage halbhohe Stiefel, aber mein Körper fühlt sich schwerelos an. Kein warmer Kinderkörper zum Tragen oder Beschützen, kein Kinderwagen zum Schieben. Die Beine heben einfach vom Boden ab, die Arme wollen hin- und herpendeln. Obwohl ich erst auf dem Weg zum Auto bin. In der Innenstadt habe ich die Wahl. Ich gehe in ein Kaufhaus und möchte so gern etwas Neues zum Anziehen finden. Ich möchte mich schön machen. In der Umkleidekabine kann ich meinen aufgedunsenen Körper von drei Seiten sehen. Jeder Spiegel zeigt eindeutig, daß sich die extraweite, aber taillierte Bluse, die ich anprobiere, nicht zuknöpfen läßt.

Ganz in der Nähe schreit ein Baby. Mein Körper reagiert prompt. Zwei dunkle Flecken machen sich durch den weichen Trikotstoff meines BH's bemerkbar, als die Milch einschießt. Einfach durch die Stilleinlagen hindurch. Das einzige, was mir übrigbleibt, ist, die Milchpumpe zu nehmen und abzupumpen. Dreimal pumpen, dann ist sie voll. Ich habe aber vergessen, einen Behälter mitzunehmen, in den ich die Milch einfüllen kann. Irgendwo habe ich gelesen, daß hinter den Spiegeln in den Umkleidekabinen Überwachungskameras installiert seien. War das in Schweden? Vielleicht hier? Was passiert dann jetzt im Aufsichtsraum?

Ich sinke auf dem kleinen Hocker in mich zusammen, heule ein bißchen, stopfe noch einige Taschentücher zusätzlich in den BH, nehme die volle Milchpumpe in die Hand, ziehe die zu enge Bluse wieder aus, werfe Karls altes Flanellhemd über, schlucke die Enttäuschung und das Gefühl der Peinlichkeit hinunter und versuche, an der Schlange vor den Umkleidekabinen und der Verkäuferin mit dem Rest meines Stolzes vorbeizugehen, während ich das mit Milch gefüllte Plastikrohr in der Hand zur Damentoilette balanciere.

Ich hätte mich mit einem Kinobesuch trösten sollen. Statt dessen stelle ich mich auf die Rolltreppe zur Kinderabteilung und kaufe ein paar Strampelanzüge und Pullover für meinen Sohn. Dann steuere ich zielsicher auf PrisExtra zu und kaufe ein. Die Schlangen sind lang. Es dauert Ewigkeiten. Als ich die Einkaufstaschen zum Auto geschleppt habe, ist es bereits dunkel und an der Zeit, heimzufahren. Was habe ich aus meinem freien Tag gemacht? Früher habe ich über die Geschichten gelacht, was Frauen sich vorgenommen haben, wenn sie ausnahmsweise mal eine Weile kein Kind dabeihatten. Zum Beispiel Fenster putzen. Oder Weihnachtsdecken bügeln. Im Juni. Langsam begreife ich es. Als ginge man in ein Musikgeschäft ohne die geringste Ahnung, was man kaufen will. Die Auswahl ist zu groß. Das macht den Kopf ganz leer. Letzten Endes kommt man mit einer CD heraus, die man schon als Schallplatte hat.

Auf dem Heimweg ist es dunkel. Ich sehne mich nach der Familie. Die Brust tut weh. Ich fühle mich unvollständig. Und ich verstehe nicht, warum das so ist.

Über die Zeitnot hat sich eine gewisse Verzweiflung eingestellt. Ich habe von Frauen gehört, die mit einem Säugling an der Brust ihren Magister machen. Ich versuche mich an einfacheren Dingen: beim Stillen die Zeitung lesen, geht ausgesprochen gut, ein Jäckchen fertigstricken, während Nils auf meinen Knien schlummert, funktioniert auch, mit den Fingern einer Hand am Computer arbeiten, während die andere seinen schlafenden Kopf stützt, erfordert schon mehr Technik und dauert zu lange, um wirklich effektiv zu sein.

Ausflüge, denke ich, ja, das ist die Lösung. Hier draußen auf dem Land gibt es so gut wie keine Dienstleistungen, und in der näheren Umgebung kennen wir sowieso niemanden. Jeder zwischenmenschliche Kontakt erfordert mindestens eine halbe Stunde Autofahrt. Karl fährt, und ich lade den Rücksitz mit Zeitungen und Büchern voll, um zum Lesen zu kommen. Wenn das Tageslicht im Winter nicht genügt, benutze ich eine Spezialtaschenlampe. Ich befestige sie und greife zur ersten Zeitung. Die Nacht ist rabenschwarz. Mir ist nicht ganz klar, was es ist, das ich nicht verpassen will.

Karls Urlaub ist vorbei, und er geht wieder zeitig aus dem Haus. Draußen ist es dunkel. Nils und ich liegen noch im Bett, schlafen wieder ein. Als wir aufwachen, ist es neun Uhr. Von draußen ist kein Ton zu hören, trotzdem bin ich unruhig. Was verbirgt sich wohl hinter den Schneewehen? Ich muß sehen, daß ich die Zeit totschlage, damit die Einsamkeit vergeht. Ich kann es nicht ausstehen, hier allein zu sein. Allein, allein, allein.

Es ist draußen so still, so öde und kalt. Ich hänge mir den Tragesack um und trage mein Kind ganz nah am Körper. In Wolle gehüllt machen wir den üblichen Rundgang über den Bauernhof, die Sommerbushaltestelle, das Eckhaus mit dem kläffenden Hund und dem ordentlichen Garten, an dem Hügel vorbei, am Eismann und an den Briefkästen, die in einer Reihe stehen. Eine Reiterin kommt mir mit ihrem Hund vor unserem Tor entgegen. Sie und ein Traktor, der donnernd in Richtung Bauernhof fährt, sind die einzigen Lebenszeichen.

Ich bin ein Stadtmensch, denke ich, als ich über die weite, schneebedeckte Wiese neben unserem Haus schaue. Das alles tut mir nicht gut.

Am Nachmittag klingelt das Telefon. Es ist Kerstin, die Bekannte von einem Bekannten, die über die Jahre meine Bekannte geworden ist. Von Freundschaft war allerdings nie die Rede.

»Hallo und herzlichen Glückwunsch«, sagt sie. »Ich habe von den Neuigkeiten gehört, *Mama* Sarah. Ich hatte gar keine Ahnung, daß du schwanger warst, und komme zur Zeit nicht dazu, die Geburtsanzeigen zu lesen, aber jetzt habe ich es mitbekommen!«

»Ja, danke. Dir geht es ja wohl ähnlich. Wie sieht es bei ... euch aus?« antworte ich zögernd, und kann mich im Moment gar nicht erinnern, ob sie einen Jungen oder ein Mädchen bekommen hatten, geschweige denn, wie es heißt.

»Supergut. Lina ist rund und fröhlich und hat schon vier Zähne, allerdings mit Gejammer und Geschrei, bis sie durch waren, ich kann dir sagen, ich bin fast verrückt geworden. Sie quäkte und bekam Fieber und Durchfall, und wir hatten keine Ahnung, was los war, ihre ganze Persönlichkeit war verändert, und wir dachten, Mist, jetzt haben wir zuviel von unserem lieben Kind erzählt, das nur schläft, ißt und zufrieden ist, aber es lag nun also an den Zähnen, wie ich eines Tages feststellte, als ich sie stillte und sie plötzlich mit aller Kraft zubiß.« Kerstin muß über ihre Geschichte lachen, und mir fällt in dem Moment wieder ein, warum wir nie mehr als Bekannte wurden.

»Wie geht es euch denn?«

»Rein körperlich gut. Aber es ist etwas einsam.«

»Ach ja, ihr seid auch umgezogen«, sagt Kerstin mit Betonung auf umgezogen. »Wir auch, hast du ja mitbekommen, aber uns gefällt es sehr gut. Hier stehen Pferde an einem Wäldchen in weniger als dreihundert Metern Entfernung. Das ist Lebensqualität, sage ich jedes Mal zu Hasse, wenn wir an dem Wäldchen vorbeifahren. Es ist doch herrlich, so in der Natur, mit Tieren um einen herum.«

»Vielleicht im Zoo.«

Kerstin läßt noch mal einen Lacher los.

»Du machst Witze. Hast du nicht Lust zu kommen und mir

deinen Wonneproppen zu zeigen, Babys sind doch das süßeste, was es gibt. Was hältst du von morgen?«

Es würde mich eineinhalb Stunden Fahrzeit pro Strecke bis zu Kerstin kosten, wir haben uns noch nie besonders viel zu sagen gehabt, und ich habe eigentlich nichts mit ihr gemeinsam außer, daß wir beide relativ frischgebackene Mütter sind und nicht arbeiten gehen. Im Augenwinkel sehe ich auf unserem Weg das Postauto seine Runde drehen. Das Ereignis des Tages ist somit vorbei.

»Kerstin, ich komme«, sage ich und seufze lautlos.

»Willkommen!« Die Tür zu Kerstins Backsteinhaus fliegt auf, als ich gerade den ersten Fuß auf die unterste Stufe setze. An der Tür befindet sich ein handgeschnitztes Namensschild, mit pastellfarbenen Ankern dekoriert. Ein Vorgeschmack auf das, was mich erwartet.

Bis in den Flur duftet es herrlich nach Kaffee und frischgebakkenem Brot. Kerstin ist Gourmet, kocht phantastisch und verarbeitet so ziemlich alles, was die Natur zu bieten hat. In ihrer Speisekammer stehen Saftflaschen, Marmeladengläser, Eingemachtes, Chutneys und Essige in verschiedenen Geschmacksrichtungen dichtgedrängt. Alle mit einem karierten Stück Stoff auf dem Deckel und handbeschrifteten, ankerverzierten Etiketten.

Anker sind Kerstins Leidenschaft. Schon als kleines Mädchen hat sie begonnen, Anker zu sammeln. Porzellananker, Stoffanker, Teddyanker, Badanker, gemalte Anker, fotografierte Anker, alles außer echten Ankern, da hat ihre Mutter nicht mehr mitgespielt.

Der Ankertick hat mit den Jahren nicht abgenommen. Als erwachsene Frau kann man sein Haus hervorragend mit Ankern dekorieren. Jetzt sind sie eben an Kleiderbügeln, Kerzenhaltern, Lampenschirmen, Lampenfüßen, Gardinenstangen, auf Küchentüchern und Tapetenbordüren im Schlafzimmer.

Die meisten Männer würden in solch einer Umgebung impotent werden, aber Kerstins Mann hat es irgendwie hingekriegt.

Jetzt steht seine Ehefrau mit dem Beweis auf dem Arm im Flur und heißt uns herzlich willkommen.

»Der Kaffee ist schon fertig, ich habe eine Mazarintorte gebacken! Nimm doch die Plastiküberzüge für die Kinderwagenräder, sie liegen da im Korb. Am Schuhregal sind Gästehausschuhe.«

Zögernd ziehe ich ein Paar rosa Pantoffeln mit Ankermotiven und Kerstins Initialen an.

»Hochzeitsgeschenke. Die blauen sind natürlich für die Männer gedacht, handgestickt aus Madeira, sind sie nicht wunderschön? Vielleicht etwas glatt«, fügt sie hinzu, als sie unfreiwillig in die Küche geschlittert kommt. Ich nicke still.

»Mein Gottttt, ist der süß. Und so viele Haare!« unterbricht sie sich und schaut Nils bewundernd an.

»Stimmt, man kann ihm schon eine Leningrad-Cowboys-Frisur machen.«

»Haben Cowboys eine besondere Frisur? Die haben doch immer einen Hut auf, zumindest in den Filmen. Lina hat ja kaum ein Härchen auf dem Kopf. Ich sehe mich gezwungen, sie konsequent in Rosa zu kleiden, damit die Leute merken, daß es sich um ein Mädchen handelt. Etwas peinlich«, sagt Kerstin und holt das gute Kaffeegeschirr hervor, tatsächlich ohne Anker, allerdings mit einem Muster, das an herablaufendes Blut erinnert.

Die glatzköpfige Tochter, in rosa Strampelhose mit Rüschen, gluckst zufrieden auf ihrer Krabbeldecke. Ihr Kopf ist rund, sie hat ein ordentliches Doppelkinn.

»Alle sagen, sie würde mir so ähnlich sehen, bis auf Hasses Mutter. So ist das wohl überall, jeder will, daß die Kinder nach der eigenen Familie kommen. Macht es euch auf dem Sofa bequem und bedient euch. Das ist schon meine vierte Tasse Kaffee, und es ist noch nicht einmal elf Uhr! Kaffee ist mein Lebenselixier. Ohne ihn würde ich in Einzelteile zerfallen. Ich wollte das am Telefon nicht erwähnen, man will ja nicht jammern, oder, aber weißt du, Lina schläft ziemlich unruhig, mein Schlaf im letzten halben Jahr war nicht der Rede wert, deshalb brauche ich etwas, um mich über den Tag zu hangeln.«

»Vielleicht liegt es am Kaffee, daß sie schlecht schläft. Es heißt ja, daß Koffein in die Muttermilch übergeht.«

»Ach was. Über alles und jedes gibt es ja Theorien. Ich schaffe es nicht, mir auch nur die Hälfte davon anzuschauen. Magst du noch?«

Es klingelt an der Tür.

»Oh, sind sie schon da? Jeanette aus der Krabbelgruppe hatte angerufen und wollte gern kommen, das ist doch in Ordnung? Kommt einfach herein!« ruft Kerstin in den Flur.

Kurz darauf spazieren noch ein paar rosa Ankerpantoffeln zur Tür herein.

»Mensch, ist er groß geworden! Und so viele Haare! Ich dachte, du hättest gesagt, daß er erst ein paar Monate alt sei«, sagt die eben eingetretene Frau zu Kerstin.

»Ja, er ist ziemlich groß, er wog schon bei der Geburt seine guten fünf Kilo«, sage ich und merke, wie mich diese Umgebung nervt.

»Guter Gott, das ist ja grotesk! Obwohl ich noch etwas Schlimmeres gehört habe, eine Bekannte von einer Verwandten bekam ein Kind, das 7100 Gramm gewogen hat. 7100! Aber das war in den Sechzigern.«

»Die kinderstarken Jahrgänge halt«, sage ich und staune über meinen Drang zum Kalauern.

Kerstins großer Körper donnert neben meinem auf dem Sofa nieder.

»Mensch, ich werde immer fülliger. In der Schwangerschaft habe ich zweiundzwanzig Kilo zugenommen, und eigentlich dachte ich, die verschwinden schon von allein. Taten sie aber nicht. Neun Kilo sind übriggeblieben. In letzter Zeit liegt Hasse mir täglich in den Ohren, daß die weg müssen. Er versteckt alle leckeren Sachen und macht ständig blöde Bemerkungen über meine Figur. Jeanette und ich fingen an, um die Wette zu hungern, aber ich habe aufgegeben, als ich nach einem Monat Quälerei meinen Bauchnabel immer noch nicht sehen konnte. Ich danke Gott für die Renaissance der Stretchjeans. Nimm doch noch ein Stück Kuchen!«

»Mats hat mir vor kurzem Blumen mitgebracht, als ich wieder in meine alte Jeans kam. Er sagte, daß es nicht zu glauben ist, daß dieser Bauch jemals ein Kind beherbergt hat.« Jeanette klopft sich zufrieden auf den flachen Bauch.

»Obwohl es fast ein halbes Jahr gedauert hat, bis ich wieder ich selber war, und mit der Form meines Busens ist er nicht besonders glücklich, seit sich die Milch zurückgebildet hat. Nur noch kleine Tütchen übrig, beklagt er sich immer. Jetzt brauche ich Push-up-BHs mit Einlagen, wenn ich ihn abends zu Hause haben will. Oder Silikon.« Sie kichert nervös.

»Tja, über meine kann sich wohl kaum ein Mann beklagen«, sagt Kerstin und wirft einen Blick auf ihre gewaltige Oberweite. »Milch oder nicht spielt da keine größere Rolle. Ich wäre froh, wenn ich endlich passende BHs finden würde.«

»Dann stillt ihr beide nicht mehr?« frage ich.

»Ich schon, aber du wohl nicht, Jeanette, oder?«

»Nein, die Milch war ganz plötzlich versiegt.«

»Das kann schon vorkommen, wenn man Diät macht«, sage ich.

»Keine Ahnung«, sagt Jeanette. Sie schaut mit Absicht auf den Ring an meinem Bauch.

»Der Körper braucht Fett, um Milch produzieren zu können«, fahre ich fort und bin verwundert, wie viele Mütter anscheinend überhaupt kein Interesse an Fakten haben. Leichtgläubig übernehmen sie die Weisheiten ihrer Mütter, als gäbe es nicht ständig neue Studien.

»Na ja, die Milch ist jedenfalls nicht zurückgekommen, als ich mit der Diät aufgehört habe«, sagt Jeanette.

»Das ist eine andere Geschichte.«

»Auf jeden Fall ist es ganz schön, daß ich sie nicht mehr an meiner Brust lutschen lassen muß. Obwohl es zweifellos anstrengender ist, nachts aufzustehen und eine Flasche zu machen.«

»Milchpulver scheint auch seine Vorteile zu haben, das kann ja auch jemand anders machen«, sage ich.

»Von wegen! Das würde Mats nie mitmachen, er ist ja schon müde, weil er nachts wach wird, wenn ich aufstehen muß. Und außerdem braucht er seinen Schlaf, damit er mit seiner Arbeit rund kommt.«

»Und deine Arbeit?«

»Aber ich bin doch zu Hause!« sagt Jeanette und blickt zu Kerstin und dann wieder zu mir.

»Und ruhst dich aus?« Darauf bekomme ich keine Antwort.

»Man kann ja niemanden zwingen«, wirft Jeanette ein.

»Jemanden mehrmals in der Nacht aufzuwecken, ist eine uralte, raffinierte Foltermethode. Ob es wohl jemanden gibt, der sich dafür freiwillig meldet?« frage ich.

Jeanette zieht die Augenbrauen hoch und behält sich die Antwort vor. Dann macht sie einen neuen Ansatz:

»Bald ist die Frage sowieso überholt, denn wir wollen anfangen, unsere Töchter ans Durchschlafen zu gewöhnen. Hier ist das Buch, von dem ich dir gestern erzählt habe, Kerstin.«

Ein paar zusammengeheftete Papierstapel mit Anleitungen über die Kunst, ein Kind zum Schlafen zu bringen, kommen aus der Wickeltasche zum Vorschein. Ich lese: »Verschiedene Kulturen stellen unterschiedliche Anforderungen an Kinder und Erwachsene. Es ist daher nicht selbstverständlich, daß die Angewohnheit der kleinen Indinanerkinder, bei ihren Eltern zu schlafen, für schwedische Kinder ebenso ideal ist, weil sie mehr der ›Natur‹ entspricht. Wenn das Kind es nicht schafft, alleine einzuschlafen, nachdem es hingelegt worden ist, sondern anfängt zu schreien, darf man das Schreien nicht dadurch belohnen, daß man das Kind hochnimmt. Man darf es auch nicht bestrafen, sondern sollte ihm einfach zeigen, daß man da ist. Damit sich das Kind nicht verlassen fühlt, sollte man etwa alle fünf Minuten hineingehen und freundlich, aber mit fester Stimme sagen ›Jetzt sollst du schlafen‹ oder so ähnlich. Die Worte sind nur dazu da, daß man den richtigen Tonfall vermittelt, den das Kind registriert und nach und nach zu verstehen lernt.«

In mir sträubt sich alles beim Lesen. Es ruft in mir Erinnerungen an alte Geschichten von Ingmar Bergman wach und an Erzählungen von Jungfrauen, die Kindern, die nicht aufs Klo gehen wollten, spitze Nadeln in den Po gesteckt haben.

»Ein sonderbares Gefühl, das zu lesen«, sage ich. »Wer hält es aus, sein Kind schreien zu lassen, anstatt es zu trösten?«

»Bei denen, von denen ich das Buch geliehen habe, hat es super funktioniert.«

»Mmm, man kann seine Kinder sicherlich auf viele Dinge dressieren. Die Frage ist, wie Nils und ich das empfinden?«

»Es geht doch wohl darum, den Kindern das Schlafen beizubringen?« Jeanette sieht langsam ziemlich sauer aus.

»Da steht, daß man das Kind in sein Bett legen soll und es auch nicht hochnehmen darf, wenn es schreit, nur sagen darf, daß man in der Nähe ist. Wie soll ein Säugling das verstehen?«

»Aber du bist doch da.«

»Ja, aber er schreit doch, weil er etwas will. Wenn ein Freund bei mir anruft und in mein Telefon weint, lege ich ja auch nicht den Hörer zur Seite und komme in gleichmäßigen Abständen zurück und sage, daß ich da bin, es ist alles gut!«

»Das ist doch etwas anderes, da geht's doch um einen erwachsenen Menschen.«

»Der im Gegensatz zu einem Kind versteht, was der andere sagt, erklären kann, was er will oder sich an jemand anders wenden kann.«

»Wenn du ihn jedes Mal hochnimmst, sobald er einen Pieps von sich gibt, wirst du ja zu seiner Geisel.«

»Ja, und das ist mir ehrlich gesagt lieber, als daß er zu meiner wird.«

»Klingt nach meiner Meinung etwas übertrieben. Hast du

einen Führerschein?« fragt Jeanette und mustert mich von oben bis unten.

»Ja, natürlich, auch ein Auto. Soll ich dich irgendwohin mitnehmen?«

»Nein, ich dachte nur.«

»Jeanette hat eine Theorie, was den Führerschein angeht«, sagt Kerstin. »Sie kann jemandem ansehen, ob er einen Führerschein hat oder nicht.«

»Wirklich?«

»Man sieht es daran, wie sich die Leute auf dem Fußweg benehmen, ob sie sicher wirken oder nicht, man sieht es auch daran, wie sie ihre Kinderwagen abstellen.«

»Du meinst einparken?«

Keiner lacht.

»Und die Leute ohne Führerschein haben zudem eine schlechtere Intuition«, behauptet die etwas empfindliche Jeanette.

»Hast du vielleicht auch den LKW-Führerschein?« frage ich.

»Wie bist du darauf gekommen?«

»Eine kühne Vermutung«, lache ich breit, während ich mein schlafendes Kind streichele und im stillen zu Gott um eine Eingebung bitte, mit welcher guten Ausrede ich mich von hier verkrümeln kann, bevor noch mal zwei Stunden ins Land gehen.

Und Gott erhört mein Gebet: mit halbstündiger Verspätung zwar, aber er erhört es. Kerstin schlägt einen Spaziergang vor. Die Radschutzüberzüge werden also behutsam von den Kinderwagen entfernt, die Hauben hochgestellt, die Regenverdecke übergezogen, die Schaffelle ausgeklopft, die Fußsäcke gefüllt, und los geht's. Der Schnee der vergangenen Nacht hat die Gehwege besonders schmal gemacht. Die einzige Möglichkeit, vorwärts zu kommen, ist, im Gänsemarsch zu laufen, was spricht schon gegen eine kleine Entenparade. Nur ein paar Straßen weiter treffen wir auf eine Mutter mit kariertem Zwillingswagen, die Jeanette und Kerstin kennt. Da zieht sie den Handschuh aus und gibt mir die Hand.

»Beata Lagerlöf, hallo!« Wie angenehm, daß sich jemand anständig vorstellt, nachdem Jeanette mich vorhin total ignoriert hat, denke ich noch, bevor Beata fortfährt:

»Wir waren krank, wißt ihr, Magen-Darm, gerade als wir unterwegs waren und Verwandte in Skåne besucht haben. Wir sind herumgefahren und haben alle Cousinen der Reihe nach angesteckt, hahaha, eine richtige Seuche.«

Ich stehe wie angewurzelt da. Dieser höfliche Handschlag bedeutet nun also das Risiko, angesteckt zu werden, und meinen Sohn, meine Familie zu infizieren.

»Was haben wir gespuckt! In einer Nacht haben Lukas und ich immer abwechselnd gekotzt, bei den Zwillingen lief es oben und unten gleichzeitig heraus.«

Die Mazarintortenstücke machen plötzlich kehrt auf dem Weg durch den Magen-Darm-Trakt und verursachen bei mir leichte Übelkeit.

»Am Morgen dachten wir, es sei vorbei, da ging es bei Ebba los, und sie spuckte in Lukas' Schuh«, fährt Beata fort, während ich mich wegdrehe und versuche, frische, virenfreie Luft einzuatmen.

»Blubb« hört man gleichzeitig aus Linas Mund. Ein Rinnsal Magensäure macht sich am Mundwinkel bemerkbar und läuft hinunter auf das Halstuch. »Blubb«. Wieder eine Dusche.

»O nein«, schreit Kerstin, »jetzt sind wir dran.«

»Herzlichen Glückwunsch«, lacht Beata und ist froh darüber, nun endlich mit jemandem ihre Krankheitsgeschichten teilen zu können.

»Ich drehe um«, ruft Jeanette, die schon volle Fahrt voraus den Heimweg ansteuert.

»Fahrt ihr lieber auch, bevor ihr euch ansteckt«, seufzt Kerstin. »Und das, wo wir es uns den ganzen Tag so richtig gemütlich machen wollten. Das müssen wir nachholen. Du kommst einfach bald wieder und bringst Karl mit, dann können wir uns alle mal an einem Wochenende treffen. Hasse und er werden sicher einiges zu bereden haben. Autos und so.«

Ich nicke und schlage den Weg Richtung Parkplatz ein. Obwohl erst der halbe Tag vorbei ist, fühle ich mich unglaublich mitgenommen. Der Schnee fällt und macht meine Augen noch müder, das Sehen wird immer anstrengender. Mein Kleiner schläft nach ein paar Minuten in seinem Autositz ein. Heute hat sich nicht besonders viel Licht durch die Wolkendecke gekämpft. Trotz des stark verkürzten Besuchs kommt die Dunkelheit schnell. Wir fahren. Und fahren. Als sich das Gefühl von Flucht langsam legt, werde ich ein bißchen traurig und neidisch auf Kerstin und Jeanette. Ich halte es mit ihnen nicht gerade lange aus, aber ich hätte trotzdem gern jemandem, mit dem ich zusammensein mag, so wie die beiden sich und die anderen Frauen in ihrer Nachbarschaft gerne treffen.

Warum kann ich nicht einfach mit dem zufrieden sein, was ich habe, Anker sammeln oder Eierbecher und Schnulzen hören, es als meine Lebensaufgabe betrachten, daß mein Kind die süßesten Sachen im ganzen Viertel trägt oder daß mein Haus die meisten Rosetten an den Gardinen vorweisen kann, im Frühsommer eine Charterreise in die Sonne buchen und meine Kinder erziehen, wie meine Eltern es damals mit mir getan haben, ohne allzuviel darüber nachzugrübeln? Es ist schon blöd, einerseits diese Sehnsucht nach Gesellschaft, Tratsch und Austausch, andererseits aber auch das Gefühl, es nicht mit ihnen auszuhalten. Jetzt bin ich wieder auf dem Weg in die Einöde. Der Schneefall wird immer heftiger. Nils schläft immer noch, obwohl wir schon eine gute Stunde fahren. Die Straßen werden schmaler und sind immer schlechter geräumt, die Schneewehen werden höher. Wir kommen an den Frostmofjäll.

»Bitte mach, daß der große Hügel gestreut ist, mach, daß er gestreut ist, lieber Gott, hörst du mich?«

Ob er mich hört, weiß ich nicht. Der Kleine im Kindersitz neben mir wacht jedenfalls von meinem Gemurmel auf und fängt an zu schreien. Das Schreien steigert sich von quäkendem Jammer zu Hungergebrüll innerhalb weniger Sekunden. Ich streichele ihn und versuche, ihn zu beruhigen, so gut ich kann, während ich nebenbei runterschalte. Der Winterräumdienst funktioniert hier draußen schon ganz gut. Mühsam schafft es der Opel bis auf den Berg, jetzt ist es nicht mehr weit, nur noch unser eigener Hügel. Durch das Tor, runter in den ersten Gang, der Motor klingt gequält, stottert, ich merke, wie die Reifen ihre Haftung verlieren. Wir fangen an zu rutschen und gleiten rückwärts in die Dunkelheit, die ganz dicht ist, nur das schwache Licht der Rücklichter ist zu sehen. Ich sehe, wie ein Torpfosten auf uns zukommt, und lenke mit dem Steuer dagegen. Durch Nils' Geschrei verliere ich die Konzentration. Ich versuche, ihn zu beruhigen, aber er schreit ununterbrochen. Was soll ein kleiner hungriger Junge auch tun?

Ich setze zurück auf den Wendeplatz, um einen neuen Anlauf zu starten, und lande fast im Gebüsch. Ich bin nervös, sehe so gut wie nichts, das Schreien nervt, die Dunkelheit und meine eigene Unruhe auch. Mir läuft der Schweiß herunter. Nächster Versuch. Ebenso mißglückt. Wieder zurücksetzen. Dieses Mal lande ich noch näher am Gebüsch und kriege es mit der Angst zu tun. Fahre an unserer Auffahrt vorbei, die Straße hoch zu den Nachbarn, und drehe da. Ein Auto taucht auf. Die Fahrerin schaut mich mißtrauisch an. Wer sind Sie? Was machen Sie hier? Es ist eine Nachbarin. Im Sommer haben wir uns mal am Badesee getroffen. Sie erkennt mich mit der Mütze nicht.

Zum ersten Mal in meinem Leben schreie ich meinen Sohn an, daß er leise sein soll. Er ist so erstaunt, daß er still wird. Nur ein kleines Wimmern ist noch zu hören. Wäre ich ganz bei Sinnen gewesen, hätte ich mich geschämt, aber ich bin schweißgebadet und kann mich nur darauf konzentrieren, uns in den Hafen zu schiffen. Ein letzter Versuch, den verfluchten, zugeschneiten Hügel hinauf. Meine Feinmotorik hat sich schon lange verabschiedet, die Füße treten in die Pedale wie ein Organist bei der Messe. Die Reifen beginnen an der gleichen schneeglatten Stelle wie eben zu schlittern. Ich rutsche wieder hinunter und gebe auf. Die Angst vor der Dunkelheit, der Kälte und der Einsamkeit hat sich nun mit Wut gemischt. Du blödes verfluchtes Auto, ihr blöden verfluchten Hügel. Ich stelle das Auto am Sommerhaus unterhalb der Steigung ab. Ich reiße die Autotür auf, schlage sie genau an die Mülltonne. Ich fauche und schreie und heule, bis mir der Rotz aus der Nase läuft. Ich schnalle mein Kind ab und mache mich auf, durch den Schnee zu stiefeln, den Berg hinauf. Ich wanke hin und her und bin nahe daran, ihn fallenzulassen. Ich brülle in die Dunkelheit:

»Zum Teufel mit diesem Mist! Ich halte es hier nicht mehr aus. Ich will hier weg.«

Auf den letzten Metern vor der Steintreppe rutsche ich aus und drehe mich im Fallen auf die Seite, um Nils auf meinem Arm zu schützen. Mein Kopf schlägt hart auf. Ich spüre einen heftigen Schmerz, und über das eine Auge läuft Blut. Nils ist zwar ordentlich durchgeschüttelt worden, hat aber nichts abbekommen. Schnee ist zwischen Nacken und Hals und an den Handgelenken auf meine nackte Haut gefallen. Mit eiskalten Händen fingere ich nach dem Schlüsselbund und weine nun hemmungslos um die Wette mit meinem Kind. Wir singen sozusagen ein trauriges Duett, bis die Tür endlich aufgeht und wir hineinstürzen.

Der Fußboden in der Diele in unserem dunklen, leeren Haus ist kalt, aber egal, endlich sind wir zu Hause. Da sitze ich nun und stille mein Kind, während ich noch Jacke und Schuhe anhabe. Dankbar trinkt er, und ich habe einen Moment Ruhe mitten im Chaos. Mein Auftrag ist ausgeführt. Ich habe mein Kind nach Hause ins Nest gebracht, wo ihn Essen, Ruhe und Geborgenheit erwarten. Wenn doch auch jemand da wäre, der mit seiner Liebe und Fürsorge auf mich warten würde. Der mir das Blut aus dem Gesicht wischte, mir eine kühle Hand auf die Stirn legte, sich um Nils kümmerte, während ich duschen gehen könnte, mich eine Stunde schlafen ließe und mich mit frisch gekochtem Essen aufweckte.

Ich muß lachen, als ich merke, daß ich dasitze und meine eigene Mutter vermisse, die nur auf mich und meine Bedürfnisse eingestellt ist. Es ist lange her, daß ich ein Recht darauf hatte, umsorgt zu werden. Jetzt bin ich diejenige, die ihre Kräfte für das Bündel im Arm einsetzen muß. Er schmatzt zufrieden. Dann schaut er zu mir hoch und lächelt, schmatzt noch ein bißchen und schläft in meinem Arm ein.

Ich flüstere liebe Worte an seinen Kopf, während ich im Dunkeln aufstehe und ihn in unser Bett lege und mit meinen durchgeschwitzten Sachen neben ihn krieche und einschlafe.

Morgens hatte Karl gesagt, daß er etwas später kommt.

»Ruf mich an«, habe ich gesagt, »ruf mich an, wenn du weißt, wann du kommst.« Er ruft nicht an. Mistkerl. Gegen Abend wache ich auf und erschrecke, als ich die Blutflecken auf meinem Kopfkissen sehe. Der Badezimmerspiegel zeigt geronnenes Blut auf einem bleichen Gesicht und aufgerissene Augen. Was hat Nosferatu hier zu suchen? Ich mache mich eilig daran, das Rote mit einem Waschlappen zu entfernen.

Kurz darauf wacht Nils auf. Wir gehen runter in die Küche. Ich trinke die Dickmilch gleich aus der Tüte und unterhalte mein Kind dann mit dem Fernseher. Karl ruft nicht an. Ich rufe Karl an. Die Stimme auf dem Anrufbeantworter ist wie immer. Ruhig und sicher, aber unverbindlich. Man kriegt ihn nicht zu fassen, bevor er es selbst zuläßt. Draußen prasselt es auf die Bäume. Heute abend halte ich diese unheimlichen Geräusche nicht aus. Die Stille und die Dunkelheit machen mich wahnsinnig. Die Angst kriecht meinen Rücken hinauf, verbeißt sich in meinem Nacken.

Eigentlich sollte ich zufrieden im Schaukelstuhl vor dem Feuer sitzen und für meinen Sohn Wiegenlieder summen. So hatte ich mir das Leben hier doch vorgestellt, oder? Statt dessen nehme ich ihn auf den Arm, um ins Schlafzimmer hochzurennen und uns da zu verbarrikadieren.

Das ist eine alte Strategie. Jahrelang getestet, wenn Papa auf einer seiner langen Geschäftsreisen unterwegs war und Mama zu Tante Vera ging, die Kinder nicht mochte, selbst dann nicht, wenn sie unter dem Tisch hockten.

»Ich besorge dir etwas Leckeres für zu Hause und ich verspreche, daß ich nicht so spät komme. Ein paar Stunden geht das, nicht wahr, meine Kleine. Du bist doch schon groß«, sagte Mutter, schlüpfte in ihr rosa Kleid aus Thaiseide und träufelte Parfüm hinters Ohr.

Sobald sie außer Sichtweite vom Küchenfenster war, begann das Parkett zu knarren. Ich fühlte mich allein gelassen und rannte vor allem Unheimlichen weg, so weit es ging, sprang ins Bett und zog mir die Bettdecke über den Kopf. Ich hoffte, daß mich jemand retten oder mir immerhin Gesellschaft leisten würde. Einfach da wäre.

An diesem Abend bin ich allerdings nicht allein unter meiner Decke. Ich drücke mein Kind nah an meinen Körper. Nils und ich sind da, nur Nils und ich. Ich merke, daß mir die Tränen kommen, und gehe aus dem Zimmer, damit er sich nicht erschreckt. Weine. Heule. Wie konnte ich hier in der Einsamkeit landen? Wie konnte ich das zulassen?

Ich höre, wie auch Nils anfängt zu weinen. Ich bin wirklich blöd, zu glauben, daß er das nicht merkt, es nicht versteht. Ich muß mich zusammenreißen, darf ihm keine Angst machen, meine Sorgen nicht auf ihn abladen. Aber wo ist dann Platz für meine Traurigkeit?

Gegen halb neun klingelt das Telefon. Ich bin gerade beim Stillen und nehme nicht ab. Warum soll ich aufstehen für jemanden, der uns keinerlei Respekt entgegenbringt? Zehnmal klingelt es. Der Anrufbeantworter springt an, aber niemand hinterläßt eine Nachricht.

Ich mache das Licht aus. Es ist einfacher, selbst im Dunkeln zu sein, als die Dunkelheit nur draußen zu sehen und sich im Licht wie eine Zielscheibe zu fühlen. Aber schlafen kann ich nicht. Viertel nach zehn klingelt es erneut. Karl ist dran.

»Hallo, ich fahre jetzt los«, sagt er fröhlich. Im stillen verfluche ich ihn, antworte einsilbig.

»Etwas spät zum Abendessen«. Er versteht kein bißchen.

Mein Sohn schläft neben mir. Ich selbst bin zu aufgewühlt, um einschlafen zu können. Ich stehe auf und krame in meinem Schreibtisch. Ganz hinten liegt eine Kassette, die ich vor vielen Jahren einmal bekommen habe, bei einem sehr speziellen Seminar, das ich nach einem langen, arbeitsreichen Winter besucht hatte. In allen anderen Seminaren ging es immer nur darum, sich Wissen anzueignen, Aufgaben zu erledigen, sich selbst oder jemand anderen zu beurteilen. In diesem Seminar bekamen wir auch Aufgaben: »Legen Sie sich auf den Boden und entspannen Sie sich«, sagte der Dozent. Was für eine Erleichterung. Aufgabe war es, allen Leistungsdruck von uns zu nehmen. Zum meditativen Klang seiner Stimme hörten meine Arme auf zu zittern, und der Kopf brummte nicht mehr. Ich ließ mich in andere Sphären des Bewußtseins gleiten, wo plötzlich Stille war und der Körper sich stark fühlte.

Jetzt spule ich die Kassette an die Stelle, die ich am liebsten habe, und lausche der beruhigenden Stimme: »Es ist ein warmer und schöner Sommermorgen. Du gehst einen Strand entlang. Deine nackten Füße graben sich in den warmen Sand hinein. Du hältst an, um dich auszuziehen, und gehst in das klare, blaue Wasser.«

Normalerweise komme ich nicht weiter, dann bin ich eingeschlafen. Jedes Mal bin ich neugierig, wie ich wohl aussehe, wenn das Bild von mir am Strand in meinem Kopf entsteht. An diesem Abend erstaunt es mich. Ich fühle mich nicht so entspannt wie sonst. Ich sehe nicht so aus wie sonst. Die Person, die den Strand entlanggeht, das bin ich auf einem 70er-Jahre-Foto aus dem Familienalbum, gerade auf dem Weg in die Pubertät, mit größer gewordener Seele, mein Körper in einem häßlichen geerbten Badeanzug, etwas zu schnell in die Höhe geschossen. Wir machen Urlaub und fahren durchs Land, um uns Felszeichnungen anzusehen. Ich bin gegen meinen Willen mitgefahren. »Sonst ist Vater so traurig«, hatte Mutter gesagt. Mein Körper ist blaß und unförmig, die Haare halbnaß und zottelig. Ich schaue argwöhnisch in die Kamera mit der Andeutung eines Lächelns, das von mir erwartet wird.

Vor meinem inneren Auge sehe ich nun das gleiche Mädchen mit schwerfälligen, leicht wippenden Schritten in dem viel zu großen Körper herankommen. Aber das ist nur die Schale. Ich erinnere mich, wie es sich fühlte: ein winzig kleines Mädchen mit einer Stimme, die keiner hörte, mit Bedürfnissen, nach denen sich keiner erkundigte. Ein Mädchen, das meinte, daß es alles allein bewältigen und unter allen Umständen den Erwartungen der anderen gerecht werden müsse. Hilflos. Heute abend bringt es sich in Erinnerung in der Stille, der Dunkelheit, der Einsamkeit.

Dann sehe ich das Scheinwerferlicht von Karls Auto auf dem Hof und höre, wie er den Schlüssel im Schloß umdreht. Ich müßte hochspringen und ihm entgegenlaufen. Statt dessen drücke ich das Gesicht ins Kopfkissen, um mein Weinen zu unterdrücken. Für mich gibt es wohl nirgendwo Trost?

Im nachhinein sehe ich natürlich auch, daß ich verschiedene Alternativen gehabt hätte: ich hätte die Nachbarin anhalten können, die in ihrem Auto vorbeikam, und sie bitten können, mein Auto dort abstellen zu dürfen oder sogar zu ihr hereinzukommen. Sie hätte es schon verstanden, Einbrecher sind auf ihren Raubzügen wohl nicht unbedingt mit Säuglingen unterwegs. Und es wäre auch kein Beinbruch gewesen, das Auto einfach irgendwo stehenzulassen. Ich hatte von Anfang an die Wahl und hätte mir viel Streß erspart. Aber es war so kalt, dunkel und einsam auf der Straße. Die Schneewehen, durch die ich stapfen mußte, waren so hoch, meine Last so schwer. In diesem Moment dreht sich so vieles um Einsamkeit und das Gefühl des Ausgeliefertseins. All meine Kraft wird kanalisiert, um mein Kind zu beschützen. Alles, was darüber hinausgeht, ist mir schon zu viel. Ich fühle mich hilflos, zerstreut, ausgeschlossen vom Leben ringsherum. Ich erkenne meine Art zu Denken nicht wieder, verstehe mich selbst oft nicht, ich weiß nur, daß mein Sohn der Nabel der Welt ist, um den sich alles, was ich tue, dreht.

Als ich am nächsten Morgen aufwache, ist Karl schon auf dem Weg zur Arbeit. Ich fahre zusammen, als mir der Spiegel meine Wunde zeigt. Geronnenes Blut auf der Stirn. Das gleiche Muster wie auf Kerstins Kaffeetassen. Ich krame im Medizinschrank nach Pflastern, finde aber nur die kleinste Größe. Eine Mullbinde ist die einzige Alternative. Das muß gehen. Ich wickele mir den weißen Stoffstreifen mehrmals um den Schädel, bis der Verband zu halten scheint. Vielleicht etwas übertrieben, wenn man die Größe der Wunde bedenkt. Die Ohren und kleine Haarbüschel schauen durch den ein oder anderen Spalt hinaus. Aber wen stört das?

Ich schaffe es gerade, das Ganze mit einer Sicherheitsnadel zu befestigen, bis mein Sohn sich schon wieder meldet. Ein jämmerliches Brüllen, das »Huuuuuunger« bedeutet, durchschneidet die Luft.

»Ich komme, mein Schatz«, sage ich, schleiche zurück ins Schlafzimmer und lege meinen bandagierten Kopf auf den blutbefleckten Kopfkissenbezug. Mir tut der Schädel weh, was ich völlig normal finde. Ob Bauch, Rücken, Brust oder Kopf, irgendwo rumort es wohl immer.

»Da sind wir mal wieder«, sage ich zu meinem Sohn. Das alte Lied. Füttern, im Arm halten, spielen, Geknöter anhören, wiegen, wickeln, Geduld haben und für Abwechslung sorgen. Ich habe Geduld. Verliere sie nur dann, wenn er meckert, und ich nicht weiß, warum. Nach zehn Sekunden reiße ich mich zusammen. Er kann nichts dafür, daß ich es nicht verstehe. Und er kann definitiv nichts dafür, daß ich von seinem Vater enttäuscht bin.

Nils bekommt eines dieser Haarbüschel, die aus dem Verband herausstehen, zu fassen und lacht. Ich lache mit. Mein liebes, liebes Kind. Dann kommen mir die Tränen. Immer diese Gefühle. Ich laufe über.

Bald ruft Karl an und erkundigt sich, wie es uns geht. Ich antworte knapp, unwillig, tue mir selber leid. Einen Moment lang denke ich darüber nach, ob ich ihn fragen soll, wie er sich aus dem Staub machen kann, wenn seine frischentbundene (na ja) Ehefrau mit blutendem Kopf und dem kleinen Säugling im Arm daliegt, ohne zu fragen, ob sie vielleicht Hilfe braucht. Dann wird mir klar, daß er davon im dunklen Schlafzimmer nichts gesehen haben kann. Genausogut kann ich mir die Geschichte für den Abend aufsparen. Mir ist es schon immer schwergefallen, die Aufmerksamkeit auf mich zu lenken, selbst wenn ich vor Sehnsucht danach, endlich einmal Beachtung zu finden, krank war. Also antworte ich kurz und knapp und begnüge mich damit zu sagen, daß es die Hölle war, am Abend den Berg hinaufzukommen. Langsam geht mir alles – und ich selbst – gehörig auf die Nerven. Dann fällt mir ein, daß ich bis heute abend jede Sekunde in den vergangenen sechsunddreißig Stunden die Verantwortung für Nils gehabt habe. Damit habe ich ja wohl ein Recht darauf, sauer auf Karl zu sein, oder? Ich könnte ihm jetzt eine Szene machen, deshalb kommt er aber auch nicht eher.

Am Abend raste ich dann aber doch aus. Schreie, weil er sich nicht gemeldet hat, daß er so wahnsinnig spät kommt. Heule.

»Klar, ich hätte anrufen können, aber ich wußte nicht, daß es eine so große Rolle spielt. Hier geht es doch wohl um etwas ganz anderes, oder? Ich kann nicht glauben, daß du wegen so einer Lappalie anfängst zu heulen«, wunderte er sich.

Ich habe plötzlich große Lust, auf ihn einzuschlagen. Es ist nun wahrlich keine Lappalie, wenn er partout nicht versteht, daß *er* meine Verbindung zum normalen Leben ist, daß er nicht versteht, daß ich hier auf dem Zahnfleisch gehe, daß mein Arbeitstag nicht eher endet als seiner. Doch statt vernünftig darüber zu reden, muß die geballte Wut jetzt raus.

»Eine Lappalie?! Sechsunddreißig Stunden am Stück mit

einem Säugling sind ANSTRENGEND, hörst du, anstrengend. Wenn du dich mal sechsunddreißig Minuten ununterbrochen um ihn gekümmert hast, ist das schon Rekord. DARUM geht es«, höre ich mich schreien. »Du hättest mir besser vorher gesagt, daß du nicht gedenkst, auch nur einen Deut in deinem Leben zu ändern, nur weil plötzlich ein Kind da ist!«

Das sitzt. Ich sehe es, und das bereitet mir kurz eine gewisse Genugtuung, Volltreffer! Ja, das ist billig, ich weiß. Ich weiß auch, daß ich ihm Unrecht tue. Meistens ist es ja nur so schlimm, weil es hier zu dunkel ist, einsam und der Weg in die Stadt so weit. Ich kann ihm jetzt nicht in die Augen sehen.

»Paß auf. Du mußt mir das sagen. Ich höre dir zu und versuche, dich zu verstehen, versprochen. Wir werden gemeinsam eine Lösung finden. Ich verspreche es.« Er nimmt mich in seine Arme und drückt mich fest. Wie ich mich danach gesehnt habe, und doch nicht darum bitten konnte. Mmm, ich lasse mich in seine wohltuende Wärme hineinsinken, schließe die Augen und kann endlich wieder ruhiger atmen.

»Nur eine Sache verstehe ich nicht«, sagt er leise und schaut auf meine Stirn. »Wozu dieser Turban?«

Eine Frau tritt in einer Unterhaltungsshow im Fernsehen auf. Wir sind gleich alt. Sie hat elf Kinder zwischen acht Monaten und fünfzehn Jahren. Sie ist zierlich, fröhlich und munter. Und vor allem jammert sie nicht. »Es macht einfach Spaß mit den Kindern«, sagt sie, »obwohl es ziemlich anstrengend sein kann, die zwanzig Liter Milch nach Hause zu schleppen, die jeden Tag verbraucht werden.«

Mit einem Mal fühle ich mich winzig klein.

Ein Mann steht an unserer Schlafzimmertür. Ich sitze im Bett und schreie ihn an, daß er weggehen soll. Er bleibt stehen. Ich schreie weiter.

Der Mann ist ein Kollege von Karl. Ich weiß nicht, was er in meinen Träumen zu suchen hat. Vielleicht hat Karl mal seinen Namen fallen lassen? Monate später wird es mir klar. Im Frühling werden die beiden ein großes Projekt beginnen. Das wird viel Zeit in Anspruch nehmen und viele Reisen mit sich bringen, es wird sich auf unser Familienleben deutlich auswirken. Der Mann ist launisch und stellt hohe Ansprüche, aber er kann Karl auch viele Türen öffnen. Er lockt mit Teilhaberschaft. Das ist eine Chance für Karl und deshalb auch für uns alle. Das wird Vorrang haben. Der Mann wird uns buchstäblich bis in unser Schlafzimmer hinein stören.

Das Gehirn hat bereits alle notwendigen Informationen abgespeichert, nur ich will sie noch nicht so recht wahrhaben.

»Ich werde dieses Mal eine Woche fort sein. Mensch, ist das schön, mal ungestört schlafen zu können«, sagt Karl eines Tages und packt in seine Reisetasche die Hemden, die ich während Nils' Mittagsschlaf gebügelt habe. Bin ja schließlich die Stütze meines Mannes.

Ich winke ihm von der Tür aus, wetze die Zähne, nehme Vitaminzusätze und Eisentabletten, kaufe Vorräte ein, leihe ein paar Videos aus und verabrede mich. Es wird wunderbar klappen. Es muß wunderbar klappen.

Die Nächte sind hart. Nils trinkt jetzt noch häufiger, und mein Schlaf wird in immer kleinere Einzelteile zerlegt. Ich will nicht aufwachen, wenn es Morgen wird, aber Nils wühlt und quengelt und macht ein fröhliches Gesicht, wenn ich endlich die Augen aufschlage. Dann übt er seinen neuesten, witzigen Ton:

»Ho-ho-ho. Ho-ho-ho.« Und ich bin glücklich. Mit wem kann ich das teilen? Die Singles, die ich treffe, begreifen nicht, was an diesem gutturalen Laut so umwerfend ist.

Die letzten Tage sind lang. Ich vermisse Karl und zerfließe in

Selbstmitleid. Es muß doch wohl gehen, es positiv zu sehen, die ganze Zeit mit Nils verbringen zu dürfen. Ich zwinge mich, an die Menschen zu denken, deren Kinder krank werden oder sterben. Hinterher sind sie für jede Minute dankbar.

Lena macht einen skeptischen Eindruck, als ich darüber spreche.

»Es muß doch bessere Gründe geben, sich über sein Kind zu freuen, als die Vorstellung, es hätte auch sterben können«, sagt sie.

Ich fühle mich wie ein Idiot.

Dann kommt er also endlich wieder nach Hause, der Mann, den ich liebe.

»Ich habe Jetlag«, sagt er.

»Ich auch, schon seit ein paar Monaten«, sage ich und versuche, Blickkontakt zu ihm aufzunehmen.

Er streicht mir über die Wange und geht ins Bett. Ich bleibe sitzen. Im Arm liegt mein Sohn. Es stimmt schon: Karl hat mir noch nie seine Hilfe verweigert, wenn ich ihn darum gebeten habe. Aber manchmal will man einfach nicht bitten müssen.

»Was haben wir für eine Geschäftsidee?« fragte er mal, als wir uns gerade kennengelernt hatten.

»Womit?«

»Mit uns.«

Ich mußte lachen, aber er meinte es wirklich ernst. Etwas geschädigt von seinem Beruf, dachte ich und erinnerte mich an den Typen aus der Investmentgesellschaft, mit dem ich einen Sommer lang mein Bett geteilt hatte, der von »pekuniären Einsätzen« sprach, wenn er ein Eis bezahlen sollte.

»Natürlich Liebe. Und Respekt«, antwortete ich.

»Reicht das?«

»Ein schönes Leben.«

»Oh. Dann müssen wir wohl einen Plan machen.«

Ich seufzte. Wir waren doch verliebt. Wir hatten doch Spaß

zusammen. Wir waren doch immer der gleichen Meinung. Wir würden uns nie streiten. Wir würden uns gegenseitig unterstützen, die Gesellschaft des anderen genießen. Immer. Was sollte denn da schiefgehen?

»Wie recht er hatte. Wir hätten wirklich einen Plan machen sollen«, murmele ich im Dunkeln gegen die Stirn meines Sohnes.

In der Nacht wacht Nils auf und will nicht wieder einschlafen. Ich bin so müde, daß mir speiübel wird.

»Blödes Balg«, sage ich, obwohl ich eigentlich blöder Mistpapa meine, der einfach daliegt und den Schlaf schläft, der meiner Ansicht nach mir gehörte.

»Sarah! Er ist doch erst vier Monate!« Karls Stimme ist schlaftrunken, aber vorwurfsvoll.

»Dann kümmere dich doch selbst um ihn. Du bist ja offensichtlich auch wach!« schreie ich und fange an zu weinen.

»Was soll ich tun?« fragt er. Seine Stimme ist zaghaft. Ich halte es nicht aus, daß er sich kleinmacht, wenn ich Hilfe brauche.

»›Was soll ich tun‹? Ihn trösten natürlich, mich ablösen, mir die Arbeit abnehmen, die Verantwortung, den Krampf im Arm.« Scheiße, scheiße, scheiße, wie mich das auf die Palme bringt. Karl schreit einfach nicht zurück. Er nimmt Nils auf den Arm und sieht mich an, wie man einen Betrunkenen in einer peinlichen Situation betrachtet. Ich ziehe mir die Decke über den Kopf und schäme mich. Ja, es ist mir peinlich, wie ich mich benehme, ich bin ein Idiot, ich bin gar nicht ich.

Es dauert nicht lange, bis Karl Nils zum Schlafen bringt. Kurz darauf schläft er selbst auch wieder. Ich liege da, hellwach, die Wut ist nicht kleiner geworden. Sie rast durch meinen Körper. Ich bin wütend und enttäuscht. Schließlich trete ich meinen Mann ans Schienbein und gebe vor, er hätte geschnarcht. Wie tief kann man sinken?

Die erste Liebe dient der Identifikationsbildung, die zweite der Entwicklung, lese ich eines Morgens in der Zeitung.

Sicher spiegelte ich mich in meinem ersten Mann: gleiche Kindheit, gleiche Schule, gleiche Freunde. Äußerlich waren unsere Familien total unterschiedlich: meine war ein kleiner Kreis, seine war grenzenlos. Die Abendessen bei seinen Eltern waren hypnotische Séancen, bei denen Geschwister, Cousinen, Freunde, Untermieter, Tanten und Großeltern gemeinsam Lebensweisheiten am Eßtisch herbeteten. Doch die Botschaft in beiden Elternhäusern war dieselbe:

»Bleib bei deinen Leisten, sei nicht raffgierig, sei sauber gekleidet, höre auf den, der es besser weiß, und lege in Gottes Namen Geld für deine Beerdigung zurück.« Unsere Wünsche, Sorgen oder Erwartungen hatten keinen Platz in diesen Familien, bitte schön: nichts fühlen, wünschen oder verarbeiten. Alles, wozu man uns zwang, sei ja nur zu unserem Besten. Träumen sei reine Zeitverschwendung, sich über die eigenen Erfolge zu freuen, heiße, man fordere das Schicksal heraus. Das Erdreich sei karg für den, der wachsen wolle. Alles ziemlich traurig, aber so vertraut.

»Man kann nicht alles haben«, hieß es bei jeder Gelegenheit, wenn ich von einem weichen, struppigen Hund träumte, von roten Lackschuhen oder einer Bügelhandtasche. Statt dessen konnte man Dinge haben, die man gar nicht wollte: Spinat, Schuhe mit Kautschuksohle oder Frühstücksboxen.

»Du kannst doch froh sein, daß du ein Dach über dem Kopf hast«, sagte der erste Mann, als ich in den Nächten wach lag und mich von unserem Vorort in die Stadt sehnte. Ich fühlte mich dort nie zu Hause, egal, wie oft er mir das Schild vorhielt, das unseren Wohnort als »das dienstleistungsstärkste Zentrum Nordstockholms« auswies. Ich brauchte nicht die Versicherung oder Olofssons Herrenausstatter in Reichweite, ich brauchte die Nähe zum Leben.

»Noch drei Jahre, bis die Steuern beim Verkauf der Wohnung auf dem Tiefpunkt sind«, sagte er und schlief wieder ein.

Ich stand aus dem kalten Bett auf. Stand da mitten in der Nacht allein im Wohnzimmer und schaute über die Hochhäuser gegenüber. In jedem Fenster ein Lichterbogen – es war ja Advent – und ein künstlicher Tannenkranz an jeder Tür. Liebevoll dekorierte offene Anstalten, aus denen wir morgens herausgeholt wurden und in die wir abends freiwillig heimkehrten. Wenn ich »Freigang« hatte, war ich im Büro.

»Das ist eine Arbeit, auf die Sie selbst Einfluß nehmen können, Sie können so weit aufsteigen, wie Sie wollen, wenn Sie sich engagieren«, hatte man mir beim Bewerbungsgespräch in diesem dunklen Büro mit dem stillen Personalchef gesagt. Eigentlich hätte ich es ahnen müssen, aber ich war einfach so unendlich dankbar, daß mich jemand einstellen wollte.

Die Zeit verging. Von Entwicklungsmöglichkeiten nicht die Spur. An den Vormittagen bediente ich mit freundlicher Stimme das Telefon, schrieb Briefe fehlerfrei und schnell, kochte schwachen Bürokaffee, legte Rechnungskopien alphabetisch ab und gewöhnte mich daran, schlechte Witze hören zu müssen, ohne rot zu werden oder zu gähnen. Das nächste Restaurant mit Mittagstisch lag im Seniorenheim gegenüber. Hier sollte ich zwischen senilen Tanten und Onkeln im Rollstuhl neue Kräfte sammeln. An meinem Körper konnte ich keine einzige Falte finden. Innendrin war ich schon tot.

Wenn der Nachmittag gekommen und ich mit den Aufgaben für diesen Tag schon längst fertig war, konnte ich nur noch Maulaffen feilhalten, während ich das Telefon bewachte. Ich heulte, wenn ich abends zu Hause war, weil ich mich so mies fühlte.

»Sie können doch froh sein, daß Sie eine Stelle haben«, sagte der Mann an der anderen Seite des Tisches beim Essen, aber sein Blick wich mir aus. Ich lief raus auf die Toilette und heulte weiter.

Eines Tages hatte ich ausgeheult. Es war einfach zu kraftraubend. Ich legte mir Gurkenscheiben auf die Augen, um die

Schwellungen zu mindern. Als ich mich im Spiegel besah, mußte ich deutlich feststellen, daß ich nicht mehr das Abbild meiner ersten Liebe war. Aber ein Bruch lag noch weit entfernt. Er war doch so ein netter Kerl.

»Ich habe gekündigt«, gab ich bekannt, als ich das nächste Mal mit meinen Eltern sprach.

»Du hat was?»

»Ich werde anfangen zu studieren.«

»Aber du hast doch schon einen Beruf! Studieren ist teuer. Und woher nimmst du die Gewißheit, daß du zurückkehren kannst, wenn es nicht klappt? Keiner hält was von unsteten Leuten.«

»Mir ist das Lernen immer leichtgefallen. Und zurück gehe ich sowieso nicht. Alles, nur das nicht.«

»Was willst du denn studieren? Theologie würde zu dir passen«, sagte meine Mutter.

Theologie! Wie kam sie denn darauf? Ich war ja nicht mal konfirmiert.

»Du kannst so gut zuhören, das ist wichtig in diesem Beruf.«

»Das scheint nicht in der Familie zu liegen«, murmelte ich lautlos, während sich in meinem Kopf ein dunkles Loch ausbreitete.

»BWL mit Schwerpunkt Marketing. Vielleicht«, sagte ich mit wackliger Stimme.

»Werbung ist eine harte Branche, besonders für Frauen«, sagte mein Vater.

»Und wie steht es um die weiblichen Pastoren?«

»Man kann schnell in Schwierigkeiten geraten, wenn man es mit den großen Jungs zu tun hat«, fuhr Vater fort, ohne auch nur den Eindruck zu erwecken, er hätte meine Frage gehört.

Von dieser Seite war nicht viel Zuspruch zu holen. Aber das spielte auch keine Rolle mehr. Ich hatte mich entschieden. Die Zeit der Maulaffen war um.

Und wie war es mit der zweiten Liebe, mit der für die Entwicklung? Karl kennenzulernen, hat mich zuversichtlich gemacht, auch in Hinblick auf meine persönlichen Entwicklungschancen.

»Wie sehen deine Träume aus?« fragte er mich in den ersten Monaten immer und immer wieder, und mir wurde schwarz vor Augen. Ich traute mich kaum zu antworten. Durfte ich mit ihm wirklich träumen? Sollte ich es wagen? Ich war es gewohnt, meine Träume für mich zu behalten. Träume waren doch so zerbrechlich und konnten leicht verschwinden, da mußte nur jemand mit entsprechend spöttischem Tonfall zu mir sagen: »*Du* willst das?«

»Nun sag schon! Erzähl mir, wovon du träumst, dann überlegen wir, wie wir das hinkriegen«, sagte Karl, und ich war mir sicher, daß er es auch so meinte. Lange Zeit wandelte ich wie im Rausch, das war nicht nur die Verliebtheit, das war auch ein Bündel entfesselter Erwartungen. Er wollte mir aus dem Morast heraushelfen. Wollte, daß das Grau um mich herum Farbe bekam. Anfangs ganz schwache Tönungen: ein bißchen Blau, ein bißchen Grün, ein bißchen Gelb. Und mit der Zeit auch kräftigere Farben: Orange, Violett, Purpur, Kobaltblau, wie im allerfeuchtesten Traum eines Pyrotechnikers.

»Du sollst immer nur von allem das Beste bekommen«, flüsterte er an meinen Hals, und ich schloß die Augen und schmolz dahin.

Es wird Frühling. Der Schnee läßt nach. Wir können raus. Den ganzen Winter lang habe ich darauf gewartet, endlich wieder hinausgehen, unbeschwert laufen zu können. Aber es ist ja nicht nur der Schnee, der meinen Bewegungsradius einschränkt. Einmal mache ich einen Ausbruchversuch, um in den Schuppen im Garten zu gelangen. Er ist fünfzig Meter vom Haus entfernt. Auf dem halben Weg höre ich mein Kind schreien. Ich stapfe zurück durch den Schnee. Es klappt nicht, ich komme nicht los.

Zum Briefkasten marschiere ich immerhin ohne Kinderwagen. Wenn die Post kommt, bin ich immer voller Hoffnung. Was verbirgt sich in diesem grünen Briefkasten? Nichts Besonderes. Der übliche Stapel Briefe mit wichtigen Absendern für Karl, das Pampersjournal für mich. Auf dem Weg ins Haus reiße ich den Umschlag auf. Was steht diesen Monat in der Rubrik »Lesertips«? Legen Sie einen eingeschnittenen Pappteller auf Ihre Bergpalme, damit der Sohn nicht an das Granulat kommt und es ißt. Legen Sie einen Schwimmring um seinen kleinen Bauch, wenn er anfängt zu sitzen. Ziehen Sie sich eine Plastiktüte über den Kopf, wenn Ihnen alles zu viel wird. Ich bin bereit, auch das auszuprobieren.

Die vergangene Woche war arbeitsreich für meinen Mann. Drei Abende am Stück kommt Karl spät nach Hause, am vierten gibt's eine Feier im Büro. Er ist noch nicht da, wenn Nils und ich schlafen gehen. Er ist noch nicht da, wenn ich die ersten drei Male in der Nacht aufwache. Und dann liegt er plötzlich neben mir im Bett und atmet mit tiefen Zügen. Als ich um acht Uhr morgens vom Telefon geweckt werde, ist er schon gegangen. Der Typ, der anruft, war auf der gleichen Feier gewesen. Jetzt gibt er mir zu verstehen, daß es in der Nacht sehr feuchtfröhlich zugegangen ist, und wundert sich, daß Karl schon auf den Beinen ist. Er lacht. Ich nicht. Ich bin sauer, daß Karl die Wahl hat, sauer, daß er nicht lieber bei Nils und mir bleibt.

»Es wäre besser, wenn Sie mich nicht am Morgen anrufen und wecken würden«, sage ich zu dem Mann, mit dem ich überhaupt nicht reden will.

»Ich dachte, junge Familien ständen morgens um sechs Uhr auf und gingen raus, um Schneemänner zu bauen«, lacht er.

»Wie kommen Sie darauf, daß Sie es mit einer Familie zu tun haben?« frage ich und lege auf.

Aber jetzt ist Samstag. Samstag ist immer ein kleiner Festtag für mich: endlich habe ich Hilfe und kann unter Leute. Als Nils seinen Vormittagsschlaf macht, gehen wir hinaus und harken Blätter zusammen. Gerade eine halbe Stunde schaffe ich, bevor der Kleine aufwacht. Wieder bin ich diejenige, die zu ihm geht, denn der Mann, der mir einmal helfen wollte, meine Träume zu verwirklichen, hat sich gerade eine neue Aufgabe gesucht. Er brennt Heu ab. An vier Stellen gleichzeitig. In vier Ecken des Gartens. Mit steigender Verwunderung sehe ich, wie er mit einer grünen Gießkanne und einem Rechen zwischen den Feuerstellen hin- und herrennt. Mit federnden Schritten versucht er, das Feuer daran zu hindern, sich auszubreiten. Die Flammen züngeln schon an der hohen Kiefer neben der Garage.

»Ist das wirklich sinnvoll?« frage ich und höre zu meinem Entsetzen, daß ich wie der Mann in unserer bekanntesten Verbrauchershow klinge.

»Was denn?«

»In der Nähe eines Benzintanks Feuer zu machen?«

»Geht doch gut«, sagt er und springt zum nächsten Brandherd, ohne einen Tropfen aus der Gießkanne zu verschütten. Ich selbst gehe mit meinem Sohn auf dem Arm ins Haus, um ihn zu wickeln, zu stillen und Essen zu kochen.

»Du, können wir mit dem Essen ein bißchen warten, ich nehme mir die Wiese auch gleich vor, wenn ich einmal dabei bin, das dauert sicher höchstens eine halbe Stunde«, sagt er und kommt auf einen Sprung in die Küche, um ein Glas Wasser zu trinken und uns auf die Wangen zu küssen. Er sieht glücklich und entspannt aus. Er hat eine Aufgabe. Er darf Mann sein.

Die Wiese, denke ich. Er hat die Wiese angezündet. Mit der Harke und einer grünen Gießkanne will er die Wiese in Schach halten. Was habe ich zu melden? Seine Pläne binden mir die Hände. Wie kommt es, daß immer ich diejenige bin, die mit unserem Kind im Arm zurückbleibt? Wie kriegt er es dauernd hin, sich Beschäftigungen auszudenken, die sich nicht damit vereinbaren lassen, auf Nils aufzupassen?

In absteigender Reihenfolge kommen für meinen Mann also zuerst seine Arbeit, dann seine Betriebsfeste und schließlich sein

Garten. Nils und ich sind dann folglich eine Art Kompost, den er sich aufgeladen hat, weiß der Teufel, wie.

Wie kann man eigentlich dauernd so sauer sein, wie ich es bin? So dauermüde, dauerwütend, dauerenttäuscht? Prügeln könnte ich mich mit ihm. Das tue ich natürlich nicht. Statt dessen schreie ich. Ich schreie ohne Ende, schreie geradewegs in die Küche hinein. Das Geräusch prallt ab an den verschmierten Fensterscheiben, dem überfüllten Wäschekorb, dem Abwasch in der Spüle und den vollen Windeln im Mülleimer.

In der gleichen Sekunde, in der ich mein Schreien höre, sehe ich Nils' Augen. Er bekommt solche Angst, daß die Tränen kullern. Sein Brüllen ist bald lauter als meins. Ich nehme ihn auf den Arm und weine mit ihm, Kopf an Kopf.

Ich bin ein Schwein, denke ich, ein Schwein. Noch fällt es mir schwer, zu begreifen, daß ich diejenige bin, die schreit. Das kann doch wohl nicht wahr sein. Ich bin doch eine verantwortungsvolle, liebevolle, umsichtige Mutter, die ihr Kind liebt und für die ihr Sohn die Nummer eins ist. Doch es ist das gleiche Ich, das so tief sinkt, so laut zu schreien, daß sich mein Kind erschreckt, nur weil ich auf seinen Vater sauer bin. Wie feige! Diese Erkenntnis ist nur schwer auszuhalten.

Allmählich beruhigen wir uns. Ich finde im Kühlschrank ein gekochtes Ei. Das muß reichen. Karl kommt herein und versteht nicht, warum ich einsam in der Küche sitze und an einem Eiweiß kaue, wir wollten doch Mittag essen? Ich kann nicht antworten, schaue auf den Boden. Habe keine Kraft mehr, mit ihm zu streiten. Habe keine Kraft mehr, wieder zu weinen.

»Soll ich ihn dir eine Weile abnehmen?« fragt er und deutet auf Nils, der an meiner Brust liegt.

»Eine Weile?« Kleine Stückchen gekochten Eis fliegen über den Tisch, während ich die Antwort ausspucke.

»Haben wir eigentlich jemals vereinbart, daß es bei Nils' Betreuung immer nur mal um ›*eine Weile*‹ geht? Ich kann mich an keine Abmachung erinnern, die da lautet, daß ich ihn Tag und Nacht alleine betreuen und dankbar sein darf, wenn du uns ein paar Minuten von dir schenkst. Ich finde, daß du dich verdammt viele Weilen um ihn kümmern solltest«, schreie ich, daß mein Hals ganz heiß und wund wird. »Vier Abende lang warst du abends unterwegs, glaubst du, ich brauche vielleicht nicht auch mal Ablösung?«

Er scheint überhaupt nicht zu verstehen, wovon ich spreche.

»Ich muß auch mal abschalten können.«

»Ach so. DU mußt auch mal abschalten. Und ich, wann darf ich mal abschalten? Ich schiebe hier jede, aber auch jede Schicht in dieser Teufelsfabrik. Hier gibt es keine Kantine für das Personal, keine Vertretung, jede Nacht werde ich dreimal geweckt, den ganzen Tag habe ich die Verantwortung für ein Kind, das immer nur kurze Zeiten schläft, das weint, sobald Auto oder Kinderwagen anhalten, das ständige Aufmerksamkeit verlangt – ich schaffe das nicht mehr, wenn ich dann nicht mal am Wochenende eine Pause einlegen kann! Ich heule jeden Morgen vor Erschöpfung, wenn du ins Büro gegangen bist. Ich halte das nicht mehr aus!«

Karl sieht mich ganz erschrocken an. »Das habe ich doch nicht gewußt«, sagt er. »Ich dachte, ihr macht es euch am Tage gemütlich.«

»Warum gönnst du dann dir nicht diese höchste Entspannung und übernimmst Nils an den Abenden?«

»Hey, ich arbeite doch für *uns*. Damit *wir* es gut haben.«

Ich heule, jammere, schreie, wenn ich so was höre. Ich denke mir, das kann doch nicht wahr sein, daß ich einen genauso blöden Mann habe wie all die anderen. Warum kapiert er nicht, was ich ihm sagen will? Und ich war mir so sicher gewesen, daß mein Mann sich nicht aus der Verantwortung für unser Kind, für mich und für uns, ziehen würde. Jetzt höre ich von ihm die absolut gleichen Worte, die alle Männer sagen: »Ich habe doch verdammt noch mal ein Sommerhaus gebaut.«

»Ich hätte mir genausogut einen Samenspender suchen können. Da wäre wenigstens eine gewisse Wahrscheinlichkeit dagewesen, daß er sich hin und wieder Gedanken gemacht hätte, wie sein Nachkomme aussieht und wie es ihm geht.«

»Das ist ein Schlag unter die Gürtellinie, Sarah. Du weißt sehr wohl, daß das unfair ist.«

Er hat recht. Er liebt unser Kind. Er ist liebevoll zu dem Jungen und macht sich sicherlich auch seine Gedanken. Wenn Zeit dafür übrig ist.

»Es ist soviel geworden, worum ich mich kümmern muß: das Haus, du, Nils.«

»Aber ich will doch nichts weiter von dir als deine Hilfe, ich will, daß du da bist. Wir können das Haus verkaufen, in eine kleine Wohnung ziehen, wenn ich nur sehe, daß du dich um Nils kümmerst, selbst die Initiative ergreifst, daß du die Trinkflasche, Windeln und Wechselsachen einpackst, bevor wir gehen, laß mich einfach fühlen, daß du dich genauso zuständig fühlst wie ich, gib mir Luft zum Atmen, ab und zu einfach eine Pause. Zu Weihnachten hast du Nils für *einen* Tag übernommen und mir erschöpft erzählt, daß du zu nichts anderem gekommen bist, als ihn in den Schlaf zu wiegen, herumzutragen, umzuziehen und ihm die Flasche zu geben. Denkst du, bei mir ist das anders, von morgens bis abends, bis zum Schlafengehen? Und du bist immerhin ums nächtliche Stillen herumgekommen nach deinem *anstrengenden* Tag.«

Ich schnaufe. Er seufzt.

»In den letzten Wochen habe ich mich wirklich oft gefragt, warum ich überhaupt mit dir verheiratet bin«, sage ich, während mir der Rotz aus der Nase läuft.

»Und warum bist du es?« fragt er, der Schlaumeier. Ich zögere mit der Antwort, weil ich es nicht sagen will, ich will es vor mir selbst nicht zugeben, daß ich eine so unglaublich schlechte Meinung von ihm habe, von ihm, den ich vor langer, langer Zeit einmal geliebt habe. Daß ich ihn jetzt noch lieben würde, dieses Gefühl existiert nicht. Aber er wartet auf eine

Reaktion, fragt noch einmal, und ich muß mir eine Antwort zusammenbasteln.

»Ich habe mich wohl in dich verliebt und wollte mit dir zusammensein. Warum willst du das nicht?« frage ich mit einer Stimme, die kaum noch hörbar ist.

Er steht nur da, neben mir, und kann seine Finger nicht still halten.

»Was ich auch tue, die Zeit reicht hinten und vorn nicht. Von allen Seiten zerren Leute an mir herum. Das zerreißt mich. Ich habe so lange so hart gearbeitet. Es geht nicht, einfach aufzuhören. Trotzdem vertraue ich darauf, daß ihr, du und Nils, noch da seid, daß unsere Zeit nach und nach kommt. Du weißt doch, daß ich euch liebe, das weißt du doch?«

Nils schläft, und ich bleibe wie so oft vor dem Fernseher sitzen. Eine junge Frau hat einen angesehenen Job in einem Männerberuf ergattert. Obwohl sie noch nicht besonders alt ist, hat sie es schon weit gebracht.

»Ich habe den Job bekommen, weil ich kompetent bin«, sagt sie und sieht sehr zufrieden aus.

Ihre Art von Arroganz gefällt mir. Eine kurze Zeit in meinem Leben bin ich auch auf solchen Wogen von Selbstbewußtsein gesurft. Gerade jetzt tut es mir gut, daran erinnert zu werden. Eine Erinnerung taucht auf. Anna und ich sitzen in einer Kneipe, nachdem der mit den dunklen Locken aus meinem Leben verschwunden ist.

»Du bist ein völlig anderer Mensch geworden, seit ihr euch getrennt habt. So fröhlich!« sagt sie.

Und ich war wirklich fröhlich. Ich war so erleichtert. Ich durfte ein Kostüm ablegen, von dem ich gar nicht wußte, daß es mich so eingeschnürt hatte. Nicht mehr »wir« hatten eine Meinung oder taten Dinge. Jetzt war ich es.

Ich hatte mein Studium beendet und den Job bekommen, den ich wollte, eine Stelle, auf die ich mich noch ein Jahr zuvor niemals zu bewerben getraut hätte. Er war anspruchsvoll und gut bezahlt. Ich würde von keinem Menschen mehr abhängig sein. Niemand konnte sich einmischen. Ich hatte viel aufzuholen.

In ein paar Jahren baute ich mir ein eigenständiges Leben auf, ein richtig eigenes Leben. Die Arbeit nahm den größten Teil meiner Zeit in Anspruch, und ich machte sie gut. Zum ersten Mal merkte ich, daß eine Arbeit Spaß machen konnte. Das gab mir Selbstbewußtsein, ich war jemand.

Auch meinen Eltern gegenüber fühlte ich mich jetzt stärker. Sie aber nahmen meine Veränderungen so gut wie gar nicht wahr – und damit blieb in unserem Verhältnis alles beim alten.

Ich fuhr auf eine Fortbildung für Führungskräfte.

»Wozu soll das gut sein?« wunderte sich mein Vater. »Das ist doch wohl zehn Jahre zu früh.«

»Irgendwelche Neuigkeiten?« war Mutters Dauerfrage, wenn ich anrief.

»Am Wochenende war ich zu einem Vortrag auf einem Seminar eingeladen. Vor fünfhundert Leuten.«

»Wie schrecklich. Gab es wenigstens etwas Gutes zu essen?«

Jedesmal, wenn ich an der Treppe vor ihrer Haustür stand, wußte ich, sie würden gleich die Tür für das kleine Mädchen öffnen, das hier fünfundzwanzig Jahre zuvor mit den rosa Barbiesachen in der Hand gewohnt hat.

Eine Weile war der Kontrast zwischen dem kleinem Mädchen und der erfolgreichen Karrierefrau einfach zu groß. Ich hielt mich auf Distanz und freute mich, als sie nach Vaters Pensionierung anfingen, im Winter in den Süden zu reisen. Manchmal tut es ganz gut, den Kopf in den Sand zu stecken. Ansonsten lief alles, wie es sollte, zwei Jahre lang, vielleicht drei, bis ich eines Tages nicht mehr konnte und mir mein Körper zeitweise nicht mehr gehorchen wollte. Der Mann, der mich eingestellt hatte, forderte mich auf, zum Arzt zu gehen. Widerwillig ging ich zum Betriebsarzt und gab mehrere Röhrchen Blut ab, aber die Tests ergaben nichts Besonderes.

»Wann waren Sie zum letzten Mal im Urlaub?« fragte der Arzt.

Ich konnte mich nicht erinnern. Mal eine Woche hier, ein paar Tage da.

»Sie sind überarbeitet. Nehmen Sie sich eine ordentliche Zeit frei.«

»Das geht nicht. Außerdem schaffe ich das gar nicht«, sagte ich und mußte grinsen.

»Das ist eine Verordnung, kein Vorschlag.«

Zu meinem Erstaunen unterstützte mein Chef diese Empfehlung.

»Nehmen Sie sich drei Monate frei. Verreisen Sie und kommen Sie erholt zurück. Wir brauchen Sie, aber nicht in diesem Zustand«, sagte er und legte den Arm um meine Schulter. Er fand mich tatsächlich so wichtig, daß man sich um mich kümmern müßte. Konnte das wirklich wahr sein?

Die Reise ging nach Asien. Für den Anfang drei Wochen Vollpension in einem Luxushotel, auf Kosten der Firma. »Als Prämie«, hatten sie gesagt.

»Da hast du aber Glück«, sagte meine Mutter am Telefon und sah davon ab, mit mir über den Grund für die Reise zu sprechen: ich war wirklich völlig am Ende.

Das war erst die zweite Charterreise meines Lebens. Dafür gab es einen Grund. Ich hasse es, in Gruppen zu verreisen. In den ersten Tagen wollte ich einfach nur essen und schlafen. Im Restaurant traf ich Leute, die Lust hatten, mir Gesellschaft zu leisten. Sie sprachen über das Wetter in Thailand und das Steuerklima in Schweden.

»Sie sind außergewöhnlich blaß, die Sonne knallt teuflisch, wenn man mitten am Tag draußen ist«, sagte ein Mann in schwarzem Hemd und zog seine Badehose über die Hüften, um mir den Rand zwischen seinem weißen Schinken und der rotgebrannten Haut darüber zu zeigen. Ich flüchtete in mein Apartment.

Am vierten Tag wagte ich mich raus aus dem Hotel. Am fünften Tag zerriß ich das Rückflugticket und schmiß den Sonnenhut mit dem Logo des Reisebüros in den Papierkorb. Was sollte ich nach drei Wochen schon zu Hause, wenn ich drei Monate Zeit hatte, mich umzusehen? Mich packte eine unglaubliche Euphorie. Das hier sollte eine ganz andere Reise werden, eine, die ich selbst in der Hand hatte. Anfangs nahm ich mir noch kurze Entfernungen und ein gemächliches Tempo vor, damit der Körper mitmachte.

Ich entpuppte mich tatsächlich als phantasiebegabte Rucksacktouristin. Niemand sonst stand mit einer roten Samsonitetasche in der Schlange zu einem Kleinbus oder Langboot. Das war gut so, denn es gab immer jemanden, der das zum Anlaß nahm, mich anzusprechen oder mir mit meinem Gepäck behilflich zu sein. Erstaunlicherweise hatte ich keine Angst. Die Leute waren sehr freundlich. Manchmal reiste ich einige Tage mit anderen zusammen.

An nahezu jedem Ort, den ich bereiste, tauchte immer wieder ein Mann auf. Als ich eines Tages dasaß und auf einen Landbus wartete, mit dem ich an die Grenze nach Malaysia fahren wollte, machte er sich plötzlich auf der Bank gegenüber breit. Er hieß André, kam aus Belgien und war auch allein unterwegs. In der darauffolgenden Zeit fuhren wir ab und zu gemeinsam durch Malaysia bis nach Singapur. Er wirkte sehr beruhigend auf mich.

»Ich habe noch nie jemanden kennengelernt, der sich so viele Gedanken macht wie du«, sagte er eines Tages, als wir kaum miteinander gesprochen hatten. »Ich kann viel von dir lernen.«

Ich zuckte zusammen in der Erwartung eines höhnischen Lächelns. Aber ich sah, daß er es ernst meinte.

Er zeigte mir, wie man fotografiert. Früher hatte er sich eine Zeitlang als Fotograf über Wasser gehalten.

»Ich kam als Quereinsteiger in die Branche und hatte schon nach ein paar Jahren unzählige Aufträge. Anfangs empfand ich das als großes Glück. Es machte mir Spaß, und ich bekam viel Anerkennung. Meine Kunden standen Schlange. Doch eines Tages merkte ich, daß die Bilder mir nichts gaben. Sie waren nur Ausdruck der Visionen anderer. Das, womit ich mich beschäftigte, war für mich selbst bedeutungslos. Ich verlor die Lust, und das ist das Schlimmste, was einem passieren kann. Es dauerte Jahre, bis ich wieder eine Kamera in die Hand genommen habe. Jetzt arbeite ich mit solchen Dingern«, sagte er und hielt eine Einwegkamera hoch. Einmal am Tag machte er ein Foto damit, manchmal schaute er nicht einmal durch den Sucher. Aber er nahm sich viel Zeit, mir ganz genau zu erklären, wie ich mit meinem eigenen Fotoapparat umgehen sollte.

»Die Fotos werden mein Tagebuch«, sagte er, als ich meine Aufzeichnungen herausholte.

Jeden Tag schnallte er sich den Rucksack um und erkundete das Gebiet. Ich hatte keine Lust dazu, die Provinz macht mich eher träge. Städte interessieren mich mehr, ich brauche viele Menschen um mich herum, der Menschenstrom gibt mir Ruhe. André kommentierte das nicht. Manchmal trafen sich unsere Wege, aber wir waren ja nicht zusammen verreist. Und so genossen wir ganz unverbindlich die Gesellschaft des anderen.

Nach und nach flatterten mir seine Fotografien in Stockholm ins Haus, jedes Mal eine. Es waren Innenaufnahmen aus vollbesetzten Bussen, von denen ich ganz vergessen hatte, daß wir überhaupt mit ihnen gefahren waren. Nasen oder Ohren von Leuten, die wir auf unserem Weg getroffen hatten, Reste von Mahlzeiten, die wir in einem leeren Restaurant bestellt hatten, Kakerlaken und Eidechsen, mit denen wir unser Zimmer geteilt hatten, der ein oder andere Sonnenuntergang, sandverklebte Füße und unscharfe Abendaufnahmen.

Die letzte Karte, die er schickte, zeigte mich an einem Strand, am vorletzten Tag meiner Reise. Ich sehe stark und gesund aus und schaue direkt in die Kamera. Ein Jahr später wird dieses Bild in Karls Brieftasche landen.

Ich treffe mich mit Paula. Niemand anders freut sich so darüber, uns zu sehen, wie sie.

»Diese wunderbaren kleinen Wesen«, sagt sie und nimmt mir Nils aus dem Arm. »Wie gut ihr es habt, du und deine Mama, ihr dürft miteinander zu Hause sein. Ich selbst hatte keine Wahl, als das Baby sechs Monate alt war, mußte ich es mir von der Brust reißen und wieder arbeiten gehen. Vor der Krippe standen Kinderwagen mit schlafenden Säuglingen in einer langen Reihe. Ich habe nie begriffen, wie die Erzieherinnen es geschafft haben, den Überblick zu behalten.«

»Findest du, daß ich priviligiert bin?«

»Nein, gar nicht, aber ich habe manchmal den Eindruck, als sei deine Freude getrübt. So vieles kommt hoch, wenn man Kinder bekommt. Wahrscheinlich geht es nicht immer um Karl und dich. Es klingt vielleicht wie ein Klischee, aber jetzt hast du zwei Kinder um dich herum, Nils und dich selbst. Nach und nach legt sich das. Die erste Zeit, in der man nicht so recht auf die Füße kommt, dauert ja auch nicht ewig, oder?«

Paula hat recht. Dieses Stadium liegt zum Glück schon hinter uns. Am Anfang, als mein Kind und ich eingeschlossen dasaßen, waren wir ja tatsächlich nur mit Stillen und Schlafen beschäftigt.

»Wird das immer so sein?« fragte ich sie, als Nils gerade dreizehn Tage alt war und ich meinen ersten Fluchtversuch zu Paula gewagt hatte. Eine Stunde dauerte die Fahrt mit dem Auto, nach dreißig Minuten begann mein Sohn wie am Spieß zu schreien, daneben saß ich mit Brüsten, in die die Milch einschoß, kalter Schweiß lief mir über den Körper, und ich verfuhr mich prompt.

Als wir ankamen, empfing uns eine jubelnde Paula und stand wartend mit einer Kamera in der Hand da.

»Immer mit der Ruhe, es gibt einen Ausgang aus der Babygrotte, und nach zwei Monaten wirst du dich nicht mehr so angebunden fühlen«, hatte sie mir gesagt.

Tja, das Leben mit Kind. Wenn sie Hunger bekommen, fragt man sich, ob man für immer dasitzen wird und stillt. Wenn sie anfangen, Erde in den Mund zu stecken, glaubt man, daß man nie mehr einen Blumentopf aufstellen darf. So verändert sich alles unmerklich, es brechen ständig neue Zeiten an, aber die Reaktion von Eltern scheint immer gleich zu bleiben: »Er will unbedingt jeden Tag sein Batmankostüm anziehen. Im Kindergarten ist das ja in Ordnung, aber was wird man in der Kirche sagen, bei der Konfirmation?«

Nils und ich fahren in meine Lieblingskonditorei in die Stadt. Die ist nur ein paar Türen entfernt von der Wohnung, in der Karl und ich früher wohnten. Ich parke das Auto vor unserem alten Haus und schaue hoch zu unserem früheren Balkon. Da stehen jetzt ein paar fremde Ski am Geländer. Ich drücke den Türcode, nur zur Probe, aber er ist ausgetauscht. Jemand anders hat mein Zuhause in Besitz genommen. Ich habe da nichts mehr zu suchen, und das macht mich traurig.

Immerhin: in der Konditorei erkennt man mich wieder. Der Mann hinter dem Tresen grüßt freundlich. Er trägt ein T-Shirt mit einem Aufdruck, der verrät, daß er den Stockholmer Marathon mitgelaufen ist. Als wir das letzte Mal dagewesen waren, hatte er eines vom Marathon in New York an. Das Mal davor eines vom Lauf um den Vätternsee. Er ist ein leistungsstarker Mann. Warum sieht man keine Frauen mit Pullis, auf denen ›Die Entbindungstour des Södersjukhusets 1992-1997‹ steht oder ›Schwangerschaften formten diesen Körper‹? Warum ist es nicht selbstverständlich, daß es Fernsehprogramme gibt, in denen es um Schwangerschaft, Geburt und Erziehung von Kindern geht, während das ›Verkehrsmagazin‹ und ›Natürlich beißt er an‹ Jahr für Jahr lehren, wie man in Harmonie mit Kombis und Spinnangeln lebt?

»Hallo? Achtzehn Kronen bitte«, sagt der Konditor und schwenkt einen kleinen Karton unter meiner Nase. Ich zucke zusammen, bemerke, daß ich eine ganze Weile auf seinen Nabel geschaut haben muß.

»Danke.«

Vielleicht bilde ich es mir auch ein, aber spannt er nicht die Oberarmmuskeln ganz besonders an, als er mir die Torte herüberreicht? Sein Zwinkern ist nicht zu übersehen. Mein Gott. Er flirtet. Ich werde rot. Trotz meiner schwellenden Brüste habe ich mich in den letzten Monaten wie das neutralste Wesen auf diesem Erdball gefühlt. Die Mutter. Frau ohne Unterleib. Im Schutze des Kinderwagens zwinkere ich unerfahren zurück. Ein Mann, der auf dem Weg ins Geschäft ist, hält mir die Tür auf. Er ist eine Ausnahme. Die Leute, die einem mit dem Kinderwagen helfen, sind in der Regel ältere, mitunter gehbehinderte Frauen, die sich noch erinnern können, wie das ist. Auch wenn sie vor lauter gutem Willen schon manchmal beinahe hinfallen. Aber dieser Mann ist so alt wie ich, und ich kenne ihn. Er schaut mich an.

»Ist das nicht, nein wirklich, Sarah, bist du das? Als wir uns zuletzt gesehen haben, warst du etwas blonder«, sagt er, und ich erkenne ihn mit einem Schlag wieder.

»Staffan! Hallo!«

Vor mir steht eine etwas stabilere Ausgabe von Staffan Eriksson, der früher die Angewohnheit hatte, die Mädchen auf dem Schulhof zu jagen, wenn wir Pause hatten.

»Sarah mit Kinderwagen. Nicht zu fassen. Einen großen süßen Jungen hast du da, wie ich sehe. Fünf Monate, stimmt's? Ganz schön viele Haare für sein Alter«, sagt Staffan, »darf ich?« und holt ihn mit einem geübten Griff aus dem Kinderwagen heraus.

»Na, acht Kilo?«

Ich bin fassungslos. Da steht der Mann, der einmal eine alte Scheibe Brot mit der Butterseite vorn ins Haar meiner besten Freundin Lisbeth geklebt hatte, und zeigt echtes Interesse an meinem Sohn, der gerade anfängt, auf Staffans Nase zu patschen. Außerdem hat er exakt Nils' richtiges Alter und Gewicht geschätzt.

»Ich bin beeindruckt«, sage ich und meine das ganz ernst.

»Falls du Fragen hast, mußt du dich einfach an Onkel Staffan wenden. Ich weiß alles über Kinder. Habe selbst vier, wirklich wahr, und werde ganz heiß auf noch eins, wenn ich so einen lieben Kleinen hier zu sehen kriege. Wenn du einen Augenblick Zeit hast, lade ich dich auf einen Kaffee ein.«

Ich nehme die Einladung dankbar an, und Staffan läßt sich auf einem Sofa im hinteren Raum der Konditorei nieder, noch immer mit Nils auf dem Arm. Wir haben uns sicher fünfzehn Jahre nicht gesehen. Und wenn er auch schon die Metamorphose vom Jungen, der mir und Lisbeth Haarbüschel ausgerissen hat, zu einem außergewöhnlich gesprächigen Mann hinter sich gebracht hat, fällt es mir doch noch um einiges schwerer, mir vorzustellen, daß er schon vier Kinder hat und so viel Erfahrung auf einem Gebiet, mit dem ich mich so schwer tue.

»Wer ist denn der Vater? Sag nicht Petter!« sagt Staffan und lacht.

»Falls du den Petter meinst, den ich vermute, den habe ich nicht mehr gesehen, seit er bei einer Fete auf das Sofa meiner Eltern gekotzt hat. Du warst, glaube ich, auch dabei. Ist ja schon eine ganze Weile her.«

»Dann vielleicht Sven?«

»Mein Gott, hast du nie daran gedacht, daß man Partner auch außerhalb der Schule finden könnte?« sage ich und fange auch an zu lachen. »Sven! Lebt der überhaupt noch? Nils' Vater heißt Karl, kommt aus einer ganz anderen Gegend als wir und ist ein paar Jahre älter.«

»Ach so, ein älterer Herr!«

»Drei Jahre, genaugenommen, welche Rolle das in unserem Alter auch immer spielen mag.«

»Und jetzt ist Krise angesagt?«

»Du redest genauso viel wie früher«, sage ich. »Warum sollte Krise sein?«

»Ich habe es ja schon hinter mir. Es war schwer, überhaupt etwas zu verstehen, als das erste Kind kam, fand ich. Seit dem Tag, als Gunilla mit dem Teststäbchen winkte, bis zum Sauberwerden kümmerte ich mich um alles außer um mich selbst. Jedenfalls kommt es mir manchmal so vor. Wie ist es möglich, wegen eines schwangeren Bauches auf der gleichen Gefühlsebene wie seine Frau zu sein? Ich konnte es kaum begreifen, daß da drinnen ein Kind war, und viel Hilfe bekam ich nicht. Im Mütterzentrum war ich völlig unsichtbar. ›Ach sieh an, der Vater ist noch da‹, dachten sie sich wohl, wenn sie mich längs der Wand auf einem Sprossenstuhl sitzen sahen. Mich fragte niemand etwas, es ging nur um Gunilla.«

»Das kommt mir bekannt vor«, sage ich. »Karl hatte auch das Gefühl, in diesem Raum mit der Tapete eins zu werden.«

»Als es Zeit für die Entbindung wurde, bekam ich wenigstens eine Aufgabe zugeteilt. ›Endlich kann ich ihnen zeigen, wie sich ein richtiger Vater verhält‹, dachte ich und bereitete mich innerlich darauf vor, Gunilla die Stirn abzutupfen oder die Kurve auf dem CTG zu verfolgen. Wir hatten ein Kaiserschnittrisiko, deshalb hatten wir einen Film zu sehen bekommen, wie wunderbar so eine OP verläuft. Niemand hatte mich darauf vorbereitet, was es bedeutete, im Kreißsaal zu stehen, auf den Apparat zu starren und zu sehen, wie die Herztöne runtergehen, während sich Gunilla unter den Wehen bäumt. Ich wußte wirklich nicht, was ich tun sollte. ›Versuch dich zu erinnern, daß es ein positiver Schmerz ist‹, brachte ich heraus, denn das fiel mir vom Geburtsvorbereitungskurs noch ein. Gunilla sah mich an, als wollte sie mich erwürgen. Ich hatte eine Höllenangst und war wie gelähmt, schockiert, sie in derartig quälenden Schmerzen zu sehen. Letztendlich schafften sie es, Albin zu holen, einen gutgebauten kleinen Jungen, aber ich brauchte noch Wochen, bis ich nicht mehr fürchtete, daß er oder sie sterben würde. Ich hatte Alpträume von Schlachthöfen und kleinen weißen Särgen und konnte kaum schlafen, weil ich solche Angst hatte, daß ich nicht hören würde, wie er aufhört zu atmen.«

Staffan schluckt und wirft einen langen Blick auf Nils, der gerade in seinem Arm einschlummert. Er fährt fort:

»Die erste Zeit zu Hause war wohl genauso wie für euch, nehme ich an: Tage ohne Morgen und Abend. Albin schlief, trank und schrie, schrie, trank und schlief. Anfangs wollten wir es ganz gleichberechtigt angehen und nahmen ihn abwechselnd hoch, wenn er weinte. Aber Gunilla und ich hatten völlig unterschiedliche Schmerzgrenzen für sein Schreien, so daß wir vereinbarten, daß sie bestimmt. Ich fühlte mich total überflüssig und ziemlich bescheuert, nur als ständiger Kopilot im Hintergrund zu agieren und Fläschchen zu machen.«

»Die meisten Frauen würden alles dafür geben, einen Kopiloten neben sich zu haben«, sage ich.

»Aber ich wollte doch viel mehr, Sarah. Kein Mann sieht freudig der Entbindung entgegen, weil er so viel Spaß daran hat, seiner stillenden Frau die Kissen aufzuschütteln. Man will Vatergefühle haben, aber man ist von allem so ausgeschlossen. Ich wußte nicht, was ich tun sollte, und wollte einfach raus. Als die zehn Tage Urlaub vorbei waren, rannte ich wieder zur Arbeit. Da war eine Aufgabe! Ich sollte einen Kurs übernehmen. Einige der Teilnehmer wußten, daß wir ein Kind erwarteten, und erkundigten sich, wie es gelaufen sei. Plötzlich stehe ich da und erzähle vor dreißig Leuten, wie schrecklich diese Entbindung war. Mir liefen die Tränen über die Wangen, und einige meiner Zuhörer fingen auch an zu weinen. Hinterher kam ein älterer Mann auf mich zu und tröstete mich. Er spürte sein ganzes Leben lang eine große Trauer, daß er nie bei einer Geburt seiner Kinder dabei sein durfte. So intim habe ich dieses Erlebnis mit jemandem geteilt.«

»Und deine Frau, hast du mit ihr nicht gesprochen?«

»Ich dachte, ich dürfte Gunilla nicht damit belasten, sie hatte ja schon viel Schlimmeres durchgemacht. Im Mütterzentrum gab es eine Vätergruppe, die leider eingestellt wurde, ›weil die Mütter nicht begriffen, was die Väter zu besprechen hatten‹, wie es unsere Hebamme einfühlsam ausdrückte. Also versuchte ich, über diese Sache hinwegzukommen. Dann erhielt ich einen Brief, in dem stand, ich müsse beim Sozialamt vorsprechen und ›die Vaterschaft anerkennen‹, weil wir nicht verheiratet waren. Kannst du das begreifen? Das ist mein Kind, ich habe es nie verleugnet, im Gegenteil, ich war doch stolz und habe mich darüber gefreut, habe mich jedes Mal im Mütterzentrum wie ein Blödmann behandeln lassen, ich war im Kreißsaal dabei und bin nachts aufgestanden – was du nur willst. Und dann stellen sie in Frage, ob ich mich zu dieser Vaterschaft bekenne! Danach kam die nächste Phase: als ich wieder arbeitete, wurde mir klar, wie unterschiedlich Gunillas und mein Lebensrhythmus geworden waren. Ich konnte an einem Tag vierzig Leute treffen, und wenn ich nach Hause kam, wollte ich ausspannen. Ich wußte nicht, was sie zu Hause eigentlich trieb, fand nur, daß sie schlecht drauf war und viel verlangte. Der Höhepunkt ihres Tages war es oft einfach nur, die Post zu holen. Sie hatte viel zu wenig Kontakt zur Außenwelt und ich viel zu viel. Ich begriff nicht, warum sie auf einmal das Bedürfnis hatte, mit mir über die Motive von Briefmarken zu diskutieren. Oder über Milchschorf. Oder Windelmarken. Als ich auf eine konkrete Frage antwortete, daß ich während der Arbeit nicht an Albin denke, wurde sie fuchsteufelswild. Was sollte ich sagen, es war wirklich so. Sie glaubte, daß das hieße, sie wären mir egal, aber so war das ja gar nicht. Würde dich das auch so wütend machen?«

»Klar. Obwohl ich mich nie trauen würde zu fragen. Man will doch, daß das Kind auch der Mittelpunkt in eurem Leben ist.«

»Das ist es ja auch. Aber die Arbeit muß ja wie sonst auch erledigt werden. Ich habe meine Zeit nicht damit verbracht fremdzugehen.«

»Ich verstehe sie ehrlich gesagt ganz gut. Natürlich empfindet man es als Untreue, daß der Mann dem Kind und der Frau nicht so viel Zeit widmet wie seiner Arbeit und anderen Menschen.«

»Ihr seid doch aber das Wichtigste! Und gerade deshalb arbeitet man doch wie ein Tier, damit ihr es gut habt. Also: habe ich richtig getippt?«

»Womit?«

»All time low in der Ehe.«

»Zumindest baisse. Ja, du hattest recht.«

»Aber es wird besser, glaub mir, das ist das Verrückte. Weil man die anstrengende Zeit vergißt und weil sich mit der Zeit immer mehr verändert. Er wird mehr Vater und du weniger Gluckenmutter. Wie mich das aufgebaut hat, als ich entdeckte, daß Albin lachte, wenn ich ihn berührte. Wie ich das erste Mal mit ihm allein zum ICA-Laden gegangen bin, zum ersten Mal steht und fällt alles mit mir, welch ein Meilenstein. Ich hatte die Verantwortung, ich war seine Bezugsperson! Noch immer bekomme ich Tränen in den Augen, wenn ich mir vorstelle, daß ich nach und nach all meine Kinder zum Fußball und zum Hockey mitnehmen kann, daß wir alle mit den gleichen gestrickten Schals dasitzen und uns die Kehle aus dem Hals schreien werden. Das ist doch klasse!«

»Ich nehme an, mit den anderen Kindern lief es besser, oder?«

»Ja, aber es dauert immer seine Zeit. Als unser zweiter Junge, Svante, kam, hatten wir uns schon lange vorher überlegt, daß ich ein halbes Jahr Erziehungsurlaub nehmen sollte. Die erste Woche war grauenvoll. Ich hatte mich darauf gefreut, die wunderbare Nähe zu meinem Kind zu erleben, aber ich war nur deprimiert. Ich vermißte meinen Job und kam nicht vor die Tür. Alles schien unüberwindbar anstrengend. Was sollten wir tun? Wen konnten wir besuchen? Nach einer Weile gewöhnte ich mich an diesen Zustand und begann, das Gute an diesem anderen Leben zu sehen. Svante und ich konnten ja nicht gerade über Hegel diskutieren, aber andere Dinge passierten. Gunilla mußte laut lachen, als ich sie das erste Mal im Büro anrief, um ihr die Neuigkeit des Tages zu berichten, nämlich, daß Svante es geschafft hat, sich selbst hochzuziehen, und nun stand, oder daß ich Rabattmarken für Windeln gefunden hatte. Du siehst, ich weiß, wovon du sprichst, Sarah. Du solltest zusehen, daß Karl Erziehungsurlaub nimmt, dann werden die Dinge in Bewegung kommen«, sagt Staffan und legt meinen schlafenden Sohn vorsichtig in den Kinderwagen zurück.

»Der Zug ist abgefahren«, seufze ich. »Er hat ein Angebot bekommen, dem er nicht widerstehen konnte, und ich dachte, daß es keinen so großen Unterschied machen würde, daß er trotzdem wissen würde, wo er am meisten gebraucht wird. Außerdem dachte ich tatsächlich, daß er sein Kind gar nicht allein lassen könnte. Jetzt ist er Monate im voraus ausgebucht. Und ich bin abgemeldet. Ich weiß nicht, was wir uns eigentlich dabei gedacht haben.«

»Echt? Und das läßt sich absolut nicht ändern? Da siehst du, was passiert, wenn man sich für Karrieremänner entscheidet, du hättest doch lieber Svenne nehmen sollen«, sagt Staffan und lacht, genauso fröhlich wie damals, als wir über den Schulhof rannten.

Anna meldet sich. Seit wir uns zuletzt gesehen haben, ist sie eine Menge in der Welt herumgekommen.

»Darf ich dich besuchen kommen? Ich habe in Tokio einen Kfz-Mechaniker-Arbeitsanzug für Nils gefunden. Und Schuhe, die wie Rennautos aussehen.«

»Komm, wann du magst, und sobald es geht!«

Sie kommt mit diesen phantastischen Sachen, einer großen Pralinenenschachtel und einem Buch für mich.

»Nur eine Kleinigkeit, hab ich in der Buchhandlung am Flughafen gekauft. Auf jeder Seite ein paar Sätze. Vielleicht hast du auf der Toilette Zeit, es zu lesen.«

Das Buch, das sie mir überreicht, heißt ›Laß die Ruhe regieren‹. Es stammt von dem Autor des Bestsellers ›Die Geheimisse der Ruhe‹, steht auf dem Umschlag.

»Klingt vielversprechend«, sage ich, während mir wie immer der Schweiß den Rücken herunterläuft.

»Obwohl ich das Gefühl habe, es war ein Fehlkauf. Du bist ja die Ruhe selbst«, sagt Anna.

»Mach dich nur lustig. Ich bin einfach hundemüde. Es ist eine solche Plackerei, sich um kleine Menschen zu kümmern.«

»Aber macht es nicht meistens Spaß? Ihr seht so schön aus zusammen. Wie kann so ein kleiner Süßer denn anstrengend sein, du, darf ich ihn mal nehmen? Mmmh, daß Babys immer so gut riechen. Merkst du, daß ich richtig neidisch bin«, sagt Anna und läßt sich mit Nils auf dem Schoß in einen Sessel fallen. »Wo ich doch immer dachte, wir würden mal zusammen Kinderwagen schieben.«

»Das klappt schon noch.«

»Na, ich bin skeptisch. Wenn man mal über fünfunddreißig ist, wird es bedeutend schwerer, sagt man.«

»Aber schau dich doch mal um, wann hast du zuletzt eine junge Mutter entdeckt? Das Durchschnittsalter der Erstgebärenden liegt in Schweden knapp unter dreißig. Auf dem Land bekommen die meisten Frauen Kinder, bevor sie zwanzig sind. Das würde doch nicht zusammenpassen, wenn man nicht mehr schwanger werden würde, nur, weil man über fünfunddreißig ist.«

»Ich habe Angst, mich darauf zu verlassen. Manchmal denke ich darüber nach, ob ich nicht einfach einen Typen aufreißen sollte, wenn die Eisprunguhr das nächste Mal klingelt, um es endlich erledigt zu haben. Und das mit der Liebe kann kommen, wann es kommt.«

»Meinst du das im Ernst?« frage ich und versuche zu verdrängen, was ich vor kurzem zu Karl gesagt habe: daß ich ihn gegen einen Samenspender hätte tauschen können ...

»An manchen Tagen ja. Aber das ist ja auch nicht so einfach. Zuerst dachte ich, daß das Beste an Henriks und meiner Trennung war, daß ich endlich wieder ausgehen und feiern kann, ohne schlechtes Gewissen. Zwei Monate hat es Spaß gemacht. Aber dann die Frage: wo soll man noch hingehen? Tanzcafés kamen nicht in Frage, und die Kneipen, in die wir früher gegangen sind, haben inzwischen ein unglaublich junges Publikum. Klar, ich werde schon angebaggert, aber ich habe oft das Gefühl, daß sie mich zu den Müttern rechnen, die abends auf der Straße nach ihren Kindern sehen.«

»Ich kann dir aber leider wirklich nicht empfehlen, alleinerziehende Mutter zu werden.«

»Mach dir keine Sorgen, Sarah, ich weiß, daß es sich nicht gehört, sich mit Lügen eine Schwangerschaft zu erkaufen. Erinnerst du dich an die Taufe, zu der ich vor ein paar Wochen eingeladen war? Es hätte so schön sein können. Der Chor sang, das kleine Baby lag ganz friedlich in den Armen seiner Mutter. Der Vater stand daneben. Das Problem war nur, daß er nie ein Kind haben wollte. Die Mutter stand dazu, obwohl er die Beziehung beendete, sobald er erfahren hatte, daß sie schwanger war. Jetzt war er immerhin zur Taufe gekommen, aber keiner aus seiner Familie war da, nur ein guter Freund. Während der ganzen Zeremonie stand er mit gebücktem Kopf vorn am Taufbecken. Nicht ein einziges Lächeln, kein Versuch, das Kind oder die Frau, die es auf die Welt gebracht hat, zu berühren. Warum er überhaupt gekommen war? Mir war echt zum Heulen zumute. So stellt man sich das nicht gerade vor. Da ist mir ein gänzlich abwesender Vater lieber, der erst gar nichts mitbekommt. Obwohl ich dann womöglich dazu beitragen würde, eine Tochter zu erziehen, die in der Welt herumläuft und sich von Männern schlecht behandeln läßt, weil sie nicht begreift, warum ihr Vater nichts von ihr wissen will.«

»Und wenn es ein Junge wäre?«

»Der wird sich die gleiche Frage stellen. Und sich die Hacken ablaufen, um sich wertvoll zu fühlen, und seine Frau verlassen, wenn sie genauso erfolgreich ist wie er. Darf ich sie aufmachen?« fragt Anna seufzend und greift nach der Pralinenschachtel.

»Hast du eigentlich seine Geburtsanzeige gesehen? Es sind Zwillinge.«

Ich nicke. Annas Ex ist nun stolzer Vater von zwei kleinen Jungen. Das hätten ihre sein können.

»Und das ihm, wo er mit dem Vaterwerden doch warten konnte, bis er siebzig ist, warum die Eile? Und jetzt haben sie sich einen Hof in Vallentuna gekauft.«

»Idioten«, sage ich.

»Stimmt. Aber ich mag jetzt gar nicht länger darüber reden. Ich brauche meine Ruhe. Vielleicht sollte ich das Buch lieber selbst behalten.«

Anna blättert in dem Buch, das sie mir geschenkt hat, und schlägt zufällig eine Seite auf.

»Hier haben wir etwas, das auf uns beide zu passen scheint: ›Vergiß nicht, dir zwischen den Veränderungen im Leben eine Pause zu gönnen. Laß alle Abschnitte schön der Reihe nach kommen, anstatt sie zu einem einzigen großen masochistischen Sauerteig zusammenzuklumpen.‹ Was für ein Zufall!«

Sie kramt in ihrer Tasche und zieht einen Packen Papier heraus.

»Unser Betriebsarzt hat an alle, die zu viele Überstunden machen, eine Umfrage geschickt. Man soll versuchen, die Streßmomente in seinem Leben aufzuzeichnen und anhand einer Tabelle, die beiliegt, eine Punkterechnung aufzustellen. Wenn man im Laufe eines Jahres auf mehr als 200 Punkte kommt, ist die Wahrscheinlichkeit groß, daß man krank wird. Das Immunsystem hält Dauerangriffen einfach nicht stand. Laß mal sehen: Scheidung hat die zweithöchste Punktzahl, nur für den Tod des Ehepartners setzt man 100 Punkte an. Klasse, 73 Punkte habe ich schon.«

»Lies mal vor«, sage ich mit halb geschlossenen Augen.

»Gefängnisaufenthalt: 63 Punkte, Verlust des Arbeitsplatzes: 47 Punkte, Veränderung des Gesundheitszustandes eines Familienmitglieds: 44 Punkte, Schwangerschaft: 40 Punkte, sexuelle Probleme: 39 Punkte, Familienzuwachs: 38 Punkte, Berufswechsel: 36 Punkte, zunehmender Ehestreit: 35 Punkte, Hypothek oder Darlehen in Höhe von mehr als 100 000 Kronen: 31 Punkte, neue Verantwortung bei der Arbeit: 29 Punkte, Familienstreitigkeiten: 28 Punkte, hervorragende persönliche Leistungen: 27 Punkte, Veränderung der Lebensbedingungen: 25 Punkte, Veränderung von Gewohnheiten: 24 Punkte, Veränderung von Arbeitszeit und anderen Arbeitsbedingungen: 21 Punkte, veränderte Wohnverhältnisse: 20 Punkte, veränderte Freizeitaktivitäten: 19 Punkte, Veränderung der sozialen Aktivitäten: 18 Punkte, Veränderung der Schlafgewohnheiten: 16 Punkte, Veränderung im Eßverhalten: 15 Punkte.«

»Wenn ich richtig gezählt habe, liege ich irgendwo so um 400 Punkte, seit Nils auf die Welt kam«, sage ich und nehme einen Trüffel aus der Schachtel.

»O je, Sarah, und dabei habe ich ganz unterschlagen, daß Weihnachten noch mal mit zwölf Punkten zu Buche schlägt.«

Wir seufzen gemeinsam.

»Ach komm. Wir müssen aufhören zu jammern«, sagt Anna. »Das ist unwürdig. Erinnerst du dich an Myrsjön?«

Klar erinnere ich mich. Alle hatten sich am letzten Schultag in der neunten auf dem alten Festplatz versammelt. Billiger Rotwein floß in Strömen. Gegen zehn Uhr war es bereits ausgeartet. Jemand fiel ins Wasser und mußte von einem Krankenwagen abtransportiert werden. Die Polizei kam und verfrachtete so viele Schüler in den Einsatzwagen, wie sie konnte. Dann fuhren sie zu Maria Pol. Ich hatte Glück, daß ich die Woche davor Penicillin nehmen mußte und mich deshalb nicht getraut hatte, Alkohol zu trinken, aber Anna war eine von denen, die sie in den Wagen trugen. Sie mußte die Nacht über dableiben und in einem überwachten Raum auf einer Matratze schlafen. Am nächsten Morgen kamen ihre Eltern und holten sie ab.

»Ich war so krank, und es war mir so wahnsinnig peinlich. Als wir nach Hause kamen, setzten sie mich auf das Küchensofa und schauten mich nur an. Kein Geschimpfe, nichts. Nur das Ticken der Küchenuhr, ihre Blicke und Mutters Seufzen. Das hielt den ganzen Sommer an, ihr Seufzen, egal, ob ich mich zu Hause aufhielt oder ausgehen wollte. Damals war ich mit Pär zusammen, weißt du noch?«

»Logisch erinnere ich mich an Moppe-Pär, so eifersüchtig wie ich war, als du mit ihm abzogst.«

»Jedesmal, wenn er in diesem Sommer anrief, gab mir Mutter den Hörer mit einem tiefen Seufzer weiter und sagte: ›Du paßt doch wohl auf, daß du nicht schwanger wirst, Anna. Mach dich nicht unglücklich.‹ Das ist ziemlich sonderbar. Heute seufzt sie, weil sie niemals Enkelkinder haben wird.«

Es ist fast zehn Uhr. Anna muß wieder in die Stadt zurück und fängt an, ihre Zettel einzupacken, als man an der Haustür Geräusche hört. Karl ist nach Hause gekommen. Er ist sichtlich und hörbar guter Laune.

»Hallo! Wie schön, du hast Besuch. Wir haben uns ja lange nicht gesehen, Anna!«

Er hebt Nils so hoch er kann in die Luft, und der Kleine quietscht vor Vergnügen. Dann küßt er mich und läßt sich mit seinem Sohn auf dem Arm in einem Sessel nieder.

»Da sitzt ihr also, eßt Pralinen und laßt es euch gutgehen.«

»Du, wir haben soeben mit Hilfe einer wissenschaftlichen Methode festgestellt, daß deine Frau am Rande eines Nervenzusammenbruchs sein müßte«, sagt Anna und wedelt mit den Umfragepapieren.

»Aber heute abend sieht sie jung und frisch aus, finde ich«, sagt er und schaut mich an.

Anna macht ihre Aktentasche zu. Mir fehlt meine alte, abgewetzte, die letzten Herbst auseinanderfiel. Ich habe sie immer zu voll gestopft. Jetzt habe ich sie gegen eine ebenso vollgepackte karierte Wickeltasche ausgetauscht. Ich hasse dieses häßliche Teil. Wenn ich das nächste Mal in die Stadt komme, werde ich mir eine neue Aktentasche kaufen, in der Platz für den Kinderkram ist.

»Macht es Sinn zu fragen, ob ihr Lust habt, am nächsten Samstag auf ein Fest zu kommen?« fragt Anna.

»Bei dir?« Ich bin überrascht, daß sie davon vorher nichts gesagt hat.

»Bei mir.«

»Geh du, Sarah«, sagt Karl, »du kannst es gebrauchen, unter Leute zu kommen. Ich kann mit Nils zu Hause bleiben.«

»Bist du sicher?«

»Ja klar.«

Ich nicke, leicht irritiert.

»Prima, dann sehen wir uns Samstag«, sagt Anna. »Wie früher!«

»Ja. Fast wie früher.«

Es ist meine erste Fete seit Nils' Geburt. Und die erste in Annas Haus, seit Henrik ausgezogen ist. Früher veranstalteten sie Abendessen mit Paaren. Jetzt bin ich auf einer richtigen Party und sehe lauter neue Gesichter. Ich erkenne kaum eines davon wieder.

»So ist es, wenn man Single wird«, flüstert Anna mir zu.

»Daran erinnerst du dich doch, oder? Paare suchen sich andere Paare.«

»Wir aber nicht, oder?«

»Ihr? Ihr habt euch doch von allem und jedem zurückgezogen, mit eurem Haus und eurem kleinen Knopf. Das ist nichts, was ich persönlich nehme. Aber für mich ist es zur Zeit einfach schön, mit Leuten zusammenzusein, die das gleiche Leben wie ich leben.«

»Und nicht all ihre wache Zeit damit verbringen, Windelgutscheine auszuschneiden«, spricht eine andere Stimme in mein Ohr.

»Pernilla kennst du jedenfalls noch«, sagt Anna und lacht. Klar, natürlich erkannte ich Pernilla von den Paar-Abendessen. Hübsch und mit ausgesprochen scharfer Zunge.

»Wo hast du denn Karl gelassen?« fragt sie.

»Zu Hause.«

»Bist du sicher?«

»Ja, wieso?«

Anna bemerkt meine Verwunderung.

»Zu Hause mit dem kleinen Nils. Sarah und Karl haben ein Kind bekommen, das hast du vielleicht gehört.«

»Das klingt ja heimelig. Tu bloß, was du kannst, um ihn zu Hause zu halten. Und hol dir um Himmels willen keinen siebzehnjährigen Babysitter ins Haus. Mark my words«, sagt Pernilla und geht los, um sich nachzuschenken.

»Was sollte das denn?« frage ich.

»Sie hat in letzter Zeit ziemlichen Streß gehabt«, sagt Anna.

»Was Bestimmtes?«

»Na ja ...«

Wir werden unterbrochen, als ein Mann, den ich nie zuvor gesehen habe, von hinten seine Arme um Anna legt und sie auf den Hals küßt. Er ist groß und durchtrainiert, kommt frisch vom Friseur und ist nett gekleidet.

»Wir brauchen ein bißchen alkoholischen Nachschub, Liebling«, flüstert er ihr ins Ohr und zwinkert mir gleichzeitig zu. »Damit es etwas eleganter aussieht, wenn wir tanzen.«

Ich lächle zurück, fühle mich aber außen vor und ein wenig eifersüchtig. Ich kann mich nicht erinnern, wann jemand zuletzt auf diese Art Interesse an mir bekundet hat. Und das Thema Alkohol war für mich schon lange keins mehr. Die Schwangerschaft hat mir die Abstinenz leichtgemacht, dann kam die Stillzeit und dann der Gedanke, nur mit dem kleinsten Kater aufzuwachen und sich um ein lebhaftes Kind kümmern zu müssen.

Ein Buffet ist aufgebaut. Ich versorge mich mit Thaispießen und Garnelen in Knoblauch und setze mich an einen Tisch, an dem ein Mann sitzt, der nur darauf gewartet hat, die Geschichte seines Lebens zum Besten zu geben, warum also nicht für mich? Bevor der letzte Bissen marinierter Tintenfisch von meinem Teller verschwunden ist, weiß ich, wieviel er verdient, welche Zeiten er beim letzten Triathlonwettkampf geschafft hat, wie alt er war, als er die letzte Endoskopie hinter sich gebracht hat, wo die Narbe sitzt, sowie den Trick, das Tachometer im Auto zu blockieren, wenn man mit dem Auto Urlaub in Europa macht, damit der Wiederverkaufswert nicht zu sehr in den Keller sackt.

Anfangs bemühe ich mich noch, so etwas wie ein Gespräch mit ihm zu führen, aber bald lasse ich es sein. Er muß sehen, daß sich mein Mund bewegt, trotzdem ignoriert er jedes Wort, das ich sage. Dies ist die eher unglamouröse Seite des Singledaseins. Sich durch die Gesellschaft egozentrischer Sexathleten hindurchzugähnen. Das hatte ich ganz vergessen.

»Entschuldige mich einen Moment«, sage ich und deute in Richtung Toilette. In der Schlange vor der Toilette zu stehen, erscheint mir plötzlich als eine interessante Alternative.

Ein Stückchen weiter sitzen zwei Männer auf einem Sofa. Sie reden über ein Buch, das sie beide gelesen haben, oder zumindest durchgeblättert. Es geht offenbar darum, wie es ist, wenn man Vater wird, und die kurzen Kapitel sind nach den Schwangerschaftswochen gegliedert. Ich kenne es, denn ich habe es Karl auch besorgt. Nach kürzester Zeit fand ich es unter einem Stapel Autozeitschriften.

»›Schau dir deine Frau an, sieh, wie schön sie ist, wie viel tiefer ihre Schönheit wird, je länger das Kind in ihr wächst.‹ Irgend so etwas stand da«, sagt einer der beiden mit theatralischer Stimme. »Und wenn man nun nicht gerade findet, daß sie so schrecklich hübsch ist, wenn sie schwanger ist, eher grotesk und unproportioniert, an wen kann man sich dann wenden? Ich habe das Buch an die Wand gepfeffert.«

»Ha! Da hast du das Schlimmste aber noch vor dir. Ich fand sie mit ihrem dicken Bauch wirklich schön. Unglaublich schön. Erst mit der Geburt veränderte sich alles. Das ist mir noch lange im Kopf herumgespukt«, sagt der andere. »Dammriß! Und überall das Blut. Wirklich überall. Und dann diese langgezogenen, furchtbaren Schreie und ich mittendrin mit meiner Hilflosigkeit. Seitdem habe ich echt nicht mehr an Sex gedacht.«

»Nicht mehr an Sex gedacht? Du machst Witze«, sagt der erste und knackt im Mund eine Chilinuß.

»Na ja, nicht an Sex mit ihr.«

Sie sehen in meine Richtung und werden still. Das Gespräch war nicht zum Mithören bestimmt, und ich habe sie sicherlich viel zu hemmungslos angestarrt, während meine Gedanken etwas zurückgingen. Mir fällt dieses eine Mal ein, als ich während des Sommers einen wirklich langweiligen Job hatte und in einer Werkstatt in der Zentrale saß. Der Jargon war nicht anders als erwartet. Eines Tages begann am Kaffeetisch eine Diskussion darüber, wie ein richtig schönes Mädchen aussehen müßte. Zeitungen und Kalender mit Fotos von Schmollmündern, hervorgestreckten Hinterteilen und schwellenden Brüsten wurden hervorgekramt.

Nur der jüngste und zuletzt eingestellte Mechaniker wartete, bis sich der Aufruhr gelegt hatte, und sagte ruhig:

»Das Schönste, das ich kenne, ist, eine schwangere Frau zu sehen.«

Er wurde mein Held, und die Geschichte sollte ich lange mit mir herumschleppen. In meinem Innersten hoffte ich, es würde stimmen, daß die guten Männer der Ansicht waren, eine schwangere Frau sei die sublime weibliche Gestalt überhaupt.

Ich erinnere mich auch an die freundliche Hebamme, die hereinkam, um mit mir über die Entbindung zu sprechen, bevor ich entlassen wurde.

»Das sieht alles gut aus. Die Stelle, an der Sie genäht worden sind, scheint gut zu heilen.«

Ich murmelte irgendeine Antwort.

»Finden Sie das unangenehm?«

»Ja.«

»Sie können sich die Wunde mit einem Spiegel ansehen, manchmal hilft das.«

»Nein, vielen Dank.«

»Damit nicht die Phantasie mit Ihnen durchgeht, meine ich.«

Das war aber schon passiert. Niemals hätte ich es gewagt, diese fleischige, eklige Wunde anzusehen, wo sie mich aufgeschnitten haben. Wie sollte ich die Stelle sauberhalten können? Wie sollte ich darauf vertrauen können, daß sie jemals heilen würde, daß sich mein Körper wieder unversehrt anfühlen würde, gesund, wieder funktionstüchtig? Zu dem Zeitpunkt empfand ich nur Ekel und machte mir echt Sorgen. Guter Gott. Erstaunt stellte ich fest, daß es mit der Heilung schnell ging, aber es brauchte eine ganze Weile, bis ich mich traute, mir die Narbe anzusehen.

Ich bin nie darauf gekommen, daß Karl sich vor meinem Körper ekeln könnte, weder vor dem schwangeren noch vor dem entbundenen. Nun kam mir zum ersten Mal zu Ohren, daß der Mann, der ja seinen Teil an den Veränderungen im Körper seiner Frau beigetragen hatte, ihn häßlich und abstoßend fand. Und außerdem Sex für ihn nicht mehr in Betracht kam, seit er gesehen hatte, wie sie im Kreißsaal gekämpft hat.

Solche Verräter, denke ich, als ich mir diese erbärmlichen Männer auf dem Sofa anschaue, die nun das Thema gewechselt haben und sich über die Börse unterhalten. Solche üblen Verräter.

Hinter mir öffnet sich die Tür zum Badezimmer, und Pernilla kommt heraus. Sie legt den Arm um meinen Hals, ungewohnt vertraut. Wir waren nie besonders eng miteinander gewesen. Ihr Atem riecht nach Alkohol.

»Schön, daß ihr noch Kontakt zueinander habt, Anna und du«, sagt sie und schaut mir in die Augen.

»Warum sollten wir nicht?«

»Weil Neid eine starke Kraft ist. Mal sehen, wie lange sie es aushält zu sehen, wie du all das hast, was sie sich selber wünscht.«

»Hör doch auf mit so einem Unsinn«, sage ich barsch, doch trotzdem macht sich Unsicherheit in mir breit. Die Einladung zu diesem Fest hatte sie ja in einem Nebensatz ausgesprochen. Zählt Anna nicht mehr auf mich?

»Natürlich willst du das nicht hören, aber komm mal her, Sarah, da kannst du was lernen«, sagt Pernilla und zeigt auf die zwei Männer auf dem Sofa. »Weißt du, was das für welche sind?«

»Neee«, sage ich und versuche, mich ihrem Griff zu entziehen, aber sie kommt noch näher an mich heran und flüstert: »Das da, das sind zwei geile, hinterhältige Saukerle.«

Dagegen gibt es nichts zu sagen.

»Kennst du sie?« frage ich.

»Ihre Namen nicht, aber die Sorte Männer schon. Meine Mutter hat immer gesagt, daß Männer in die Richtung gehen, in die der Hosenstall zeigt. Und sie hatte recht damit. Oder was meinst du?« kreischt sie plötzlich in Richung Sofa. Die zwei Typen schauen erstaunt zu uns herüber.

»Kneifen mich in den Hintern, obwohl sie Eheringe tragen. Richtige Schweine!«

Ich schaue zur Seite.

»Die Sache ist die«, sagte Pernilla, »daß Stefan mich betrogen hat.«

»Das ... das tut mir leid.«

»Ja, es ist verflucht traurig. Ein Jahr lang ging das. Ich hätte es viel früher merken müssen, aber weißt du, wann ich es kapiert habe?« Sie lacht laut.

»Ich saß beim Zahnarzt im Wartezimmer und blätterte in einer Wochenzeitschrift. Darin war ein Test, wie man überprüfen kann, ob der Partner untreu ist.« Sie fährt mit ihrem rotlackierten Zeigefingernagel über einen imaginären Fragebogen:

»Arbeitet er bis spät abends und fängt er zeitig wieder an? Antwort: Ja.

Muß er ganz plötzlich am ›Arbeitsplatz‹ noch etwas erledigen? Antwort: Ja.

Fährt er auf Dienstreisen, ohne sich zu beschweren? Antwort: Ja.

Ist er geistig abwesend? Antwort: Ja.

Hat er kein Interesse mehr am Sex? Antwort: Ja.

Zeigt er neuerdings wieder Interesse für sein Äußeres? Antwort: Ja.

Riecht er ungewöhnlich stark nach Rasierwasser? Antwort: Ja.

Findet man ungewöhnliche Posten auf seiner EC-Kartenabrechnung? Antwort: Ja.«

Pernilla macht eine Pause, um sich eine Zigarette anzuzünden.

Ich schlucke. Kurzzeitig wird mir richtig schlecht. Der Groschen fällt.

»Du denkst, daß Stefan fremdgeht«, frage ich.

»Fremdging. Imperfekt. Sonnenklar, daß er fremdging. Er hat geschworen, daß sie ihm nichts bedeutet. Haben wir das schon einmal gehört? Haben wir das im Fernsehen gesehen? Wenn es ihm nichts bedeutet hat, wie kann es dann sein, daß es für mich etwas bedeutet?«

»Habt Ihr Schluß gemacht?« frage ich.

»Warum sollten wir das tun? Wir haben zusammen eine Wohnung, ein Sommerhaus, Auto, Hund, alles. Aber ich werde tun, was in meiner Macht steht, damit er blutet. Darauf warte ich«, sagt Pernilla und torkelt Richtung Sofa.

»So, meine Herren, wer von Ihnen verdient mehr, und wer hat das bessere Auto? Der darf mich heute abend zu einer Runde einladen«, sagt sie und legt sich der Länge nach über die Knie der beiden und lacht.

Mir wird schlecht. Furchtbar schlecht.

»Ja, Sarah, wie geht es dir?«

Anna kommt vorbei.

»Gut. Ich bin nur ein bißchen geschafft«, bringe ich hervor, mit einer Stimme, die nahezu versagt. Ich kriege meine Gedanken nicht unter Kontrolle. Ich will nach Hause. Oder fort. Irgendwas, bloß nicht hier stehen und zuhören, wenn Pernilla detailliert beschreibt, wie Karl sich in den vergangenen Wochen verhalten hat. Mein Mann. Daß ich nicht darauf gekommen bin.

»Wenn du magst, kannst du hochgehen und dich eine Weile hinlegen«, sagt Anna.

Ich gehe die Treppe hoch ins Schlafzimmer. Meine Arme sind schon eingeschlafen. Das kommt vor, wenn zu viele Gefühle auf einmal auf mich einstürzen. Wenn ich meine Gefühle nicht sortieren kann, wandern sie direkt in meinen Körper und schimpfen mit mir. Damit ich mir nicht einfach vormachen kann, sie seien nicht da.

Auf dem Doppelbett, das vor weniger als einem Jahr noch Anna und Henriks gemeinsames Lager war, liegt ein Berg Jacken. Ich fange an, nach meinem Mantel zu wühlen, der Mantel, den Karl mir einmal geschenkt hat, der Mantel, den er mit Liebe ausgesucht hat, damit er erst meinen schwangeren Bauch kaschiert und anschließend mein Kind, wenn ich es im Tragesack vor meiner Brust trage, Körper an Körper. Während ich in dem Berg krame, fällt mein Blick auf eine Karte auf dem Nachttisch: ein eingerahmtes Bild von Anna und Henrik. Das Foto hatte ich gemacht. Ich erinnere mich noch gut daran: ein Frühsommerabend vor ein paar Jahren. Das Licht sickerte durch die vielen Blätter in ihrem Garten. Sie waren gerade in ihr Haus eingezogen. Alles war herrlich, und sie sahen so glücklich aus.

Ich erinnere mich, daß Karl schräg links vor dem Ausschnitt saß. Ich weiß sogar noch, was er anhatte.

Als ich mich umdrehe, sehe ich Anna in der Türöffnung stehen. Sie sieht, daß ich das Foto in den Händen halte.

»Das war schon ein herrlicher Abend, eine herrliche Zeit«, sagt sie.

»Aber was macht das Bild noch in deinem Schlafzimmer?« frage ich.

»Er fehlt mir«, sagt sie und zuckt mit den Schultern. »Er ist mir zwischen den Fingern entglitten. Wenn ich mich nur etwas mehr bemüht hätte, wäre er noch hier.«

»Hör auf damit. Er war einfach nicht für dich bestimmt. Und der da unten? Der Sportler mit den starken Oberarmen?«

Sie zuckt mit den Schultern.

»Nicht der Rede wert. Nur jemand, der meinem Leben gelegentlich die Einsamkeit nimmt. Unglaublich talentiert im Bett, das schon, aber er macht dreckige Witze und redet jede Menge Schwachsinn. Dieses Gequassel halte ich nicht aus. Wir haben einfach nichts gemeinsam. Begreifst du, wie froh du sein kannst, daß du Karl hast? Und Nils. Kümmere dich um das, was ihr habt, Sarah«, sagt Anna und läßt sich neben mich zwischen die Klamotten fallen.

Mir ist, als müßte ich mich übergeben.

»Du siehst tatsächlich müde aus. Komm wieder runter zum Tanzen, wenn du dich ausgeruht hast.«

»Ich komme«, lüge ich.

Jetzt habe ich meinen Mantel entdeckt. Sobald sie gegangen ist, mache mich heimlich aus dem Staub. Ich renne zum Auto und trete das Gaspedal durch. Falscher Gang. Der Motor heult auf. Ich auch. Wie ich schreie! Mein Puls pocht irgendwo auf Höhe des Schlüsselbeins. Unmöglich, daß mein Herz so schlägt, das ist schon im Haus stehengeblieben.

»Scheiße«, schreie ich über das Steuer. Scheiße, wie konnte mir das nur passieren! Die Tränen schießen mir ins Gesicht, ich muß am Seitenstreifen anhalten, weil ich die Straße nicht mehr sehen kann. Ich sitze heulend da, bis ich mein Gesicht im Rückspiegel entdecke. Wenn ich mich so im Spiegel sehe, hört es sofort auf. Es wird zu real, um ernst genommen zu werden.

Nach und nach begebe ich mich auf den Heimweg. Je näher ich dem Haus komme, desto unmöglicher erscheint es mir, Karl zur Rede zu stellen. Wenn es nun aber nicht stimmt? Was passiert dann? Und wenn es doch stimmt? Diese Wahrheit halte ich nicht aus. Ich will diese Wahrheit nicht. Ich möchte, daß alles so ist wie damals, als wir uns kennenlernten und wir ganz wenig Zeit, aber ganz viel Liebe füreinander hatten. Das war ein schönes Leben, denke ich. Ein wunderbares, nahezu perfektes Leben. War es nicht so? Manche waren neidisch auf uns, daß wir uns mit so viel Liebe und Respekt begegneten, daß wir so spannende Jobs hatten und so viele Reisen machten. Weil wir so ein reiches, erfülltes Leben hatten. Obwohl wir keinen Nils hatten. Wir hatten kein Kind, das wir so sehr lieben, daß einem das Herz zerspringt. Wir hatten nichts.

Plötzlich bin ich einige Kilometer gefahren, ohne zu merken, wie. Flow würde das wohl unter anderen Umständen heißen. Nach Hause zu kommen und das Licht in den Fenstern zu sehen, macht mich so froh, der Kick, zu wissen, daß Karl und Nils auf mich warten. Daß ich einmal nicht diejenige bin, die warten muß. Jetzt mache ich den Motor aus, bringe es aber nicht fertig hineinzugehen. Da sind ganz ungute Gedanken und Gefühle in mir, die ich nicht einordnen kann. Ich bleibe im Dunkeln sitzen. Lange.

»Hallo Liebling, hast du Spaß gehabt?« fragt Karl, als ich zur Tür hereinkomme. Ich nicke. Im Haus ist es still.

»Er schläft!« sagt er stolz. Der Mann, den ich mir ausgesucht habe, um mein Leben mit ihm zu teilen. Der Mann, der noch immer mein Herz in Schwingungen versetzt, wenn ich daran denke, wie sehr ich ihn liebe. Er sieht glücklich aus, wie er so auf mich zukommt und mich küßt. Ich erstarre. Wen hat er heute noch geküßt, oder gestern, letzte Woche? Wessen Speichel soll sich hier mit meinem vermischen? Er riecht nach Rasierwasser. Ich schlucke.

»Du riechst nach Rasierwasser, das ist aber lange her!« sage ich in einer derart unechten Tonlage, daß es in den Ohren weh tut.

»Mmmm, gefällt es dir?«

»Schon«, sage ich und versuche voller Inbrunst, den Geruch auszuhalten, den angenehmen Geruch, den ich einmal so gern mochte. Jetzt verursacht er mir Übelkeit.

»Doch, schon. Aber es ist eine ganze Weile her, daß du es aufgelegt hast. Ist jetzt so ungewohnt.«

»Als du schwanger warst, durfte ich ja nicht nach Rasierwasser riechen, da landete die Flasche ganz hinten im Badezimmerschrank. Jetzt ist es an der Zeit, mal wieder ein bißchen aufs Äußere zu achten.«

Ich nicke. Schön für wen? Was soll ich dazu sagen? Wenn ich nur daran denken kann, seine Kontoauszüge zu durchwühlen, um Beweise zu finden. Beweise für Doppelzimmerrechnungen und teure Geschenke, die nicht an mich gegangen sind.

»Du?« sagt er und reibt seine Nase an meiner. »Ich bin gezwungen, ganz kurzfristig wegzufahren.«

»Wie kurzfristig?« Mein Körper ist vollkommen steif. Er muß merken, wie unnatürlich ich mich aufführe, wie sonderbar meine Stimme klingt.

»Sie wollen, daß ich morgen losfahre.«

»Und für wie lange?«

»Bestenfalls ein paar Tage, im schlimmsten Fall etwa eine Woche.«

Er drückt mich ganz fest an sich und will mir in die Augen schauen, aber ich kann es nicht. Normalerweise hätte ich die Wut bekommen, weil ich wieder alleingelassen werde. Jetzt bin ich richtig erleichtert. Fahr. Fahr nur, damit ich Zeit zum Nachdenken, zum Kramen und Kontrollieren habe. Ich sage es nicht, und ich schreie auch nicht. Statt dessen murmele ich:

»Fahr, wenn du mußt.«

»Ja, ich muß wohl. Du hast so rote Augen. Bekommst du eine Erkältung?«

»Wahrscheinlich. Ich gehe ins Bett, wenn du nichts dagegen hast.«

»Nein, natürlich nicht. Dann habe ich noch ein bißchen Zeit, Ordnung in die Abrechnungen zu bringen.«

Die Abrechnungen. Das Beweismaterial. Immer einen Schritt hinterher. Verdammt. Verdammter Bockmist.

Es wird eine schlaflose Nacht. Ich lege meinen Kopf aufs Kissen, aber mein Puls donnert durch meinen Körper. Es ist, als würde man versuchen, mit Ohropax zu schlafen: statt die Geräusche von der Umwelt abzuschalten, hört man plötzlich die des eigenen Körpers. Es wird unerträglich. Die ganze Zeit dieses Pulsieren im Körper. Wie soll ich das alles durchstehen? Wie soll ich diese Nacht überleben?

Aufstehen und Karl meinen Verdacht direkt ins Gesicht sagen, ist ausgeschlossen. Es gibt Leute, für die wäre es völlig normal, den Partner wegen Untreue anzuklagen. Ohne Stolz schreien sie ihre Anschuldigungen heraus, am liebsten in Volksaufläufen, auf Festen, in Restaurants, in Taxischlangen. Es hagelt Ohrfeigen, und der Speichel tropft. Nie habe ich einen Anlaß gehabt, nie einen Verdacht. Eifersucht war eine Bazille, die nie an mir hängengeblieben ist, Untreue nichts, das auf der Liste meiner denkbaren Hobbies stand.

Ich hatte Angst davor, was eine Frage lostreten könne. Was passiert mit einer Beziehung, in die Mißtrauen und Verdächtigungen Einzug halten? Und was wäre schlimmer: es zu ahnen, aber nicht zu wissen, oder den anderen damit zu konfrontieren und sich zu täuschen? »Oh, Entschuldigung, da habe ich mich in der Person geirrt!« Oder – so wie wir das früher gehalten haben, wenn etwas schwierig, anstrengend oder verletzend war – einfach sagen: »Dann wollen wir das mal vergessen« und dann fix und fertig sein, aber es sich bloß nicht anmerken zu lassen.

Ich muß abwarten. Mehr Beweise sammeln. Mich an den Gedanken gewöhnen, ein ganz anderes Leben zu führen. Als alleinerziehende Mutter? Wird Nils alle zwei Wochen bei Karl und einer anderen Frau wohnen? Mein Kind! Ich bekomme unglaubliche Angst. Durch den Spalt zwischen den Jalousien und dem Fenster kann ich in den Garten sehen. Der Vollmond leuchtet klar. Rein und weiß und voller Unschuld. Und völlig enthüllend.

Ein Kuß auf meine Stirn, morgens, kurz vor fünf. Er liebe mich, flüstert er. Ich tue so, als schlafe ich noch. Sobald ich das Auto wegfahren höre, springe ich auf und stürze mich auf seinen Berg von Rechnungen. Noch nie bin ich auf die Idee gekommen, in Karls Schubladen herumzuschnüffeln. Liebe und Respekt, habe ich gesagt, unsere Beziehung soll auf Liebe und Respekt gebaut sein. Alles andere ist sekundär. Jetzt überschreite ich diese heilige Grenze ohne Zögern und fange an, seine Belege zu durchwühlen. Es sind nicht viele, und es ist keine heiße Spur zu finden. Keine Hotelrechnungen über Doppelzimmer, die Einzelzimmer hätten sein müssen. Kein Frühstück mit zwei Tassen Kaffee, wo er doch immer nur eine trinkt. Keine Rechnungen von Juwelieren und Lingerien. Stück für Stück ziehe ich die Schubladen aus seinem Container heraus. Nichts zu finden, gar nichts. Das macht mich nur noch kribbeliger.

Ich laufe zur Garderobe, leere Hosentaschen, Jackettaschen, suche sogar nach Lippenstift an den Hemdkragen. Da fällt mir plötzlich ein, wie er vor ein paar Monaten nach Hause kam und davon sprach, daß er nun Hemden auf Firmenkosten in die Reinigung geben könne.

»Zusatzleistung. Und wir sparen uns das Bügeln!« sagte er froh, und ich Idiot war auch noch dankbar dafür, daß das Beweismaterial außer Haus geschafft wurde, unerreichbar für mich, tagein, tagaus. Hemden mit den Überresten vom Parfüm einer anderen, Körpergeruch, Schweiß und anderen Körpersäften.

Ich komme nicht zur Besinnung, bis ich vor seiner Garderobe auf dem Boden sitze und merke, daß ich seine Schuhe ausschüttele. Wie lächerlich muß ich mich eigentlich noch machen? Nils schläft noch immer. So soll er seine Mama nicht zu Gesicht bekommen.

Ich muß mich endlich zusammenreißen. Versuchen, klar zu denken. Muß versuchen, Paula zu erwischen, mit niemand anderem kann ich darüber sprechen, aber es ist noch nicht einmal sechs Uhr in der Frühe.

In dem Sessel vor dem Kamin sinke ich in mich zusammen. Er ist groß genug für zwei, sogar zwei und einen halben. Hier haben wir oft zusammengekuschelt gesessen. Ganz, ganz nah. Unten sind die Kaminmauern noch warm, doch von dem Feuer, das Karl gestern abend angezündet hat, ist nur noch Asche übrig. Er liebt es, Feuer zu machen, das ganze Jahr über. Mit einem Mal wird mir klar: da schmeißt er also die Rechnungen hinein, die ich nicht sehen darf. Er verbrennt sie! Völlig logisch. Ich fange an, in den verkohlten Resten zu kramen, aber dabei fliegt nur Asche auf den Boden. Mit aller Kraft schmeiße ich den Feuerhaken gegen die gemauerten Ziegelsteine. Diese Kraft erstaunt mich, aber der Kamin ist stabil gebaut, nicht einen kleinen Splitter habe ich abgeschlagen. Ich falle wieder in den Sessel zurück. Er ist viel zu groß für einen einsamen Menschen.

Untreue. Wie leicht, davon zu sprechen, solange es einen nicht selbst betrifft oder jemanden, den man mag. Einmal hatte ich gesehen, wie Annas Vater an einer ungewöhnlichen Stelle aus einem Auto ausstieg, hinter dem Kiosk, neben der Saltsjöbahn. Am Steuer saß eine fremde Frau. Flüchtig sah ich ihr Gesicht. Onkel Harald steckte seinen Kopf noch einmal ins Auto hinein, um sie zu küssen. Dann machte er die Tür zu. Als sie fuhr, strich er sich mit der Hand übers Haar und sah ihr nach. Er sah glücklich aus. Ich sah noch, wie er seinen Hosenbund hochzog und sich reckte und streckte, bevor ich wie eine Wilde davonradelte, damit er mich nicht zu Gesicht bekam. Ich wußte um ein Geheimnis, mußte es aber glücklicherweise nicht mit ihm teilen. Mit meinen elf Jahren wußte ich sehr wohl, daß ich mit Anna nicht darüber reden durfte. Mit jemand anderem übrigens auch nicht. Manche Dinge behält man für sich. Das hatte ich schon viel früher gelernt.

Ich saß mit meinen Puppen unter dem Couchtisch. Vater war auf Geschäftsreise. Eine dieser ständig wiederkehrenden Reisen.

Mutter hatte ihre Freundinnen eingeladen. Den ganzen Nachmittag war sie damit beschäftigt gewesen, kleine belegte Häppchen herzurichten. Es duftete nach Champignonsoße und Krabben. Ich durfte ihre Kreationen mit Dill- und Petersilienstengelchen krönen. Jetzt saß sie mit den anderen Frauen im Wohnzimmer. Sie redeten und tranken Sherry. Immer Sherry.

»Nichts, das in angemessenen Mengen genossen schaden kann«, sagte Mutter, aber sie servierte ihn immer in der blaugetönten Karaffe, die man von Zeit zu Zeit nachfüllen konnte, ohne daß jemand nachrechnen konnte, wieviel eigentlich floß. Ich beobachtete aber, wie sie sich mit jedem Zuprosten veränderten. Tante Siv, die nach einer Weile immer anfing, in meinen Haaren zu spielen, und davon erzählte, wie sehr sie sich ein kleines Mädchen gewünscht hatte, aber nur Söhne bekommen hat, und dann Tante Ann, die mit Mutter zusammengearbeitet hat und nach ein paar Gläsern immer laut loslachte, egal, was gesagt wurde. Und dann Mutter, wie sie einmal anfing zu weinen. Ich meine nicht, daß sie jedes Mal weinte, wenn sie sich trafen und Sherry tranken, aber diese eine Erinnerung ist ganz klar:

Das Telefon klingelte.

»Ich gehe ran«, sagte ich und rannte los in den Flur.

Es war eine Frau, deren Namen ich nicht kannte. Sie wollte mit meinem Vater sprechen. »Er ist nicht zu Hause«, sagte ich.

Da begann die fremde Frau zu fluchen. Sie sagte etwas, das ich nicht verstand. Sie nannte Vater mit einem sonderbaren Namen, Bock, irgendwas. Haarebock vielleicht. Dann wies sie mich an, Mutter zu holen. Ich holte sie. Mutter schaute mich fragend an und sagte etwas zu Tante Ann, die darauf wieder lachte. Sie nahm sich noch ein Häppchen, ehe sie zum Telefon ging. Ich kroch wieder unter den Tisch. Mama war lange fort. Schließlich riefen die anderen nach ihr. Sie antwortete nicht. Von meinem Platz unter dem Tisch aus sah ich Tante Anns hellblaue Pumps, wie sie Richtung Flur verschwanden, hörte, wie sie Mutter rief, hörte aber Mutter nicht antworten. Ich sah das nächste Paar Damenfüße zum Flur aufspringen und krabbelte aus meinem Versteck hervor, um zu sehen, was los war, aber Tante Siv machte die Tür zu.

»Bleib hier«, sagte sie und wuschelte mir durch die Haare. Ich wünschte, sie ließe das sein. Gerade an diesem Tag wünschte ich mir, sie möge ihre ekligen Finger von mir fernhalten. Sie versuchte, mich anzulächeln, aber mir war klar, daß etwas nicht stimmte.

Ich blieb noch im Wohnzimmer, konnte aber, wenn ich den Hals lang machte, in den Flur hineinschauen. Mutter saß zusammengekauert auf dem Boden und weinte. Ihr Weinen wollte kein Ende nehmen. Ich hatte meine Mutter noch nie zuvor mit zerflossener Schminke gesehen. Es hätte witzig aussehen können, aber die Laute, die aus ihrem Mund kamen, machten mir Angst. Sie hatte sicher Schmerzen.

»Am besten ist es, wenn du ins Bett gehst«, sagte Tante Siv zu mir. Ich begriff nicht, warum es das beste sein sollte, aber sie machte nicht mal mehr den Versuch zu lächeln, also nickte ich und lief hoch und vergaß sogar, meine Puppen mit hinauf zu nehmen. Da saß ich dann und hörte das stille Wimmern meiner Mutter und die mal beruhigenden, mal aufgeregten Stimmen der anderen. Ich kroch ins Bett, aber es war schwer, ohne die Puppen einzuschlafen und ohne jemanden, der mich zudeckt.

Nach einer Weile ging ich ins Treppenhaus und sah nach, ob ich durch einen Spalt ins Wohnzimmer schauen könnte. Es kam nur ein Lichtstrahl von dort, aber ich hörte Stimmen, ohne erkennen zu können, wovon sie sprachen. Trotzdem fühlte ich mich da geborgener als in meinem eigenen Zimmer. Ich war Teil einer Gemeinschaft, wenn auch am Rande. Vielleicht bin ich dort eingeschlafen, bevor mich jemand in mein Bett getragen hat.

Am nächsten Morgen war alles wie sonst. Hübsch und sauber. Die rostfreie Spüle blitzte, die Krabbenschalen waren in der Mülltonne entsorgt worden, meine Puppen saßen in Reih und Glied in einer Ecke auf dem Sofa. Aber Mutter stand an diesem Tag nicht auf. Das war noch nie passiert.

»Mein kleines, kleines Mädchen«, sagte sie, als sie mein Gesicht im Türspalt sah. Dann fing sie an zu weinen.

»Komm und tröste mich.« Sie streckte die Arme nach mir aus, und ich kroch zu ihr in dieses warme Bett, hinein in ihre Arme. Mutters Haut duftete noch immer schwach nach Parfüm, das sie nur zu festlichen Anlässen auflegte. Es roch herrlich süß. Sie parfümierte auch ihre Taschentücher damit. Manchmal hatte ich so ein Taschentuch gefunden und es wie ein Geheimnis bei mir behalten, hatte es bei mir, wenn ich schlafen sollte, genoß den Duft, der an diesem Morgen von einem Atem gestört wurde, der scharf und säuerlich war, aber es war mir egal. Ich tauchte in ihre Wärme und Nähe ein.

»Warum bist du traurig?« fragte ich.

»Ach, es ist nichts. Nichts, worüber du dir Sorgen machen mußt«, sagte sie.

Mir war nicht klar, warum sie log. Es war doch so offensichtlich, daß sie es tat.

»Es geht bestimmt bald vorbei, Mama«, sagte ich, um sie zu trösten.

Da fing sie noch viel mehr an zu weinen. Sie weinte und weinte und weinte und hielt mich viel zu fest. Dann ließ sie mich plötzlich los, und ihre Arme blieben wie zwei tote Aale liegen.

»Heute mußt du alleine spielen, Sarah«, sagte sie, als das Weinen aufgehört hatte. »Mir geht es nicht gut. Ich brauche Schlaf.«

Am liebsten hätte ich noch den ganzen Tag da unter der Bettdecke gelegen.

»Ich kann bei dir schlafen. Hier, auf Papas Seite«, sagte ich und legte den Kopf auf sein Kissen, das mit einer Art extra steifem Schaumgummi gefüllt war und seinen ganz speziellen Geruch hatte.

Sie fing wieder an zu weinen. Ich begriff immer noch nicht, warum eigentlich.

»Du weißt, wie es bei uns ist: jeder hat sein eigenes Bett«, sagte Mutter und schloß die Augen.

Das war doch wohl kein Grund zum Weinen? Daß ich eine Weile im falschen Bett lag. Sie schlief sofort ein. Ich setzte mich auf und suchte in ihrem Gesicht nach Spuren der verflossenen Schminke vom letzten Tag, aber ihr Teint war rosig und rein. Nur unter den Augen sah es aus, als wären da kleine Taschen.

Es war merkwürdig, daß in dem großen Bett kein Platz für mich war. Ich wußte nicht, wann diese Regel aufgestellt worden war. Vielleicht während der Zeit, als ich so unruhig schlief und nachts zu ihnen kam und sie manchmal damit weckte, daß ich die Matratze vollgepinkelt hatte? Aber das war doch Ewigkeiten her. Das machte ich doch schon lange nicht mehr. Sie schnarchte leise. Während sie schlief, würde ich liegenbleiben können. Sie würde nichts merken. Vielleicht würde sie sich aber ärgern, wenn sie aufwachte. Das Risiko durfte ich nicht eingehen. Ich wünschte mir, daß sie immer bei mir sein wollte.

Ich ging barfuß über den kalten Boden, runter ins Wohnzimmer, unter den Tisch zu meinen Puppen. Dann zog ich die Tischdecke so weit es ging herunter. Niemand aus der Familie würde diesen Abend jemals wieder erwähnen.

Als es langsam sieben Uhr wird, kann ich nicht länger an mich halten. Ich muß mit jemandem sprechen. Als Paula abhebt, plärre ich in den Hörer. Die Worte und mein Rotz vermischen sich zu einem dicken Brei. Schließlich bekomme ich meine Nachricht doch heraus:

»Er hat eine andere. O Gott, was soll ich nur tun?«

»Bist du ganz sicher, Sarah?« fragt Paula schlaftrunken, aber mit einer Geduld, die ich an ihr schon immer bewundert habe.

»Fast.«

Ich erzähle ihr von dem Gespräch am Vorabend. Von den Fragen, die Pernilla sich gestellt hat, Fragen, die ich selbst vergessen habe zu stellen.

»Und was sagt Karl?«

»Keine Ahnung. Ich habe ihn nicht gefragt.«

»Dann tu es.«

»Er ist verreist. Vielleicht zu ihr. Zu der anderen. Eine dieser schnell erfundenen Reisen, die er im letzten Jahr plötzlich machen mußte. So was ist charakteristisch für untreue Menschen.«

»Wer sagt das?«

»Der Test.«

»Meinst du wirklich, daß diese Psychotests aus Frauenzeitschriften die richtige Lektüre für dich sind?«

»Die Fragen waren absolut überzeugend, ich habe mir nur etwas vorgemacht.«

»Ich finde, daß das nicht nach Karl aussieht.«

»Sehe ich denn nach mir aus? War ich denn in den letzten Monaten noch ich selbst?«

»Nicht so ganz.«

»Wir sind nicht wir selbst. Vielleicht führen wir ein Doppelleben, vielleicht hat er ein anderes Zuhause, eine andere Frau, vielleicht eine andere Familie irgendwo. Ich habe einen ganzen Roman über einen Piloten gelesen, bei dem war das so.«

»Hör mal, Karl ist keine Romanfigur. Und meistens fährt er doch an verschiedene Orte, oder? Dann wären es ziemlich viele zusätzliche Familien, um die er sich kümmern muß.«

»Vielleicht ist es ja eine Kollegin. Eine, die auf seine Reisen mitkommen kann. Eine, der es scheißegal ist, daß es Nils und mich gibt, und die über uns lacht, wenn wir in sein Büro kommen und Familie spielen.«

»Sarah, jetzt hör mir mal zu. Laß das Spekulieren sein, auch wenn es schwer ist, das führt zu nichts. Du mußt mit ihm sprechen, aber nicht am Telefon, sondern unter vier Augen, wenn er wieder zurück ist. Es ist für dich schon alles anstrengend genug.«

Ich fange an zu weinen, Gott weiß, zum wievielten Male in

den letzten 24 Stunden. Ich kann mich normalerweise wahnsinnig gut zusammennehmen und die schönste Fassade aufrechterhalten, obwohl ich todtraurig bin. Aber sobald jemand mir zubilligt, traurig zu sein, zerbröckelt die ganze Fassade, und es gibt kein Halten mehr. Die Tränen laufen dann ohne Unterlaß.

»Aber meine Liebe, du darfst nicht da draußen sitzen und in deiner Einsamkeit heulen. Ich habe heute den ganzen Tag Klienten und kann keine Termine ausfallen lassen, aber wir können uns doch für heute abend etwas vornehmen. Magst du mit mir ins Konzert gehen? Frag doch deine Eltern mal, ob sie babysitten können, und dann telefonieren wir noch mal. Versprich, daß du mich anrufst!«

Das Weinen geht an die Substanz, aber ich fühle mich etwas besser, als ich den Hörer auflege. Mein Timing ist gut. Eine gute Mutter erledigt ihre Beziehungsprobleme, bevor das Kind aufwacht. Gerade war ein Rufen aus dem Schlafzimmer zu hören, wo mein Sohn in seinem Gitterbett steht und hopst. Er lacht laut, als ich hineinkomme.

»Ach Nils, mein süßer Nils«, sage ich und nehme meinen Liebling auf den Arm. »Mein wunderbares, liebes Kind.«

Ich habe Glück. Mutter und Vater sind aus Spanien zurückgekehrt. Aber es ist ganz ungewohnt, sie um Hilfe zu bitten. Heute gibt es eine Art zerbrechliches Gleichgewicht zwischen uns, das darin besteht, daß ich sie nicht um Dinge bitte und sie sich nicht in mein Leben einmischen. Ich weiß nicht, was mit mir passiert, wenn diese Balance gestört wird. Und gerade jetzt habe ich keine Kraft, mich damit zu beschäftigen. Ich rufe sie an. Natürlich können sie mir Nils ein paar Stunden abnehmen. Unter der Voraussetzung, daß ich ihn zu ihnen bringe.

»Es dauert ja ganz schön lange, zu euch rauszufahren«, sagte Mutter, als sie zum ersten Mal zu Besuch in unser Haus kamen, um ihr Enkelkind zu sehen. Als ob es für mich in die andere Richtung schneller ginge.

»Aber es hat sich gelohnt! Wie süß du bist, mein kleiner

Junge, wie süß«, zwitscherte sie und kramte in den Tüten voller Kleidung und Spielzeug, das sie für ihn gekauft hatten. »Er hat dein Kinn, Arne, hast du das gesehen?«

»Ein hübsches Kind. Er macht einen ungewöhnlich aufgeweckten Eindruck. Komm zum Opa, dann wirst du sehen«, sagte Vater und betrachtete strahlend sein Enkelkind. Ich konnte mich nicht erinnern, wann er zuletzt so fröhlich gewesen war.

Sie mögen sich. Nils und seine Oma und sein Opa. Vielleicht könnte Nils uns helfen, in Zukunft gemeinsame Gesprächsthemen zu finden. Es ist lange her, daß es die gab.

An diesem Nachmittag steht mein Vater an dem alten windschiefen Zaun im Garten und wartet, daß wir kommen. Er steht genau an der Stelle, an der ich früher, als ich klein war, darauf gewartet habe, daß er mit seinem roten Saab von der Arbeit kam. Er hebt meinen schlafenden Sohn aus dem Auto. Mutter geht neben ihm und paßt auf.

»Gib auf seinen Rücken acht! Hast du Windeln und Wäsche zum Wechseln eingepackt? Nuckelflaschen? Milchpulver? Prima. Darum kümmere ich mich«, sagt sie und marschiert mit der Tasche davon. »Halt an, Arne, er spuckt dir gerade auf die Schulter, soll ich ihn nicht lieber nehmen? Der neue Pullover und so.«

»Laß mich das machen«, zischt mein Vater, während Nils' Mageninhalt über seinen Pullover läuft.

Vom Dachboden haben sie meinen alten Laufstall hervorgeholt und ihn mit Spielsachen gefüllt.

»Das wird eine lustige kleine Butze, wenn man eine Decke darüberlegt. Da kann er sich vielleicht eine Weile selbst beschäftigen«, sagt Mutter.

Ich weiß nicht, was ich darauf antworten soll.

Kurz bevor ich losfahre, kommt Vater zu mir und fragt, ob ich noch einen Moment Zeit habe. In der einen Hand hält er eine Windel, das Windelpaket in der anderen.

»Schrecklich undeutliche Gebrauchsanweisung«, sagt er und deutet auf die Bilder auf der Verpackung. »Es ist schier unmöglich zu erkennen, was Vorder- und was Rückseite ist, und Mutter ist doch so überdreht.«

»Sie hat es geschafft, mich mit Gummihöschen und Zellstoffeinlagen trockenzulegen. Das da ist einfacher.«

»Ja ja.«

So war es immer zwischen ihnen. Mutter hat Vater vor allem beschützt. Schmutz, Unheil, Ärger. Er hat das alles nie bemerkt und gedacht, sie würde kaum etwas zustande bringen. Und ich war die Verbindungszentrale und habe die Informationen von beiden Seiten entgegengenommen. Seine Kritik und ihre Ausreden. Es wäre ein Alptraum, habe ich einmal zu Karl gesagt, zu sehen, daß wir auch so werden. Jetzt ist unsere Alternative aber keine glücklichere Ehe, sondern überhaupt keine.

Die Tränenkanäle beginnen wieder zu schmerzen, ich spüre einen Kloß im Hals. Mutter sieht es, aber ich kann ihr nicht erzählen, was mich bedrückt. Ich bin zu zerbrechlich. Sie denkt sich ihren Teil.

»Es wird prima klappen, wir verstehen uns sicher gut, Nils und Omi und Opi«, sagt sie und kitzelt ihren Enkelsohn unter dem Kinn. Er lächelt zurück und zieht so fest er kann an ihrer Halskette.

»Wir wünschen dir viel Spaß, Töchterlein. Denk nicht an uns. Mach dir keine Sorgen«, ruft sie zum Autofenster hinüber und winkt mit dem vollgespuckten Strampler in der Hand. Ich fange an zu heulen, kaum daß ich um die Ecke gebogen bin.

Paula wartet schon an der Treppe des Konzerthauses auf mich.

»So ein Mist«, sagt sie.

»Ja, so ein Mist.«

Im Foyer sind viele Leute. Dieses erwartungsvolle Gemurmel vor einem Konzert gibt mir ein Gefühl von Geborgenheit. Ich bin traurig, aber es ist ein wesentlich besseres Gefühl, hier zu sein, als alleine draußen auf dem Land zu sitzen und zu grübeln.

»Klingt schrecklich, aber du wirst sehen, daß sich die Sache klärt, wenn ihr darüber sprecht«, sagt Paula. »Ich kann einfach nicht glauben, daß es stimmt, was du sagst.«

»Im Moment habe ich auch Zweifel«, antworte ich und versuche, meine Aufmerksamkeit nicht auf ein junges Paar zu richten, das neben uns steht. Sie sind verliebt. Sehen sich tief in die Augen, kichern und fassen, nein fummeln an den Unterarmen, am Nacken und in den Haaren des anderen herum. Sie schenken sich gegenseitig ihre Aufmerksamkeit. Um sie herum gibt es nichts. Wir anderen sind unsichtbar, und ich werde fürchterlich neidisch.

»Schau dir die mal an«, sage ich zu Paula.

Mein Blick bleibt über ihrer Schulter hängen. An der Treppe steht ein Mann, den ich kenne, obwohl es Ewigkeiten her ist, daß ich ihn zuletzt gesehen habe. Die Gesichtszüge sind noch dieselben, nur etwas gröber, er hat Falten. Sein wallendes Haar ist noch das alte und auch das breite Lachen. Er sieht gut aus, das kann ich jetzt sehen. Er heißt Håkan. Wir hatten einmal an der Universität ein Seminar zusammen. Einen Grundkurs, Mitte der achtziger Jahre, als alle Betriebswirte werden wollten. Ich war fünfundzwanzig und er neunzehn. Keiner von uns wußte, was wir da eigentlich taten, aber das hat uns sicherlich gut getan. Er kam frisch vom Gymnasium und gab offen zu, daß er vor der Uni eine Höllenangst hatte. Also hielt er sich an mich und überließ mir die Arbeit. Ich war nicht ganz so ängstlich und noch mit schlafwandlerischer Sicherheit darauf gepolt, alle Aufgaben, die ich mir vornahm, nach besten Kräften zu erledigen. Ein richtig fleißiges Mädchen hinterläßt keine ungelösten Aufgaben. Nach einer Weile fand ich es ermüdend, diesen Jungen an den Fersen zu haben und ihm durch die Gruppenarbeiten und Klausuren zu helfen. Ich sah, was passierte, und versuchte, mich aus der Affäre zu ziehen, aber er ließ nicht locker. Überall tauchte er nach und nach auf: nicht nur in Bibliotheken und Hörsälen, sondern auch auf Joggingpfaden und in Kinos.

Ich maß dem nicht allzuviel Bedeutung bei. Er wußte, daß ich seit Jahren mit dem Dunkelgelockten zusammen war. Eines Tages, als wir auf den Dozenten warteten, stellte er mir eine Frage, die ich selbst nicht zu formulieren gewagt hätte:

»Dein Freund, ist er wirklich der MANN deines Lebens? Ist er es?«

Im gleichen Moment, als die Frage im Raum stand, wußte ich mit Sicherheit, daß er es nicht war. Obwohl ich mit ja antwortete, um sowohl die Frage als auch den Typen abzuschütteln. Danach hatte sein plötzliches Auftauchen in meinem Privatleben ein Ende. Das Semester war vorbei, und im Herbst begann ich eine Ausbildung in der Stadt. Von Håkan hörte ich nichts mehr und dachte nie wieder an ihn. Jetzt stand er dort im Foyer, zehn Jahre später, und war sehr schön. Das war nicht zu übersehen. Daß ich das früher nicht bemerkt hatte.

»Was hast du denn entdeckt?« fragt Paula und dreht sich dorthin, wo mein Blick hängengeblieben ist.

»Einen alten Bekannten. Er erkennt mich sicher nicht.«

Aber wenn man jemanden nur lange genug anschaut, muß er es zwangsläufig merken. Jetzt dreht er seinen Kopf gerade so weit, wie es nötig ist, damit ich in sein Blickfeld gerate. Die eine Augenbraue geht hoch, dann strahlt er übers ganze Gesicht und kommt auf uns zu. Ohne Zweifel erinnert er sich an mich.

»Sarah! Ist das lange her. Enorm lange. Viel zu lange.«

Er ergreift meine Hand und macht einen Schritt zurück, um mich anzusehen. Von oben bis unten.

»Du hast dich kein bißchen verändert!«

»Oh Gott«, stöhne ich. »Ist das nun ein Kompliment oder nicht?«

»Aber ich bitte dich ...«

Eine Frau in seinem Alter stellt sich neben uns und nickt uns zur Begrüßung zu. Håkan läßt weder seine Hand noch seinen Blick von mir, als er uns vorstellt.

»Das ist Sarah, wir haben vor langer Zeit mal zusammen gelernt. Oder besser gesagt: Sie hat für mich gelernt. Ohne dich hätte ich dieses erste Semester niemals geschafft. Daß du das ausgehalten hast«, sagt Håkan und lacht.

»Wirklich? Dann müssen wir uns wohl beide bedanken. Ist ja richtig was aus ihm geworden«, sagt seine Begleitung und schiebt ihre fein manikürte Hand unter seinen Arm. Seltsame Begegnung.

»Wir müssen uns mal treffen, Sarah.«

»Ja.«

»Und über alte Zeiten reden.« Er lacht weiter.

Der Gong erklingt und kündigt an, daß das Konzert gleich beginnt. Die Frau zieht an seinem Jackettärmel. Wahrscheinlich ist es ihr demonstratives Desinteresse, das mich zu einer Entscheidung ermuntert.

»Ich stehe im Telefonbuch«, sage ich.

»Kein neuer Nachname?«

»Derselbe alte.«

Er hebt die Augenbrauen und sieht froh aus.

»Wie schön. Tschüs dann.«

»Tschüs.«

Es gelingt ihm noch einmal, sich zu mir umzudrehen und zu winken, bevor er die Treppe hinauf verschwindet. Paula muß den ganzen Weg, bis zu unseren Sitzplätzen, lachen.

»Wer war das denn?«

Ich erzähle ihr die Geschichte in ein paar Sätzen.

»Ein ungewöhnlicher Neunzehnjähriger, der zum einen spitzkriegt, daß deine Beziehung schlecht läuft und zum anderen auch noch den Mut hat, dir eine solche Frage zu stellen«, sagt Paula.

»Ja. Aber ich war leider nicht an ihm interessiert. Ich fühlte mich alt, wenn ich mit ihm zusammen war, und außerdem ging er mir auf die Nerven, weil er mich die ganze Arbeit machen ließ.«

»Völlig klar. Wer hat schon Zeit zum Lernen, wenn er verliebt ist?« fragt Paula. Da fängt die Musik an.

»Was spielen sie eigentlich?« flüstere ich.

»Mozart. Das Dissonanzenquartett.«

Ich erinnere mich nicht an die Musiker und auch nicht daran, wie es klang, aber es war schön, in diesem Saal zu sitzen und den Körper von Musik durchdringen zu lassen. Das Grübeln wurde für eine Weile unterbrochen.

Danach gehen wir in ein Café. Ich will reden. Reden, reden, reden.

»Ich helfe dir gerne, Dinge zu analysieren, und ich weiß, daß du das brauchst. Aber Spekulationen tun dir nicht gut«, sagt Paula, als ich einen Versuch starte. »Zur Zeit kann ich dir nicht helfen. Du kommst nicht vorwärts, bis du nicht mit Karl gesprochen hast, bis du wirklich weißt, was los ist.«

Ich sehe ein, daß sie recht hat. Es führt zu nichts.

Als ich zu meinen Eltern zurückkomme, ist Nils wach, obwohl es schon spät ist. Er sitzt im Arm seiner Großmutter.

»Gut, daß du kommst. Du darfst ihn übernehmen. Vater ist so müde. Es ist Gott weiß kein Spaziergang, auf so einen kleinen Burschen hier achtzugeben«, sagt Mutter in dieser hohen Tonlage, die dem Ernst ihrer Stimme die Spitzen nehmen soll.

Einen Augenblick lang fällt es mir schwer festzustellen, ob sie damit auf Nils oder meinen kleinen Vater abzielt. Vater sagt nichts. Er ist gerade eine Hummel, die sich auf Nils' Nase setzt. Sie haben ihren Spaß.

Das Bett in meinem alten Kinderzimmer ist bezogen. Ich mache zwischen meinem linken Arm und der Wand ein kleines Nest, in dem mein Sohn zur Ruhe kommen kann. Es ist schön, heute nacht nicht allein auf dem Land schlafen zu müssen. Hier stehen die Häuser dicht an dicht. Einige der Nachbarn kenne ich, seit ich klein bin, und Mutter und Vater schlafen im Zimmer nebenan. Aber die Verantwortung für Nils liegt jetzt bei mir, einzig und allein bei mir. Ich fühle mich schon wieder verlassen. Das Gefühl ist alt, meine Hoffnung, daß mich jemand anders da rausholen wird, auch. Es wird nicht passieren.

Ich bringe Nils ins Bett. Seine kleinen Finger umschließen mein Handgelenk. Ich halte seinen Fuß in meiner Hand und spüre eine unbeschreibliche Zärtlichkeit für mein Kind.

»Das alles verpaßt du, Karl«, flüstere ich in die Dunkelheit.

Am nächsten Morgen ist Nils Punkt sechs Uhr wieder wach. Ich versuche, ihn dazu zu bringen, noch eine Weile zu schlafen, aber es klappt nicht. Er ist fröhlich. Und munter. Und er will aufstehen.

»Jabbadu, ein neuer Tag«, sagen seine Augen. Kleines Menschenkind, was ich von dir alles lernen kann.

Wir gehen in die Küche. Hier könnte ich das Frühstück sogar mit einer Binde vor den Augen herrichten. Die Kaffeedose steht da, wo sie immer stand, das Paket Cornflakes auch, und die Sorte ist dieselbe wie vor zwanzig Jahren.

»Papa möchte es so«, sagt Mutter immer, obwohl ich genau weiß, daß sie es sich auch nicht anders vorstellen kann.

Gegen acht Uhr kommt sie in ihrem Morgenrock herein. Alle zwei Jahre bekommt sie von meinem Vater einen neuen zum Geburtstag geschenkt, immer das gleiche Modell, aber immer in einer anderen Farbe. »Frottee verschleißt sich so schnell, und weil sie darauf besteht, ihn zu tragen, wenn sie vor die Tür geht und die Zeitung hereinholt, muß ich wenigstens dafür sorgen, daß sie dabei so anständig wie möglich ausschaut«, vertraute er mir vor ihrem letzten Geburtstag an. Mit so etwas beschäftigen sie sich. Die Fassade putzen, damit keiner kommen und sich beschweren kann. Dieser keiner ist in meiner ganzen Kindheit gegenwärtig gewesen. Hat alles gesehen und alles gehört, aber niemals sein wahres Gesicht gezeigt. Es wäre besser gewesen, wenn es ein jemand gewesen wäre. Dieses Jahr ist Mutters Morgenmantel gelb.

»Du, in unserem Alter ist es nicht leicht, auf so einen Knirps hier aufzupassen«, sagt sie und stupst Nils an die Nase. »Man wird ziemlich müde davon. Am besten lassen wir den Großvater ausschlafen.«

»Ja.«

Immer der gleiche Ausgangspunkt. Arne und seine Welt. Warum spricht sie über seine Erschöpfung und nicht über ihre? Oder über meine? Warum sagt sie nicht einmal, daß sie weiß, wie müde ich sein muß? Warum darf ich nicht ausschlafen? Ich werde eifersüchtig, weil ihre Fürsorge nicht mir zuteil wird. Aber Nils ist glücklich, wenn er sie sieht. Er streckt die Arme nach ihr aus und sagt etwas, das mit Wohlwollen durchaus als »Oma« auszulegen ist.

»Ach, du kleiner Racker, komm zu deiner Omi. Komm, komm. Du wirst doch heute auch wieder mit der Omi spielen?«

Ich kann mir das Lachen nicht verkneifen. Mehr, denke ich, gib ihm mehr.

»Wenn du möchtest, kannst du doch in die Stadt fahren und ein bißchen für dich sein, Sarah, dann können wir ihn noch mal den Nachbarn vorstellen. Wir können auch zusammen Mittag essen. Danach spielen wir Bridge mit Siv und Rune.«

»Danke. Das mache ich gern.«

Ich bin verwundert. Vielleicht hat sie doch etwas gemerkt.

Es ist ein ungeheures Gefühl von Freiheit, allein mit dem Auto loszufahren. Eine Kassette, die Karl mir geschenkt hat, liegt im Autoradio: »Eternal love songs«. Geschmack hat er, was Musik angeht, noch nie gehabt, aber die Geste hat mir gefallen. Love, love, love. Jetzt bringt mich dieses Geseire tatsächlicht zum Heulen. Texte, bei denen ich normalerweise gar nicht hinhöre, bekommen plötzlich eine Symbolik, von denen der Texter sicherlich nicht mal geträumt hat. Es ist wie in dem Sommer, als zwischen mir und dem dunkel Gelockten alles kaputtging.

»Wir müssen Schluß machen«, sagte ich.

»Wir können doch irgendwo zusammen hinfahren. Wir müssen es doch wenigstens versuchen«, sagte er.

Ich ließ mich darauf ein, dachte wohl, ich sei ihm dieses Zugeständnis schuldig, obwohl ich bereits wußte, daß alles vorbei war.

»Wie wär's mit der Romantischen Straße«, fragte er bittend.

»Diesmal nicht«, antwortete ich.

Statt dessen nahmen wir die Strapaze über Puttgarden und Hamburg, Wuppertal und Reims bis zum Ärmelkanal auf uns. Die Strecke verlangte Unterhaltung. Ich machte das Autoradio an, mußte mich aber schnell wieder auf den Ausschaltknopf stürzen. Sobald ich einen neuen Anlauf machte, war da jemand, der sang: »I can't live, if living is without you«. Ich traute mich nicht, zu ihm rüberzuschauen, hielt das Steuer nur noch fester in der Hand, und am Ende drückte ich Richtung Heimat auf das Gaspedal. Zwischendurch vergaß ich mich wieder und drehte am Radioknopf. »Don't leave me this way«, dröhnte es erneut.

Jetzt war es wieder soweit. »The miracle of love« ertönt im Auto. Ich schalte unverzüglich um auf den Seewetterbericht.

Als ich in der Stadt ankomme, parke ich das Auto und gehe in ein Café. Daß es solch ein Genuß sein kann, ohne Probleme durch eine Tür zu kommen, mich einfach an irgendeinen Tisch zu setzen, sogar noch mit der Kaffeetasse in der Hand eine Treppe hinaufzugehen. Die Welt ist nicht für Kinderwagen gemacht. Sie brauchen viel Platz, und sie stören immer. Aber an diesem Tag laufe ich wie normale Frauen die Straße entlang, gehe ungehindert in Geschäfte, in die ich sonst nie hineinkäme, blättere Bücher durch, ohne Zeitdruck zu haben, und lande wie so oft vor dem Psychologieregal. Die Titel, die ich aussuche, verraten alles über meinen Gemütszustand: ›Das Leben wiedererobern‹, ›Die Wut der Frauen‹, ›Die gesunde Depression‹, ›Liebe heißt die Angst loszulassen‹, ›Mutterschaft – um welchen Preis?‹

Ein Rückseitentext zieht meine Aufmerksamkeit auf sich: »Sind Sie eine dieser Frauen, die merken, daß das Leben irgendwie geflohen ist? Geben Sie gerade die Hoffnung auf, daß Sie die Forderungen von Familie, Freundeskreis und Arbeit mit Ihrer Sehnsucht nach einem tieferen Glück jemals in Einklang bringen können?«

Ist der Papst katholisch? Was zum Teufel denken die sich, möchte ich laut durch den Laden plärren. Statt dessen blättere ich schnell weiter und lege das Buch ganz nach oben auf meinen Stapel.

»Hallo«, sagt der Kassierer. Er erkennt mich nicht, aber ich sehe plötzlich, wer das ist. Hinter Bart und Übergewicht verbirgt sich einer der ersten Jungs, mit denen ich zusammen war. Wir hatten uns auf einer Party kennengelernt. Standen in einer Ecke und küssten uns ganz unschuldig. Ja, ich war ein unschuldiges Mädchen. Ich trank zwar wie alle anderen, war beschwipst und knutschte herum, traute mich aber nicht, Sex zu haben. Als ich mich schließlich doch traute, lag die Schachtel mit der Pille schon in meiner Schreibtischschublade bereit. Brav, diskret und vorausschauend. Kein Grund für eine Mutter, sich allzu viele Sorgen zu machen. Auf jeden Fall rief dieser Mann an und lud mich ins Café ein, zu einer Zeit, als er kaum mehr als ein kleiner Junge war. Ich war sechzehn und unglaublich nervös. Meine Hände zitterten. Ich erinnere mich genau, wie die Kaffeetasse klang, als sie mir auf die Untertasse fiel, sehe noch immer den Kaffeefleck vor mir, der sich auf dem Tisch abzeichnete, spüre noch, wie die Zunge am Gaumen festsaß und weiß noch, wie sehr ich mich dafür geschämt habe, daß ich so schüchtern war. Dann gingen wir zu ihm. Er hatte gerade seine eigene Wohnung bezogen. Die Gardinen waren mit Reißzwecken befestigt, das sah ich, während ich in seinem Bett lag und ihn meinen Hals küssen ließ. Ich traute mich kaum zurückzuküssen. Nicht auszudenken, wenn ich falsch geküßt hätte! Wahrscheinlich tat ich es. Es gab kein weiteres Treffen.

Jetzt denke ich, daß mir das Schicksal etwas sagen will, und zwar so, wie ich vor meiner langen Reise, die ein paar Jahre zurückliegt, plötzlich die Männer, die in den letzten zehn Jahren involviert gewesen waren, Revue passieren ließ. Während einer knappen Woche sah ich sie kommen und gehen, einen nach dem anderen, mit gebührlichem Abstand. Im Kungsträdgården, in der Konditorei um die Ecke, in der Bank. Einer zeigte sein glückliches Gesicht auf der Seite der Neuanstellungen in der Tageszeitung ›Dagens Nyheter‹, ein anderer war auf einer Anzeige zu sehen. Wie ein Gruß aus meiner Vergangenheit machten sie sich bemerkbar: hier sind wir. Vergiß uns nie. Ich war erschüttert, dachte, das sei ein Omen: Mehr als diese werden es nicht. (Warum hatte ich die anderen Chancen eigentlich nicht wahrgenommen?) Jetzt wirst du sterben. Ja, ich glaubte tatsächlich, daß dies ein Zeichen sei, daß mein Plan durchkreuzt werden würde oder daß ich da unten in den Tropen von einer tödlichen Krankheit heimgesucht werden würde.

Nein, ich starb nicht.

Was wollen diese Mächte mir denn mitteilen, wenn sie mir zwei Verflossene über den Weg laufen lassen? Just in dem Moment, als ich festgestellt habe, daß mir mein Mann untreu ist? Auf und zugreifen? Warum nicht. Obwohl, nicht mit ihm, denke ich mir, als ich die Rechnung und das Wechselgeld entgegennehme und schnell mit meiner Büchertüte verschwinde.

Ich sollte diese freien Stunden genießen, aber die erste Euphorie über meine Freiheit verschwindet bald wieder. Ich bin ungewöhnlich müde und fühle mich langsam richtig krank. In den Schultern und Achseln habe ich Schmerzen, die zur Brust ausstrahlen. Ich fühle, daß ich eine schwere Last zu tragen habe. Jedes Mal, wenn Karl verreisen mußte, habe ich darauf gewartet, daß er mich fragen würde, wie er mir die Zeit erleichtern könne, in der er fort ist, aber diese Frage ist nie gekommen. Er hat uns zurückgelassen, ohne sich darüber Gedanken zu machen. Er hat wohl wichtigere Dinge im Kopf gehabt. Der Kloß im Hals ist jetzt wieder ganz deutlich zu spüren.

»Stand auf der Heiratsurkunde, daß er Gedanken lesen kann?« fragt mich meine Mutter, als ich nach Hause komme und mich in einem Anfall von Vertraulichkeit über sein fehlendes Einfühlungsvermögen beschwere. Die Sache mit der Untreue bringe ich nicht zur Sprache. Nur das andere, daß er sich mit beneidenswerter Leichtigkeit auf- und davonmachen kann, ohne darüber nachzudenken, wie es Nils und mir dabei geht, und dann heimkommen und von ungestörtem Schlaf in schönen Hotelbetten erzählen und ein bißchen zerstreut die Frage stellen kann, womit wir uns denn beschäftigt haben. Ich darf ihr nicht zuviel von meinem Leben erzählen. Man weiß ja nie, wo das endet.

»Nein, natürlich nicht.« Ich kam mir ziemlich bescheuert vor.

»Also. Er wird es nie kapieren, wenn du ihm nicht deutlich sagst, was du denkst«, sagt ausgerechnet meine Mutter, die Priesterin der Heimlichkeiten, über alle Menschen.

»Und er hat sicher genug um die Ohren. Er gehört ja auch zu denen, die ständig irgend etwas erledigen müssen. Männer haben doch gerne was vor. Du wußtest, worauf du dich eingelassen hast, als ihr euch kennengelernt habt, du wußtest, daß er keinen gemütlichen Bürojob hat. Als ich deinen Vater traf, wußte ich das auch. Man kann einen anderen nicht ändern, weißt du.«

»Aber ich mußte mich doch auch ändern, als Nils kam. Einer muß wohl reagieren, wenn ein Kind kommt.«

»Das wird sich schon einspielen, du wirst sehen. Man sollte nicht unnötig Himmel und Hölle in Bewegung setzen.«

Es ist nicht viel, was ich meiner Mutter erzählt habe. Trotzdem wünschte ich, ich hätte besser gar nichts gesagt.

Nichts, was für mich wichtig war, hat sie jemals ernst genommen, denke ich und bin mit einem Mal wieder ganz klein. Ihr Bestreben, möglichst alles rasch unter den Teppich zu kehren, was der Wahrheit näher kommen könnte, macht einen Schnellkochtopf aus mir.

»Nicht ›unnötig‹ Himmel und Hölle in Bewegung setzen.« Wenn sie nur wüßte! Diese abgedroschenen Phrasen bewirken bei mir, daß ich Lust bekomme, mich zu prügeln, Handgranaten zu schmeißen. Aber ich tue gar nichts. Sage nichts. Rupfe nur wesentlich kraftvoller an der Kleenexschachtel als sonst. Mutter ist bereits dazu übergegangen, andere, interessantere Probleme zu lösen:

»Mein Gott, jetzt brauche ich deine Hilfe, wie legt man denn vier Hähnchenkeulen auf eine Platte, ohne daß es wie ein Hakenkreuz aussieht? Ich muß wohl ein paar Salatblätter holen und obendrauf legen«, sagt meine Mutter und trocknet sich die Hände an der Schürze ab. Mittendrin hält sie inne und streicht mir über die Wange.

»Mein Mädchen, magst du dich nicht vor dem Mittagessen noch ein bißchen ausruhen? Nimm ein schönes, langes Bad und leih dir meinen Lippenstift, dann fühlst du dich gleich besser.«

Ich seufze. Ein Teil von mir möchte losschreien. Ein anderer Teil stellt widerwillig fest, daß das gar keine schlechte Idee ist. Einige Male habe ich einen Schock bekommen, als ich an einem Spiegel vorbeigekommen bin. Wer war dieser blasse, müde Mensch, der mich da anstarrte? Ich fühle mich so häßlich, so unförmig. Ich schaffe es nicht einmal, mir die Haare zu bürsten, bekomme kaum Labello auf meine Lippen. Zu Karls Entlastung muß ich einräumen, daß er sich bisher nie beschwert hat. Jetzt ist mir klar, warum ihm das egal war. Wer kümmert sich schon um ein notdürftig hergerichtetes Renovierungsobjekt, wenn es auf dem Markt Neubauten gibt? Die einzige Körperpflege, die ich mir gönne, sind zwei schnelle Handbewegungen unter den Armen mit dem Roll-on-Deo. Denn der Schweiß will einfach nicht versiegen, und mein Wahlspruch ist seit der verschneiten Nacht, in der Nils zur Welt kam, daß ein gutes Deo der beste Freund einer Mutter ist.

»Jetzt müßt ihr wieder allein klarkommen«, sagt Mutter, als das Mittagessen vorbei ist. Der Bridge-Tisch wartet.

Sie küßt Nils und mich und hinterläßt in der Luft den wohlbekannten Duft ihres »Shalimar«. Vater ist schon hinausgegangen und sitzt im Auto. Vielleicht winkt er. Vielleicht ist es auch nur eine Handbewegung, die er macht, um den Sicherheitsgurt anzulegen.

»Magst du jetzt auch fahren?« frage ich Nils, der mich in die Nase beißt.

Wir sammeln unsere Siebensachen zusammen und fahren heim.

Am Abend ruft Karl an. Die Verhandlungen gehen voran, aber er muß trotzdem noch ein paar Tage bleiben.

»Du klingst müde«, sage ich.

»Ja. Gestern abend ist es spät geworden.«

»Mit wem bist du unterwegs?« frage ich und gebe mir Mühe, es ganz natürlich klingen zu lassen.

»Eva-Karin«, sagt er.

Eva-Karin, denke ich, er kann doch im Leben keine Affäre mit Eva-Karin haben?

»Wie geht es dir?« fragt mein Mann.

Ich werde dieses Mal nicht lügen und sagen, daß es mir gut geht, ich werde ihn nicht verschonen. Ich werde mich selbst schonen. Also sage ich ihm, daß ich mich einsam fühle und daß es schwer ist. Obwohl ich mit ihm telefoniere, schaue ich weg, weil es ein ungewohntes Gefühl ist, die Wahrheit zu sagen.

»Wir müssen aufhören, Nils weint«, sage ich, obwohl unser Sohn still und friedlich neben mir liegt. Ich kann nicht mehr reden. Weiß nicht, was ich sagen soll.

In dieser Nacht träume ich, daß Karl neben mir auf dem Rücksitz einer silberfarbenen Limousine sitzt. Wir sind auf dem Weg zu einem Fest. Als wir ankommen, gibt er mir seine Brieftasche mit Kreditkarten und Ausweis, springt aus dem Auto und rennt ins Haus. Ich bleibe mit einem streitsüchtigen Fahrer zurück, der viel zu viel Geld will. Ich weigere mich und gehe auch ins Haus hinein, um Karl zu suchen. Ich brauche seine Hilfe, um den Preis herunterzuhandeln. Um mich herum stehen festlich gekleidete Menschen, die miteinander plaudern, nur nicht mit mir. Karl ist nicht in Sicht. Als ich wieder draußen am Taxi bin, zeigt das Taxometer 8670 Kronen an. Für eine Strecke, die etwa zehn Kilometer lang war. Ich sehe ein, daß ich trotzdem bezahlen muß.

Der Traum hämmert sich in mein Bewußtsein ein. Einige Zeit später stellte ich ihn in meiner Traumdeutungsgruppe vor, eine der wenigen Verbindungslinien zu meinem früheren Leben, jenem, das ich vor kurzem noch lebte, bevor ich Mutter wurde. Mir gefällt diese Traumdeutungsgruppe. Zehn Leute mit unterschiedlichen Voraussetzungen versammeln sich einmal im Monat und lösen Rätsel. Jedes Jahr wechselt die Zusammensetzung der Gruppe, Leute kommen und gehen, mit den meisten würde ich woanders sicherlich nicht in Kontakt kommen, es wahrscheinlich gar nicht für möglich halten, daß sie mir etwas zu sagen hätten. Aber die Stunden in diesem Zimmer haben mir gezeigt, daß die Hilfe, mein Leben klarer zu sehen, aus ungeahnter Richtung kommen kann, daß es in Menschenleben Verbindungen gibt, die im großen und ganzen aus den immer gleichen Grundthemen bestehen: Liebe, Freude und Trauer.

Dieser Abend ist anders. Der Mann, der die Methode, nach der wir arbeiten, entwickelt hat, ist zu Besuch aus den USA. Er ist 80 Jahre alt, Psychotherapeut, sehr freundlich, und er merkt alles.

Unter seiner fachkundigen Anleitung findet die Gruppe wie bei einem Puzzlespiel die Lösung, was mein Traum mir sagen will und warum ich ihn gerade jetzt träume. Ich muß schlucken, als sie, ohne genau zu wissen, wer ich eigentlich bin, ein Bild von meinem Leben erstellen:

Ich bin voller Erwartungen und genieße den Luxus, auf dem Weg zu einem extravaganten Fest in einer phantastischen Limousine zu sitzen. Das Auto ist die Ehe und das Fest das Leben mit Kind. Als Karl aus dem Auto springt, bin ich enttäuscht. Ich hatte mich ja darauf gefreut, dieses Fest gemeinsam zu besuchen. Ihm ist klar, daß eine Schuld bezahlt werden muß, und er ist überhaupt nicht unwillig, mir die ökonomischen Mittel zu überlassen, aber ich will ihn ja an meiner Seite haben. Ich bin frustriert und werde böse, es ist nicht das erste Mal, daß so etwas passiert. Von dem, was in seiner Brieftasche steckt, suche ich mir seinen Personalausweis aus, weil ich seine Identität haben will. Ich bin neidisch, weil er gehen kann, wohin er will, er hat Bewegungsfreiheit, kann kommunizieren, zur Arbeit gehen und jeden Tag interessante Leute kennenlernen, während ich auf dem gleichen Fleck sitzenbleibe und einen unangemessen hohen Preis bezahle.

»This is a true picture of society; no matter what happens, men can move on with their lives«, sagt der Alte und schaut mich dabei freundlich an.

Als ich auf dem Heimweg bin, frage ich mich, wie es kommt, daß es einen achzigjährigen amerikanischen Mann braucht, um mir die Augen zu öffnen, was in meinem Leben passiert. Ein paar Tage später werfe ich einen Blick in Nils' Kinderuntersuchungsheft. Als wir zuletzt mit ihm beim Kinderarzt waren, wog er 8670 Gramm.

Ich bin mit Nils in die Stadt gefahren, um mir eine neue Tasche zu kaufen. Die Frau hinter dem Tresen hat noch nie jemanden bedient, der eine Aktentasche sucht, die Platz für einen Laptop, eine Babyflasche und ein paar Windeln hat.

»Vielleicht ist diese hier richtig«, sagt sie, »aber am sichersten ist es, wenn Sie alle Dinge mitbringen und es ausprobieren.«

»Wird schon passen. Ich nehme sie. Ich brauche sie nämlich gleich«, sage ich.

Nils krabbelt im Geschäft auf dem Boden herum und zieht an den Taschen, die in Reichweite hängen.

»Ein goldiges Alter«, sagt die Frau und hält die Taschen ordentlich fest. Dann fügt sie hinzu:

»Wenn man sie anbindet.«

Der Anrufbeantworter blinkt, als wir heimkommen.

»Hallo, hier ist Håkan. Ich möchte gern mit Sarah sprechen. Du erreichst mich in der Woche tagsüber unter der Nummer 64 64 12 12. Zu Hause unter 34 33 33. Bitte ruf bald an. Tschüs.«

Ich schlucke, höre das Band noch einmal ab, schreibe die Nummer in meinen Kalender. Und schlage mir das Gespräch aus dem Kopf.

Nach ein paar Tagen rufe ich ihn an. Ich sorge für einen freien Abend und fahre in seine Wohnung. Er sagt, daß er so lange auf diese Gelegenheit gewartet habe.

Ich bin erregt, aber nicht, weil ich bei ihm bin, es hätte genausogut jeder andere sein können, nein, die Situation an sich macht mich an. Zum ersten Mal seit Jahren werde ich mit einem Mann ins Bett gehen, dessen Duft ich nicht kenne, dessen Geschmack ich nicht kenne. Ich weiß nicht, wie sich seine Hände über meinen Körper bewegen werden. Ich lasse zu, daß er mich auszieht. Er hat es eilig. Ich habe mir neue Unterwäsche gekauft und mache mir keine Gedanken, wie ich aussehe, ich weiß ja, daß er mich schon seit langem will. Nur mein Zweifel hat bisher verhindert, daß es dazu kam. Ich fühle mich schön. Dann beugt er sich über mich und fängt an, meine Arme, meine Schultern, meinen Nacken und meinen Rücken zu küssen. Ich weiß, daß es noch viel besser werden wird, als ich jemals zu hoffen gewagt habe.

Von der Frau im Fernsehen sieht man nur die Silhouette. Ihre Stimme ist verzerrt, aber man kann hören, wie zufrieden sie ist. Die Sendung handelt davon, den Mut für den ersten Schritt aus einer toten Beziehung aufzubringen. Die Frau, die erzählt, ist 58 Jahre alt. Ich sitze da und bin neidisch auf das Liebesleben einer Frau, die auf das Rentenalter zusteuert.

Das Gespräch mit Håkan hat viele Gedanken in Bewegung gesetzt. Seit Jahren hat mich niemand mehr so angeschaut, wie er es im Foyer der Konzerthalle getan hat. Und wie froh er ausgesehen hat, als er hörte, daß ich noch meinen alten Namen trage. Das könnte vielleicht etwas werden. Aber ich muß ihn auf Abstand halten. Ich könnte lügen und so tun, als hätte ich keine

Familie. Als sei ich einfach ein happy single. Ihn ab und zu treffen und Sex mit ihm haben. Bestätigung bekommen. Und mich rächen. Ja, vor allem letzteres. Das wäre etwas vollkommen Neues für mich. Wo ich bislang nicht mal schwindeln konnte, was ich zum Mittagessen gegessen habe ...

Ich warte ein paar Tage ab, aber der Gedanke läßt mich nicht los. Also rufe ich ihn an, während mir der Schweiß den Rücken hinunterläuft. Mein Gott, wenn jemand anderes ans Telefon geht. Soll ich mir dann einen falschen Namen ausdenken oder einfach den Hörer auflegen?

»Sarah! Wie schön, daß du anrufst.«

»Ich bin verheiratet«, höre ich mich sagen, als sei es das Normalste von der Welt, auf diese Art ein Gespräch zu beginnen.

»Ja, das habe ich mir schon gedacht, als ich euren Anrufbeantworter gehört habe. Und Kinder hast du auch, oder?«

»Jaa.«

»Dann können wir uns doch alle zusammen mal treffen. Ich habe zwei, die jede zweite Woche bei mir und Jessica, die du ja im Konzerthaus kennengelernt hast, wohnen. Oder wir gehen einfach mal essen, nur du und ich. Was meinst du?«

»Gern.«

»Leider wird es nicht sofort gehen. Ich habe in den nächsten Wochen schrecklich viel zu tun.«

»Ich verstehe.«

Wir machen einen Termin aus und legen auf. Was hatte ich mir eingebildet?

Wir oft habe ich mir nicht schon anhören müssen, ich hätte eine lebhafte Phantasie. Jetzt glaube ich langsam, daß es stimmt, daß mein Leben von dieser lebhaften Phantasie bestimmt wird und von chronisch schlechtem Timing. Wie oft habe ich mich nicht schon damit aufgehalten, am falschen Bonbon herumzulutschen, bis nichts Süßes mehr dran war, während die anderen sich die besten Stücke aus der Bonbonniere gesichert haben? Simultankapazität, ja schon, aber nicht, wenn es um Beziehungen geht. Verliebte Menschen ziehen auch andere an, weil sie so ein Leuchten ausstrahlen, sie werden unwiderstehlich. Das sollte man sich zunutze machen, in mehrere Richtungen Interesse bekunden, falls sich die Hauptspur abkühlt. Phasenweise bin ich auch unwiderstehlich gewesen, aber wohl meistens, ohne es zu wissen, ohne mich überhaupt darum zu kümmern.

Worum geht es hier eigentlich? fragte ich mich Mitte der achtziger Jahre, als ich die Rolle der Superfreundin übernommen hatte, Västeråsgurken einlegte, Hemden bügelte, Fensterläden putzte und einen Brief fand, den ich vor vielen Jahren bekommen hatte, einen Brief mit den schönsten Liebeserklärungen, leicht verhüllt als Poesie. Als ich den Brief wiederfand, standen mir Tränen in den Augen, aber als ich ihn damals geschenkt bekam, glaube ich, habe ich nicht mal registriert, daß sich jemand die Mühe gemacht hatte, mir ein Gedicht zu schreiben, geschweige denn, daß es davon handelte, wie wundervoll es war, in meiner Nähe sein zu dürfen. Zu der Zeit war ich komplett damit beschäftigt, mir einzureden, wie toll es war, mit dem Dunkelgelockten zum Hockey zu gehen.

Der Mann, der den Brief geschrieben hatte, machte sich irgendwann auf und davon, vermutlich auch deshalb, weil ich einer Karte mit vorgedrucktem »Herzlichen Glückwunsch« vermutlich genausoviel Aufmerksamkeit gezollt hätte. Statt dessen kam es so, daß ich eine große Anzahl an Jahren an eine Beziehung vergeudete, die so ganz und gar unromantisch war. Ich fragte mich, wie es dem Mann, der mir diesen Brief damals geschickt hatte, wohl ergangen sei. Wäre ich ein wenig durchtriebener, hätte ich mir einige Türen offenhalten können und hätte jetzt jemanden gehabt, der für mich dagewesen wäre. Bestimmt. Lebhafte Phantasie und miserables Timing. Immer ein paar Schritte zurück. Warum nicht gleich dem Briefträger die Tür öffnen?

Mein Blick fällt auf einen Schnuller, der unter dem Schreibtisch liegt, und ich knie mich hin, um ihn aufzuheben. Nils'

Trostschnulli. Oh Gott, ich weiß schon, daß es gleich wieder losgeht, diese verdammte Heulerei. Ich will nicht. Ich schaff's nicht. Das geht so sehr an die Substanz. Es macht sich in den Schultern breit, geht in die Hände und nimmt mir all die Kraft, die ich für andere Dinge brauche. Eine Krise ist immer auch eine Entwicklungschance – ich habe aber im Moment nicht die geringste Lust, mich zu entwickeln. Ich will es gut haben. Ein bißchen in Ruhe gelassen werden. Die Tränen geben nicht nach, und ich wehre mich jetzt nicht mehr: »Lieber Gott im Himmel, mach, daß es endlich vorbei ist.«

Ich liege noch mit dem Kopf auf dem Parkett, als das Telefon klingelt. Es ist Karl.

»In zwei Tagen bin ich wieder da. Ihr fehlt mir, hörst du?«

Ich bekomme kein Wort heraus.

»Hallo.«

»Ich bin so schrecklich müde«, sage ich und fange wieder an zu weinen.

Am Ende der Leitung wird es still. Dann sagt er:

»Sarah, ich glaube, wir müssen uns Hilfe holen. Du bist so unglücklich, und ich fühle mich wie ein Stück Dreck. Kannst du nicht mal Paula fragen, ob sie jemanden kennt, zu dem wir gehen können?«

»Ja.«

»Gut. Frag sie. Wir sehen uns dann übermorgen. Küßchen.«

»Küßchen.«

Ich bin völlig überrumpelt. Er schlägt eine Therapie vor. Stand davon auch etwas in dem Test zum Thema Ehebruch?

Natürlich weiß Paula Hilfe. Ohne mir Fragen zu stellen, gibt sie mir die Telefonnummer von einem Therapeutenpaar, das sie kennt. Diesen Balanceakt habe ich schon einige Male an ihr bewundert. Die Kunst, ganz unbarmherzige Fragen zu stellen, wenn es angebracht ist, und sie zu lassen, wenn sie nur Schaden anrichten würden.

»Das ist doch hoffentlich nicht der besagte«, sage ich.

»Welchen meinst du?«

»Der, von dem du erzählt hast, der allen Paaren zur Scheidung verhalf, weil sie so unglücklich waren.«

»Keine Angst. Auch nicht der, der mit allen seinen Klientinnen ins Bett gestiegen ist«, sagte Paula. »Das ist ein Paar mit viel Erfahrung.«

Wir haben Glück. Georg und Sonja haben Zeit für uns, einen Tag, nachdem Karl wieder zu Hause ist. Ein erstes Gespräch, sagen sie, da können wir sehen, ob wir uns sympathisch sind.

»Ja, wie kommt es denn, daß Sie hier sind?« fragen sie und schauen uns freundlich an.

Ich erzähle meine Geschichte in ein paar Sätzen. Karl seine. Ich beschönige ein bißchen. Nur ein bißchen. Georg und Sonja machen einen sympathischen Eindruck, aber wieviel traut man sich eigentlich, preiszugeben unter diesen Umständen? Wie illoyal darf man sein?

Sie hören zu und nicken, murmeln etwas. Dann stellt Georg, völlig gelassen und wie im Vorbeigehen die verbotenste aller verbotenen Fragen:

»War jemand untreu?«

Als ob er die Standardliste zur Feststellung des allgemeinen Gesundheitszustandes abhakte: Allergie? Hoher Blutdruck? Seine Stimmlage ist freundlich und sein Blick gespannt.

Ich starre einfach geradeaus. Schlucke. Meine Stimme bringt nur ein kaum hörbares Piepsen hervor:

»Nein.«

Ich wage es nicht, Karl anzusehen. Jetzt passiert es, denke ich, jetzt passiert das, was alles verändern wird. Aber Karl sieht Georg nur mit großer Verwunderung an, als habe er die Frage nicht verstanden.

»Nein. Wie sollte man das denn auch noch hinbekommen«, sagt er, lacht ein bißchen und sieht mich so liebevoll an, daß ich weinen muß.

Ich kann diese Liebe nicht annehmen, aber ich habe nun das

zu hören bekommen, was ich wissen mußte. Er ist mir nicht untreu gewesen. Diesem Bekenntnis vertraue ich. Der Rest des Gesprächs geht an mir vorbei. Erst als Sonja sagt, es könne interessant für uns sein zu wissen, daß Arbeitssucht, obwohl sie es sicher irgendwie anders nennt, mit chemischen Zusammenhängen erklärt werden könne, schalte ich mich wieder ein. Die Leute, die sich mit Arbeit berauschen, haben einen permanent erhöhten Adrenalinspiegel. Legen sie die Arbeit nieder, kommt so etwas wie ein Kater: Gefühle von Sinnlosigkeit und Leere.

»Auch wenn sie mit den engsten Bezugspersonen zusammen sind?« frage ich.

»Absolut«, antwortet sie.

Das ist eine gewisse Erleichterung. Immer noch besser zu glauben, daß Karls Benehmen mit einem abklingenden Adrenalinrausch zu tun hat, als mit der Tatsache, daß ich langweilig bin.

»Es wird alles gut werden«, sagt Karl, als wir durch die Tür hinausgehen. »Ich fühle es.«

Irgendwann kam dann eine Einladung von der Mutter-Kind-Gruppe. Ich sah das als Gelegenheit, sich endlich mal gebührend über unsere Geburtserlebnisse und die erste Zeit zu Hause auszuheulen. Dabei war das Ganze aber auch schon wieder ganz weit weg. Kaum, daß ich mich erinnern kann, was wir gestern gemacht haben. Die Zeit plätschert dahin, Montagdienstagmittwoch – oh, Wochenende! Hellwache Bewußtlosigkeit – so könnte man diesen Zustand wohl nennen. Insofern ist mir jede Abwechslung recht.

»Haben alle Kaffee und Kekse? Okay. Ja, ich dachte, wir fangen mit einem kleinen Erfahrungsaustausch an. Wie war es für euch, Kinder zu kriegen, wer möchte anfangen?« fragt die Schwester, um das Gespräch in Gang zu bringen. Ist ja auch nicht so ganz einfach, mal wieder mit Wildfremden Intimstes auszutauschen.

»Anstrengend, aber schön«, sagt schließlich eine der Anwesenden und gießt sich einen Schuß Milch aus einem mitgebrachten Tupperwarekännchen ein.

»Ganz okay, finde ich«, sagt eine andere.

»Wesentlich besser, als ich es mir vorgestellt hatte«, sagt die Zwillingsmutter aus der Gruppe. Mein Staunen darüber hält nur solange vor, bis sie beiläufig erwähnt, daß ihr Mann in den ersten drei Monaten zu Hause war und ihr nach Kräften geholfen hat. Dieser Mann wird später in die Chronik seines Unternehmens eingehen, weil er der erste war, der sich so lange freigenommen hat.

»Die reine Hölle, wenn ich ehrlich sein soll. Meine Tochter hat Koliken. Es war oft schon an der Grenze zum Unerträglichen«, sagt eine Mutter mit müden Augen, und es wird ganz still im Raum. Ihr Mädchen schaut uns an. In diesem Moment ist sie vollkommen ruhig.

»Wir haben es mit allen Mitteln versucht, aber es hat nichts genützt. Bauchtrage und Wiege, warme Bäder und Massage, strenge Diät für mich und Magentropfen. Nichts. Drei bis vier Stunden hat sie jeden Abend ununterbrochen geschrien, seit sie ein paar Wochen alt war. Schließlich mußten wir meine Schwester um Hilfe bitten, damit wir wenigstens für kurze Zeit aus dem Haus konnten. Und ich mußte mir vehement einreden, daß ich trotzdem eine gute Mutter bin, obwohl ich mein Kind abgebe.«

»Mein Kind abgeben« nennt es diese mutige Mutter, wenn sie eine Weile Ruhe vom Schreien und Krampfen braucht. Wie unterschiedlich das doch jeder sieht. Am Abend zuvor hatte ich einen Anruf aus dem Büro bekommen. Meine Chefin teilte mir mit, daß sie ein Projekt für mich hätten. Ein Kunde hatte darauf bestanden, daß ich die Leitung übernehmen solle.

»Hm. Eigentlich bin ich noch im Erziehungsurlaub.«

»Ja, nicht zu überhören. Unglaublich, wie die schreien können, obwohl sie so klein sind! Aber jetzt fängt er doch langsam an, selbständiger zu werden, oder?«

»Er wird jetzt ein halbes Jahr.«

»Ja, genau.«

»Ich habe gesagt, daß ich eineinhalb Jahre bei ihm bleibe, bevor wir über einen Krippenplatz reden, daran erinnern Sie sich doch sicher?«

»Ja, schon, aber wir könnten einen Babysitter für ihn organisieren, heutzutage gibt es so viele junge, arbeitslose Mädchen.«

Da fiel mir plötzlich eine Diskussion ein, die wir vor ein paar Jahren hatten. Meine Chefin erzählte, daß der glücklichste Tag in ihrem Leben war, nicht als sie ihren Freund kennengelernt hat oder ihr Kind zur Welt kam, sondern als sie einen Krippenplatz für ihre Tochter erhielt. Die gleiche Frau reagierte auf den Bescheid, daß einer ihrer Angestellten an Prostatakrebs litt und sich einer Operation unterziehen müsse, mit einem tiefen Seufzen und den Worten:

»Muß das gerade jetzt sein, wo uns die Arbeit bis zum Hals steht?«

Besonders viel Mitgefühl war hier wohl nicht zu erwarten.

»Lassen Sie sich die Sache wenigstens durch den Kopf gehen, ach ja, und es ist bestimmt genausogut, das Stillen langsam runterzufahren, mit Brei und so was anzufangen, Sie wissen, nur als Tip. Da bleibt auch der Busen schöner.«

»Haben Sie vielen Dank, aber es bleibt dabei«, sagte ich und überlegte im stillen, ob ich vielleicht soeben mein Grab für Figur und Karriere gleichzeitig geschaufelt hatte.

Jetzt saß ich hier auf einem Schaumgummikissen mit meinem Kind im Arm in einer kleinen Welt und bot Reiswaffeln aus einer alten rechteckigen Teedose an. Sie stieß bei den Müttern auf großes Interesse.

»Wo hast du die denn gekauft? Paßt ja perfekt.«

»Nein, sie hatte ganz zufällig die richtige Größe.« Der Enthusiasmus in meiner eigenen Stimme erstaunt mich selbst.

Am Abend will ich Lena treffen. Sie ist wieder im Büro.

»Nach der Arbeit wird noch ein Treffen vom Netzwerk veranstaltet, du kannst doch mitkommen, wenn du Lust hast, dann können wir von da aus losziehen.«

»Klar«, sage ich. »Karl ist in der Stadt. Wenn ich Nils zu ihm ins Büro bringe, müßte es gehen.«

Das Treffen findet in einem dieser großen 80er-Jahre-Hotels statt. Stilisierte Wikinger verzieren den Sitzungssaal. Ein Mann und eine Frau referieren über die Programme in ihren Unternehmen zur Unterstützung von weiblichen Führungskräften.

»Wir wollen Frauen helfen, einen Karriereabstieg zu vermeiden«, leitet der Mann seinen Vortrag ein. »Wir wollen, daß sie die Wahl haben.«

Seine Firma zum Beispiel hat Haushaltshilfen als Bestandteil des Gehalts eingeführt: zum Staubsaugen und Essen kochen oder sogar zum Abholen der Kleinen vom Kindergarten.

»Unsere Angestellten können recht schnell wieder voll arbeiten, ohne sich abzuhetzen oder ein schlechtes Gewissen haben zu müssen.«

Aus dem Publikum erhebt sich eine Hand.

»Und wenn ich zum dritten Mal im Monat noch vom Kindergarten aus anrufe und sage, daß mein Kind krank ist, wie würden Sie dann als Arbeitgeber reagieren?«

»In dem Fall schlagen wir vor, daß Sie beim nächsten Mal, wenn die Nase des Kindes ein bißchen zu rot ist, das Handy ausgeschaltet lassen, wenn Sie den Kleinen im Kindergarten abgegeben haben.«

Er lacht. Alle lachen.

In der Pause erzähle ich Lena von dem Gespräch mit meiner Chefin.

»Überrascht dich das? Ich sag's doch: Frauen dürfen nicht in Ruhe Kinder kriegen. Es müßte doch eigentlich das Natürlichste von der Welt sein, Mutter zu werden und einfach eine Weile das Kind und das neue Leben zu genießen. Aber fast alle Frauen, die ich kenne und die bei den Kindern zu Hause bleiben, sind total verunsichert. Zum Beispiel eine Frau aus der Krabbelgruppe. Sie fing, so schnell es ging, wieder zu arbeiten an. Sie war zwar gern bei ihrem Kind, aber ihr wurden diese ständigen Streitereien um die Hausarbeit zuviel. Für ihren Mann war nämlich klar: wer zu Hause ist, muß automatisch abwaschen, einkaufen und Essen kochen. Sein Beitrag zur Hausarbeit bestand darin, den Müll hinauszubringen – vorausgesetzt, sie klebte auf die Tüten an der Haustür einen Zettel, auf dem MÜLL stand und ein Pfeil zur Klinke wies. Erst als sie wieder arbeitete, wurde die Hausarbeit wieder aufgeteilt. Und zwar zu gleichen Teilen.

»Na ja, den Gedanken kann ich gut nachvollziehen. Ich finde ja auch keinen Ansatz, meiner Arbeit zu Hause einen ›echten‹ Wert beizumessen. Noch so ein Beispiel: Wenn Karl in einer Woche an vier Abenden im Büro hockt, habe ich dann das *Recht*, am fünften Abend ins Kino zu gehen? Oder heißt das gerade umgekehrt, daß er jetzt an der Reihe ist, etwas zu unternehmen, weil er soviel gearbeitet hat? Trotzdem: sich nur deshalb gezwungen zu sehen, schneller wieder arbeiten zu gehen, finde ich etwas drastisch. Wer gewinnt denn am Ende? Das Kind wohl kaum.«

»Dafür aber das zweite … Sie bekamen nämlich ziemlich schnell noch eins und exerzierten das gleiche noch mal. Für sie war die Kinderkrippe die Rettung.«

Wir werden unterbrochen, als sich eine Hand auf meine Schulter legt.

»Sarah! Sie sind schon wieder zurück?«

»Nein, nicht richtig.«

»Ganz schön schwer, auf den frischen Wind im Büro zu verzichten, oder?« Die Frau zeigt ein breites Grinsen. Sie ist eine Kundin, und es ist schon eine ganze Weile her, daß ich mit ihr zusammengearbeitet habe. »Und wann fangen Sie wieder an?«

»Hat noch Zeit«, sage ich und trommle auf meiner lächerlichen Aktentasche herum, die nur ein Handy und ein Paket unparfümierte Babyfeuchttücher verbirgt.

»Warten Sie nur nicht zu lange. Sonst vergessen wir Sie womöglich noch!«

Sie verschwindet im Saal, die blöde Kuh. Vor vielen Jahren hatte sie mir mal nach einer langwierigen Verhandlung und etlichen Gläsern Wein erzählt, daß sie sich das Leben nehmen wollte, als sie mit einem neugeborenen Kind und einem Zweijährigen zu Hause saß, so schrecklich war es mit zwei Wickelkindern gleichzeitig gewesen, dazu minimale Unterstützung vom Vater der Kinder. Als sich herausstellte, daß das jüngste Kind Koliken hatte, suchte er ganz einfach für ein paar Tage Unterschlupf in einem Hotel. Er hatte wahnsinnig wichtige Geschäfte zu erledigen. Nach diesem Abend brachte sie dieses Thema nie wieder auf den Tisch. Wer mag schon zugeben, daß man es zeitweise mit den eigenen Kindern nicht aushält, egal, wie die Umstände sind? Jetzt benimmt sie sich wie alle anderen, die, solange ich mit dickem Bauch herumlief, fürsorglich fragten, wann das Kind denn komme, und dann, kaum daß Nils da war, recht barsch nachfragten, wie lange ich denn eigentlich gedachte, zu Hause zu bleiben.

»Sie hat nicht gefragt, ob's ein Mädchen oder eine Junge ist, ob es uns gutgeht, sie wollte nur wissen, wann ich denn nun wieder in den Job zurückgehe. Das ist doch krank! Mich wundert es inzwischen nicht mehr, daß man Identitätsprobleme bekommt, wenn man zu Hause ist, wenn diese Tätigkeit so gar keinen Wert mehr hat.«

»Vielleicht ist sie beruflich mit etwas befaßt, das für die Menschheit von großem Nutzen sein wird?«

»Sie verkauft Bonbons. Mit Qualitätsgelee.«

Eine Frau in grauem Kostüm kommt auf uns zu.

»Na, worüber lacht ihr denn gerade? Ich habe gehört, daß du zurück bist, Lena.«

»Ja.«

»Ich habe vor einem Monat wieder angefangen. Genau an Jens' erstem Geburtstag.«

»Ach.«

»Tja. Nicht daß ich irgendwie Lust hatte, wieder arbeiten zu gehen, der Erziehungsurlaub war eine einzige lange Kaffeepause. Aber man hat ja irgendwann mal eine Ausbildung gemacht.«

»Man kann aber doch auch Teilzeit arbeiten? Warum sich abhetzen? An der Spitze weht sowieso ein harter Wind. Vielleicht sehen wir uns mal zum Mittagessen?«

Der Referent wandert zwischen den Gruppen hin und her, die sich vor dem Saal gebildet haben. Jetzt kommt er auf uns zu.

»Na, wie läuft's bei euch, Mädels? Nutzt die Chance, wir brauchen euch unter uns Kerlen.« Er lacht und streicht sich über das nach hinten gegelte Haar, das sich leicht im Nacken kräuselt.

»Haben Sie selber Kinder?« fragt Lena.

»Klar, drei Stück.«

»Dann sind Sie ja mit dem Thema vertraut, wie ich sehe.«

»Na ja, ich will nicht damit hinterm Berge halten, daß meine Frau diejenige ist, die entscheidet, welche Hilfe wir zum Beispiel zu Hause brauchen. Ich bekomme davon natürlich nicht so viel mit.«

»Natürlich nicht.«

Irgendwie wirkt sein Lächeln etwas gequält.

Lena und ich gehen zurück in den Vortragsraum. Ich erinnere mich nur noch dunkel an die Referentin, die als nächste von den Mütterprogrammen ihres Unternehmens erzählt.

»Wir bieten hauptsächlich einen Basisdienst an, der die komplette Einrichtung eines Büros zu Hause umfaßt, mit ISDN, täglichen Briefen, Babysitterdiensten im Hotel, falls Reisen notwendig werden, sobald die Frau selbst dazu bereit ist. Wir haben bei uns tatsächlich ein paar kleine Geschöpfe, die schon Miles-and-more-Punkte ansammeln«, sagt sie, und der Saal lacht.

Auf einmal weiß ich, wo ich sie schon mal gesehen habe: in einem Zeitungsartikel, einige Zeit ist das her, wo sie mit Stolz erzählt, daß ihr Einjähriges schon mehr als zweihundert Flugstunden hinter sich hat. Gleichzeitig mit der Geburt hatte sie das Angebot erhalten, die Geschäftsstrategien der Ladenkette, für die sie arbeitete, landesweit zu überprüfen. »Es war zu spannend, ich konnte nicht widerstehen«, berichtete sie. Ihr Sohn war dabei und besuchte alle Boutiquen im ganzen Land »und war so goldig.«

Ich hatte den Artikel gelesen, als ich schwanger war. Und staunte. Heute bin ich froh, daß nicht sie meine Chefin ist. Weder sie noch der Referent vor ihr haben auch nur in Ansätzen etwas von der Freude gesagt, die man mit dem kleinen Kind zu Hause hat, oder welche Bedeutung Ruhe und Ausgeglichenheit bei der Kindererziehung haben. Und mit keiner Silbe tauchte ein Vater auf.

»Man muß der Familie natürlich auch mal etwas Gutes tun«, sagt der Referent von vorhin in meine Überlegungen hinein. »Ich habe zum Beispiel jahrelang viel Zeit für meinen Job geopfert, aber letzten Winter bekamen meine Frau und meine Kinder ein Geschenk von mir, ein Neujahrsversprechen, daß ich mich in drei Jahren ein ganzes Jahr beurlauben lassen werde und mit ihnen hinfahre, wohin sie wollen.«

Es ging ein Raunen durch den Saal, und ich spürte einen dringenden Fluchtinstinkt.

»Wir gehen, oder? Ich ertrage das nicht mehr«, sagt Lena.

Wir gehen in ein Restaurant ein paar Straßen weiter.

»Naa?«

»Ich dachte eigentlich die ganze Zeit, ich bin im falschen Film. Hat das irgend etwas mit meinem Leben zu tun gehabt? Gibt es für diese armen Menschen denn wirklich nichts anderes als Arbeit?«

»Und wie kann dieser Typ so sicher sein, daß er in drei Jahren noch eine Familie hat, der er sich dann total widmen wird?

Wahrscheinlich werden die sich bedanken bei der Vorstellung ...«

»Ich bin irgendwie total verwirrt. So lange fühlte ich mich zu jung für alles. Zu jung, um eine Meinung zu haben, zu jung, um einen qualifizierten Job zu bekommen, zu jung, um Kinder zu bekommen. Jetzt ist die große Hektik ausgebrochen: bloß schnell wieder an die Arbeit! Warum kann ich nicht mit meinem Kind noch ein zusätzliches halbes Jahr zu Hause sitzen? Hauptsache, man kehrt so schnell wie möglich an den Arbeitsplatz zurück, sonst ist es bald zu spät, um überhaupt wieder eine Arbeit zu bekommen, an Karriere gar nicht zu denken. Plötzlich lösen die Dreiunddreißigjährigen die Fünfzigjährigen ab. Ich bin in Rekordzeit vom Juniorberater zum Rentner geworden. Sollte es nicht noch dazwischen ein Leben geben?« frage ich ernsthaft.

»Ach komm, wir lassen uns unseren Abend nicht verderben. Laß uns lieber noch mal die Kneipe wechseln!«

»Bist du verrückt? Es ist viertel nach neun. Ich muß nach Hause. Ich hab' solche Sehnsucht.«

Zwei Frauen aus der Mutter-Kind-Gruppe wohnen in meiner Nähe. Wir haben uns bei Maria verabredet. Sie ist Programmiererin und gerade in ein Wohngebiet mit rosafarbenen Reihenhäusern gezogen, zehn Minuten mit dem Auto entfernt. Ihr Mann ist Techniker und arbeitet in der Stadt.

»Glücklicher Peter, denke ich jeden Morgen, wenn er losfährt«, sagt sie. »Glücklicher Peter, der einfach zur Arbeit fahren und sich erholen kann. Klar, gestern habe ich Zimtschnecken gebacken, aber kann einen das auf Dauer zufrieden machen? Und ihr? Sagt bloß nicht, daß euch dieses Leben gefällt!«

Die Frau, die neben Nils und mir auf dem Boden sitzt und mit Bauklötzen spielt, heißt Annika. Seit sie siebzehn ist, hat sie

Autoteile zusammenmontiert. Jetzt ist sie dreiunddreißig. Sie muß lachen, als sie Marias Frage hört.

»Für mich ist das wie Urlaub. Mein Job ist so hart. Jeder Tag, den ich nicht dort verbringen muß, ist ein guter Tag. Außerdem hatte ich schon geglaubt, daß ich keine Kinder bekommen könne, nach all meinen Eileiterentzündungen. Als meine Hosen nicht mehr zugingen, habe ich es darauf geschoben, daß ich zu viele Süßigkeiten gegessen habe, seit ich das Rauchen aufgegeben habe. Bevor ich mich zu einem Schwangerschaftstest durchgerungen habe, war ich schon im fünften Monat. Dann kam Dennis auch noch einen Monat zu früh, so daß ich kaum Zeit hatte, mich daran zu gewöhnen, daß ich schwanger war. Jetzt bin ich über jeden Tag froh, den ich zu Hause sein darf. Es ist so schön. Ein Jahr zu Hause finde ich so kurz, aber wir können uns nicht mehr leisten«, sagt sie und streicht ein paar Löckchen im Nacken ihres Sohnes glatt.

»Und dann muß man ja froh sein, daß man einen Job hat, in den man zurückkehren kann.«

Ihr Mann arbeitet in der gleichen Fabrik im Schichtdienst. Phasenweise sehen sie sich kaum. Er hat seinem Kind noch nie eine Windel gewechselt, »weil ihm sonst übel wird«. Er kauft nicht ein, kocht nicht, dafür zieht er mit seinen Kumpeln durch die Kneipen, wann immer er Lust hat. Aber ich höre nie ein schlechtes Wort von Annika.

»Natürlich ist es manchmal anstrengend, aber meistens ist es schön, fast immer«, sagt sie. »Aber es wird nicht mehr Kinder geben. Dennis kam wie ein Geschenk. Und dabei bleibt's auch.«

»Ich wünschte, ich könnte das gleiche behaupten«, sagt Maria. »Meinst du im Ernst, daß es für dich in Ordnung ist, daß er keine Windeln wechselt?«

»Ja.«

»Und warum?«

»Weil es keinen Sinn macht, ihn zu zwingen. Davon wird ja keiner glücklich. Und mir macht es nichts aus, ihn zu wickeln.«

Maria seufzt tief.

»Wenn Peter zu Hause ist, wechsele ich nicht eine einzige Windel. Darüber haben wir einen Vertrag abgeschlossen, als wir den Geburtsvorbereitungskurs besucht haben. Ich habe mir gleich gedacht, daß etwas daran faul sein muß, als keiner darüber sprach, wie es nach der Entbindung weitergehen solle, also ging ich heim und schrieb eine Liste mit Aufgaben. Die Windeln kamen ganz nach oben. Sobald die Zeit für Brei gekommen ist, darf Peter jede zweite Nacht übernehmen, keine Diskussion. Wir waren zwei, die das Kind gezeugt haben, jetzt müssen sich auch zwei darum kümmern.«

»Ich bin allein in den Kurs gekommen«, sagt Annika. »Danne hatte sich schon lange ein Hallenhockeyturnier vorgenommen. Was soll man da machen?«

Maria und ich schauen uns an. Ja, was soll man da eigentlich machen?

Nils hat begonnen, richtig zu essen. Am Anfang drei Erbsen, durch eine Knoblauchpresse gedrückt. Nach und nach wird sein Speiseplan abwechslungsreicher. Noch immer will er nachts trinken, aber meine Brüste produzieren immer weniger Milch. Wir fangen mit Brei an. Ich muß daran denken, was Maria gesagt hat, und schlage Karl vor, daß wir uns mit den Mahlzeiten abwechseln könnten, so daß wir immerhin jede zweite Nacht durchschlafen können.

»Okay«, sagt er.

Am selben Abend sehe ich im Fernsehen eine Diskussionsrunde mit Prominenten zum Thema Trennung. Die Hälfte aller Beziehungen gehe im ersten Lebensjahr des ersten Kindes kaputt, sagt einer.

»Wenn einer der beiden beginnt, die Beziehung wie ein Bankgeschäft zu betrachten, bei dem man Summen einzahlt und

Geld wieder abhebt, dann ist die Beziehung in Auflösung begriffen«, sagt Schwedens größter Publikumsliebling, der eine Reihe von Ehen hinter sich und mit verschiedenen Frauen eine Handvoll Kinder bekommen hat.

Ich schlucke.

In dieser Nacht soll Karl unserem Sohn seine Mahlzeit geben. Ich lege mich ins Gästezimmer. Das erste Mal, seit Nils auf der Welt ist, steht mir eine Nacht zum Durchschlafen bevor. Ich bin ganz euphorisch. Mitten in der Nacht wache ich von Nils' Weinen auf. Er wird nicht ruhig. Ich gehe hinüber zum Schlafzimmer und schaue hinein. Karl schläft tief und fest neben seinem brüllenden Sohn. Ich wecke ihn, und er steht ohne zu Murren auf. Ich selbst kann nicht mehr einschlafen. Statt dessen liege ich wach und frage mich, ob ich gerade zu viel von unserem gemeinsamen Konto abgehoben habe.

Lena ruft an.

»Sarah, ich ärgere mich gerade so über mich.«

»Was ist denn los?« frage ich und mache mich auf das Schlimmste gefaßt.

»Alles, worüber wir so oft gesprochen haben, alles was ich den Frauen, die zu Hause bei den Kindern sind, an Anerkennung zollen sollte, habe ich selbst nach ein paar Monaten bei der Arbeit schon wieder vergessen.«

Am Tag zuvor hatten Lena und ihre Familie ein paar Freunde besucht. Der Mann war Arzt und hatte gerade eine neunzehn-Stunden-Schicht hinter sich. Der nächste Dienst stand bevor.

»Ich höre mich selbst plötzlich, wie ich ihn bemitleide, sage, daß es so schade für Tom ist, daß er sich so abrackern muß. Neben ihm sitzt seine Frau, mit einem Fünfjährigen, einem Dreijährigen und einem drei Monate alten Baby. Als ob ihre Arbeitsbelastung nicht ebenso groß wäre, als ob sie ihren

Schlaf nicht ebenso brauchte. Wenn nicht einmal ich noch weiß, wie es war, wie soll man es dann in den Schädel von einem hineinkriegen, der noch nie zu Hause bei der Familie geblieben ist?«

»Hat sie was gesagt?«

»Gar nichts. Hat nur dagesessen und sah geschafft aus. Ich habe sie angerufen und mich entschuldigt, als ich wieder bei Sinnen war. Ihre Antwort war, daß ihr das gar nicht aufgefallen sei, daß seine Arbeit trotz allem stressiger und wichtiger sei als ihre. Stell dir das mal vor! Ich weiß noch, wie die beiden sich gerade kennengelernt hatten. Sie hatten so wahnsinnig viel Spaß zusammen. Gestern saßen sie wie zwei Zombies auf ihrem bespuckten Sofa. Das kann doch wohl nicht der Sinn des Ganzen sein, Sarah, oder?«

»Nein. Wie geht's denn bei euch?«

»Besser. Wir streiten uns nicht mehr so viel. Åke bringt Sofia zum Kindergarten, ich hole sie ab. Sie fühlt sich da wohl, und wir sind zufrieden. Es ist schön, wieder zu arbeiten, und ich sehe sogar langsam wieder Land, auch in unserer Beziehung. Manchmal denke ich, daß es vielleicht die ganze Zeit über ziemlich in Ordnung war und ich es nur nicht wahrgenommen habe. Wir haben das alles ja nicht wirklich verarbeitet, sondern nur den Streß hinter uns gelassen.«

»Soll ich dich mal daran erinnern, wie es war?« frage ich.

»Oh nein, vielen Dank. Ich wollte nur gerade mal ein bißchen beichten. Und zeigen, daß ich selbstkritisch genug bin festzustellen, daß ich ein schrecklicher Mensch bin. Bis bald!«

Am Nachmittag machen Nils und ich einen Besuch bei Maria. Ihre Tochter Emma hat immer noch nicht gelernt zu krabbeln. Nils schon. Er untersucht Marias Haus gerade nach der wissenschaftlichen Methode von Kleinkindern: suchen, anfassen, anschauen, in den Mund nehmen, ausspucken, auf den Boden schmeißen. Ich versuche, Schritt zu halten, um die Einrichtung zu schützen: in jeder der niedrigen Fensternischen steht irgend etwas Zerbrechliches aus Glas, das Nils gern umschmeißen möchte. Die großen Blumentöpfe werden zu Sandkästen, wenn man ihren Inhalt auskippt. Unter dem Wohnzimmertisch liegen stapelweise Bücher und Zeitschriften, wie gemacht, um auf dem ganzem Fußboden verstreut zu werden. Nils zieht mit wilder Freude los. Ich jage hinterher, Maria wirft einen irritierten Blick in unsere Richtung.

»Ich habe gerade mit Peter darüber gesprochen. Wir werden nicht alle Sachen wegräumen, wenn Emma soweit ist, nur das, was uns wirklich sehr am Herzen liegt. Wir glauben, daß es besser ist, den Kindern immer wieder zu sagen, was sie nicht anfassen dürfen.«

»Ihr könnt also auch mit Pferden sprechen?« frage ich und lache über mich selbst, während gleichzeitig ein Stapel ›Schöner Wohnen‹ aus dem Regal purzelt.

»Ihr interessiert euch für Inneneinrichtung, wie ich sehe.«

»Waren interessiert, ist wohl besser ausgedrückt. Ich habe sie akribisch genau gelesen, bis ich einsehen mußte, daß ich niemals auch nur annähernd die Ergebnisse aus den Heften erhalte«, sagt Maria.

»Obwohl es Spaß macht, schöne Zeitschriften anzuschauen und zu träumen.«

»Nein, eigentlich nicht. Im Moment haben wir weder Zeit noch Geld. Wenn Peter die Stelle bekommt, die er möchte, dann werden wir auch nicht mehr so lange hier sein, und dann will ich kein Geld aus dem Fenster geschmissen haben. Er redet seit einiger Zeit vom Ausland.«

»Super!«

»Ich bin mir da nicht so sicher. Es ist einfach zu sagen, man geht mit, wenn der andere einen Job bekommt, aber ich glaube, es wird sterbenslangweilig werden.«

»Na ja, leicht wird das vielleicht nicht sein am Anfang, aber vielleicht helfen die Kinder ja bei der Kontaktaufnahme?«

»Auf jeden Fall ist es extrem schwierig, dort einen Job zu finden, und wenn man wieder zu Hause ist, ist die eigene Karriere vermutlich gelaufen.«

»Aber du nimmst doch auch etwas mit, zum Beispiel die neue Sprache?« sage ich und hebe Nils von den Drehknöpfen des Stereoturms weg.

»Ja ja, es ist möglich, daß man einen Job bekommt, aber was für einen? Jedenfalls nichts Interessantes. Und wie groß ist die Chance, daß ich Peter überhaupt noch zu Gesicht bekomme? Wo wir uns doch jetzt schon kaum sehen. Er kommt spät abends heim, fährt auf Konferenzen und ist auch am Wochenende oft unterwegs. Wir sprechen kaum noch miteinander, und Sex existiert zur Zeit nicht einmal in meiner Phantasie, es ist angenehm, drum herumzukommen. Da muß man laut lachen, wenn man sich all die Bücher anschaut, in denen es darum geht, wie schnell man sein Liebesleben nach der Entbindung wieder aufnehmen kann. Als ob man Zeit, Energie und Lust dazu hätte.«

Wir machen unseren obligatorischen Spaziergang durch das Viertel: sechsundvierzig Häuschen mit Mini-Gärten, hochgezogen auf einer öden Koppel.

»Ich habe mir nie vorstellen können, in einem Reihenhaus zu wohnen«, sagt Maria. »Als wir in Abrahamsberg wohnten, habe ich immer davon geträumt, in die Stadt zu ziehen, in einer großen Altbauwohnung zu wohnen, mit guten Restaurants und Kinos um die Ecke. Aber das ist ja kein Leben für ein Kind, für die Kleinen ist es hier einfach besser. Ihr habt es wohl nie bereut, daß ihr aufs Land gezogen seid?«

»Doch, fast täglich.«

Sie tut so, als habe sie das nicht gehört. Statt dessen zeigt sie auf ein nahegelegenes Feld und sagt:

»Hast du mitbekommen, daß dort eine Schule gebaut werden soll? Dann muß Emma nicht mit dem Bus fahren, bis sie aufs Gymnasium geht. Ist das nicht ein Glück!«

Ich sollte zufrieden sein, sage ich mir, als ich den Heimweg antrete. Ich habe Gesellschaft gehabt, hatte jemanden zum Reden. Aber ich bin entnervt. Was Maria sagt, geht mir auf den Geist. Sie wohnt in einem Haus, in dem sie eigentlich gar nicht wohnen will, mit einem Mann, mit dem sie eigentlich gar nicht zusammenleben will, und ist mit ihrem Kind zu Hause, obwohl sie lieber arbeiten würde. Warum haben sie dieses Kind eigentlich bekommen? Warum erlaubt sie sich nicht, von etwas anderem zu träumen, und wenn es andere Gardinen sind? Wo liegt die Hoffnung? Wie hält sie es ohne Visionen von Freude, Liebe und Leben aus?

»Sind wir eigentlich auch so?« frage ich Karl am Abend.

Über andere zu reden ist immer einfacher. Am Tag zuvor hatte ich ihn nach seinem Kollegen gefragt, der seine ganze Zeit, in der er nicht schläft, der Arbeit widmet. Er ist bei seinen Arbeitskollegen beliebt, er ist fleißig, auf ihn ist Verlaß, er ist das Öl in der Maschine, wenn es irgendwo hakt. Zu Hause sitzt seine Frau mit den drei Kindern und wartet auf ihn. Wenn er nach Hause kommt, geht er hoch in sein Arbeitszimmer, manchmal bis spät in die Nacht.

»Warum tut er das?« frage ich den, der es wissen müßte.

»Die Arbeit ist wohl seine Alkoholflasche, mit der er inzwischen umzugehen weiß, die Forderungen der Familie kriegt er nicht in den Griff.«

Und wie tief schaust du üblicherweise in die Flasche? wollte ich ihn fragen. Statt dessen habe ich genickt.

An diesem Abend hat das Fragequiz ein anderes Thema:

»Warum sich selbst verbiegen wie Maria«, frage ich Karl. »Warum sich ein Leben aussuchen, in dem Eifersucht und Stagnation vorherrschen, und in dem nichts mehr geht. Warum so tun, als sei das, wofür man sich entschieden hat, das Beste, wenn man es eigentlich rausschreien müßte, daß alles falsch gelaufen ist und anders werden muß?«

»Es geht wohl eher darum, die eigene Enttäuschung und die

Angst zu verkraften«, sagt Karl. »Wer alles hinnimmt, wie es ist, kann sich vormachen, daß er nichts verpaßt hat. Aber das können wir Nils weitergeben, die Stärke, sich auf seine Träume einzulassen, sich zu trauen, Visionen zu haben und sie zu leben.«

Ich spüre ein Zittern am ganzen Körper. Das ist Karls beste Seite: Er hat mir das Träumen beigebracht. Und das werde ich nicht mehr verlernen.

Es dauert eine Weile, bis ich Maria wiedersehe. Erst brauche ich eine Pause, und dann wird ihre Tochter krank. Eines Abends klingelt das Telefon.

»Hallo, ich bin's.«

»Hallo! Wie geht es euch? Wie geht's Emma?«

»Sie ist um sieben eingeschlafen«, kichert Maria leicht hysterisch.

Ich frage mich, was es da zu kichern gibt.

»Ja, sie ist um sieben eingeschlafen. Völlig entkräftet, sie hat einen Magen-Darm-Infekt gehabt.«

». . . und du?«

»Mir geht es ganz gut, auch wenn es gerade besonders anstrengend ist. Peter hat einen Kurs und ist die letzten drei Wochen am Stück unterwegs gewesen, aber er kommt an den Wochenenden nach Hause.«

»Wie stressig.«

»Es geht. Es ist in den normalen Wochen fast schlimmer, wenn er zu Hause anruft und sagt, daß er eine Stunde später kommt. Es fällt mir schwerer, das zu akzeptieren. Aber heute abend kommt er nach Hause.«

»Und, hast du Blumen gekauft?«

»Nee, das würde er für mich auch nie tun. Er haßt es, Geld für unnötige Dinge auszugeben. Letzte Woche war ich krank und bat ihn, den Wochenendeinkauf zu erledigen. Er kam mit einem Paket Tacos und einer Ananas nach Hause. Es sei alles so teuer gewesen, jammerte er! Und wenn es um Sachen für Emma geht, darf es sowieso nichts kosten. Am besten wird alles gebraucht gekauft. Denkt Karl auch so?«

»Es kommt ganz darauf an. Grundsätzlich hält er ganz andere Dinge für wichtig: als Nils ein paar Wochen alt war, stand Karl lange vor einem batteriebetriebenen, hermetisch abschließenden Windeleimer und erklärte mir fröhlich, daß die Mülltüten darin parfümiert seien. Wir haben das Ding nicht gekauft. Aber er hat nie was über die Sachen gesagt, die ich mit nach Hause gebracht habe, höchstens mal die Augenbrauen hochgezogen, wenn ich eine Geschirrablage für Nuckelflaschen gekauft habe.«

»Ich mußte schon kämpfen, um diese Karre hier zu kaufen. Wir hatten zuerst auf Peters Rat hin einen Kombiwagen: Zwei in einem – damit führe man immer gut. Dann wurde Emma für den Kinderwageneinsatz zu groß, doch der Sportwagensitz war total unpraktisch und ziemlich schwer umzustellen. Also versuchte ich ihn zum Kauf einer Karre zu überreden. ›Man muß doch nichts kaufen, was man schon hat‹, sagte er nur. Und: ›Dann laß mich doch schieben‹, schlug er vor und meinte damit wohl seine seltenen Sonntagsspaziergänge einmal um den Block. Da bin ich an seinen Werkzeugschrank gegangen und holte seine drei Bohrmaschinen heraus: ›Was ist denn das hier?‹ fragte ich ihn. ›Aber das ist doch etwas völlig anderes‹, sagt er, ›die sind von verschiedenen Herstellern, eine kann zum Beispiel nicht linksherum drehen.‹«

»Kommt mir bekannt vor, mein letzter Freund war auch der Meinung, daß es absolut natürlich sei, alte Automotoren zu sammeln, während er aber fand, daß man nicht mehr als ein Paar Schuhe haben müsse«, sagte ich.

»Ich habe ihn echt angeschrien, daß er sich zum Teufel scheren kann«, fährt Maria fort, »und genau das tat er, das heißt er spazierte zur Tür hinaus, fuhr ins Büro und ward nicht mehr gesehen. An dem Sonntag, den wir zusammen verbringen wollten und ich mal nicht jede Minute mit meinem Kind auf der Hüfte herumlaufen wollte.«

»Warum bist du nicht einfach losgegangen und hast dir einen Wagen gekauft?«

»Keine Ahnung. Vielleicht weil er zur Zeit das Geld nach Hause bringt und die Familie ernährt. Oder weil ich möchte, daß die Entscheidung gemeinsam getroffen wird, daß er sich dafür interessiert. Eigentlich weiß ich gar nicht recht, warum ich mir solche Gedanken mache. Weißt du, was er letzten Samstag gemacht hat?«

»Nein.«

»Er hat einen Motorrasenmäher gekauft. Unser Garten ist vierzig Quadratmeter groß. Ich hatte keine Lust auf Streit. Wir waren im Baumarkt, und plötzlich standen sie vor uns: elektrische, Benziner, handbetriebene und Traktormodelle. Emma hatte Hunger und schrie und zappelte auf meinem Arm. Ich wollte nur raus. ›Kauf, was du willst‹, habe ich gesagt und bin mit ihr zum Auto gegangen. Sie ist sofort eingeschlafen. Als wir zu Hause waren, waren Peter und ich hundemüde, aber Emma dafür ausgeschlafen. Plötzlich höre ich Schnarchen aus dem Schlafzimmer. Da hat er sich ins Bett gelegt, ohne mit mir vorher zu sprechen. Er schläft einfach, wenn ihm danach ist, basta. Es ist so offensichtlich, daß er meint, seine Arbeitsbelastung sei ja so viel größer als meine, daß er natürlich das Recht hat, sich auszuruhen. Ich könnte mir den Schlaf auch einfach nehmen, aber das entlastet mich nicht. Ich möchte, daß wir uns absprechen. Aber bald geht das Leben wieder los. Er wird seinen Monat Erziehungsurlaub nehmen, und ich darf ins Büro gehen und mich erholen. Dann wird er schon sehen, wie lustig das ist. Wie ich mich danach sehne!«

Ich bleibe noch eine Weile am Telefon sitzen. Welche Träume hatten sie wohl gehabt, bevor sie das Kind bekamen? Wovon haben Karl und ich geträumt? Haben wir jemals über unsere Zukunft als Familie gesprochen, über unsere Geschäftsidee, Kinder zu kriegen? Ich kann mich an das Zusammengehörigkeitsgefühl in der Zeit des Wartens erinnern. Karl und ich im Auto, ich immer mit der Seltersflasche in der Hand. Wir fahren herum und suchen nach der Fortsetzung unseres Lebens. Wir sind am Eingang.

Ich selbst stellte mich mit meiner Wahrnehmung automatisch um, das weiß ich noch. Während der Fötus in meinem Bauch wuchs und wuchs, sah ich immer mehr Kinder und Kindersachen um mich herum: kleine süße Pullis und Strampelhosen. Strümpfe, die groß genug waren, den Daumen eines Erwachsenen zu verstecken. Ein kleiner Sessel hier, ein Dreirad da, ein Holzaufsatz, um die Toilette der Größe eines Kleinkindpopos anzupassen. Ich weiß nicht, ob er all das auch gesehen hat. Ich habe es wohl für selbstverständlich gehalten.

Wie viele Tage hatte es wohl gedauert, bis mein Warten auf den Tag X in Alltag verwandelt wurde und in den ewigen Kampf zwischen Karl und mir um freie Zeit? Sein Bedürfnis nach Luft zum Atmen, wenn er nach der Arbeit heimkam, stand gegen meine Sehnsucht nach Gesellschaft.

»Das ist Biologie«, sagt Lena. »Frauen sprechen im Durchschnitt 100 000 Worte am Tag, Männer 25 000, die sie außerdem schon bei der Arbeit verbrauchen. Dann kommen sie nach Hause, und unser Vorrat ist noch lange nicht aufgebraucht. Logisch, daß sich das beißt. Logisch, daß sie meinen, wir sollten uns ein eigenes Leben aufbauen.«

Ein eigenes Leben. Warum wollen sie nicht begreifen, daß wir alle zusammen uns ein neues Leben aufgebaut haben, eines, zu dem wir alle drei gehören. Die Trauer über das, was ich meiner Meinung nach verloren habe, ist so überwältigend, daß ich zeitweise vergesse, wie viel Freude ich immer wieder spüre, seit unser Kleiner da ist. Mein Wonneproppen. Wir spielen, und er lacht. Auf Zehenspitzen steht er im Babyhopser und tanzt, ganz wild vor Freude, selbst gehen zu können. Ich weine, weil es so phantastisch ist, ihn so froh zu sehen. So voller Leben und so glücklich.

Plötzlich fällt mir wieder ein, was ich vor Augen hatte, ehe Nils kam: Dreieinigkeit, Triptychon, Trio. Karl und ich und unser Kind. Zusammen, die ganze Zeit.

»Solltest du nicht einfach mal alleine wegfahren?« fragt Karl eines Abends.

»Vielleicht hast du recht«, sage ich verwundert und erinnere mich dunkel, daß jemand mal sagte, für einen Mann sei es die einfachste Art, ein bißchen Freizeit zu bekommen, wenn er seine Frau auf eine schöne Reise schickt. Lieber ein Wochenende alleine mit Kind, als ein Wochenende mit drei Personen, von denen die eine ständig auf Nähe und Gespräche aus ist.

»Mach das doch, wir schaffen es ein Wochenende auch ohne dich«, sagt Karl und küßt meinen Hals. Er sieht glücklich aus.

Ich habe beschlossen, mein erstes familienfreies Wochenende bei André in Brüssel zu verbringen. Das Taxi holt mich frühmorgens ab. Kein Mensch ist zu sehen, kaum ein Auto auf der Straße. Die übliche Trennungsangst packt mich. Stell dir vor, wenn wir uns nie wiedersehen, wenn ich nie mehr wiederkomme!

Draußen auf Arlanda werde ich ruhiger, im Tunnel, der runter zum Flugzeug führt, hat mich die Freude gepackt. Ich darf verreisen, ich darf etwas Neues sehen, ich kann ungestört schlafen, ich werde es mir gutgehen lassen! Ich setze mich mit einer Zeitung ganz nach hinten ins Flugzeug und muß selber über diesen Luxus schmunzeln, doch das Lachen bleibt mir bald im Hals stecken. Ein Angstschrei durchschneidet das Gebrummel der Passagiere.

»Verdammt, er fängt an sich zu kratzen! Schnell, die Handschellen!« faucht ein Mann im Anzug von der anderen Seite des Gangs.

Der Mann, der sich mit den Nägeln das Gesicht blutig gekratzt hat, soll abgeschoben werden. Er schreit wie ein Tier auf dem Weg zum Schlachthof. Nach und nach wird das Geräusch matter, wird zu einem Jammern und geht in leises Winseln über. Es sind drei gegen einen, er kann in dieser Situation nicht das Geringste machen.

»Möchten Sie nach vorne kommen?« fragt eine Stewardeß, und ich nehme ihr Angebot dankbar an. Gleichzeitig schäme ich mich. Mit welchem Recht mache ich hier eine Urlaubsreise, wenn der Mann neben mir vielleicht geradewegs in seinen Tod marschiert?

Die Szene versetzt die Fluggäste in Aufregung.

»Muß man sich so etwas anhören, wenn man den vollen Preis bezahlt hat?« fragt eine Frau irritiert. Zehn Minuten später überlegt sie, welche Schnäppchen sie machen könnte, wenn wir angekommen sind.

»Spitze«, sagt sie, »man kann dort immer sehr gut billige Spitze kaufen.«

Klingt, als hätte sie gute Laune.

»Was möchtest du heute machen?« fragt André, bei dem ich wohne. »Ich habe eine Liste von Ausstellungen gemacht, die dir sicher gefallen würden.«

Ich fange an zu kichern, bringe aber ein bestimmtes »Nein« hervor. Bitte keine Aktivitäten, absolut nicht. Ich möchte nur planlos bummeln gehen, im Café sitzen, Französisch sprechen, Zeitungen lesen, Schokolade essen und schlafen.

Wir gehen in ein Kaufhaus. Ich will mir etwas Schönes gönnen, komme jedoch heraus mit einer Tüte Kinderklamotten und fünf Unterhosen, viel zu groß für mich.

»Das bist doch nicht du«, sagt André und schüttelt den Kopf.

»Nein, da hast du wohl recht.« Es ist mir unangenehm und ich möchte lieber das Thema wechseln.

»Fotografierst du gerade?«

»Jeden Tag.«

Und seine Augen leuchten.

Es sind jetzt mehr Bettler in der Stadt, seit ich das letzte Mal da war. Vor einem Kaufhaus sitzt ein völlig verwahrloster Mann, neben ihm eine große Hündin. Fünf verschiedenfarbige Welpen saugen an ihrem warmen Körper. Ich bleibe stehen, werfe ein paar Münzen in die Kiste, die vor dem Mann steht. Was mache ich hier? Ich sollte bei meiner Familie sein.

Das Wochenende vergeht schnell. Auf dem Rückweg lande ich zwischen zwei Männern meines Alters. Sie waren auf Geschäftsreise gewesen.

»Ein kleiner Junge, ich werd' verrückt. Gratuliere. Zu dumm, daß hier im Flugzeug Rauchverbot ist, sonst hätte ich dich auf eine Zigarre einladen können«, sagt der eine, »aber Sekt kann ich holen. Dann wirst du jetzt wohl ein bißchen zu Hause bleiben, haha!«

»Das muß wohl warten, ich habe gerade wahnsinnig viel zu tun. Wenn sie so klein sind, ist man als Vater ja auch ziemlich überflüssig.«

»Ja, sicher hast du in den letzten Jahren zugelegt, aber Milch hast du wohl noch nicht in der Brust.«

»Und bei dir?«

»Geht so. Nach fürchterlichen Streitereien im ersten Jahr, daß ich nicht genug Zeit und Interesse für Jakob aufbrächte, hat Agneta sich ein bißchen beruhigt. Schließlich haben wir die Sache so gelöst, daß Agneta angefangen hat, bei uns zu arbeiten. Ich glaube, sie fängt langsam an zu verstehen, worum es geht.«

»Klar. Helen und ich haben uns ja auch über den Job kennengelernt, das war also nie das Problem. Sie weiß, was ich zu tun habe.«

»Na dann Prost. Auf die Vaterschaft!«

»Auf die Vaterschaft!«

Ich sinke tiefer in meinen Sitz. Die Rückseite vom Tisch vor mir trägt grüne Kritzeleien kreuz und quer. Hier hat wohl vor kurzem ein Kind gesessen. Ich bin knapp zwei Tage von zu Hause fort gewesen. Die Sehnsucht nach Nils bringt mich fast um.

Eines Tages traf ich in der Stadt das Pärchen, das unsere Wohnung gekauft hat. Die beiden sind sehr sympathisch und schauen Nils lange an. Die Frau ist im achten Monat, arbeitet aber sechzig Stunden in der Woche. Sie hat keine Zeit, es ruhig angehen zu lassen. Produktionsphase, viel Arbeit.

»Ich mache das später«, sagt sie. »Ich werde zwei Wochen, bevor das Kind kommt, freinehmen und abspannen.«

Ich muß an die Frau in der Mutter-Kind-Gruppe denken, die sich das auch vorgenommen hatte. Zwei Wochen vor dem errechneten Geburtstermin verließ sie um fünf Uhr nachmittags ihren ordentlich aufgeräumten Schreibtisch und ihren Arbeitsberg, um nach Hause zu gehen, zu meditieren und ihren rastlosen Bauch zu beruhigen. Um acht Uhr am selben Abend brachte sie einen gesunden Jungen zur Welt.

Vier Monate später sagt sie, daß sie es immer noch nicht richtig fassen kann.

»Dafür habe *ich* vor der Geburt runtergeschraubt«, sagt der sympathische Mann vor mir und streichelt Nils mit seinem Zeigefinger.

Da kann ja nichts schiefgehen, denke ich mir.

An den Abenden wird es heller. Maria und Peter laden uns für Samstag ein. Annika und Danne wollen auch kommen. Peter kommt gerade aus der Tür.

»Hallo! Schön, daß ihr da seid«, sagt er. »Ich bin gleich zurück, muß nur schnell noch was einkaufen.«

Dann sagt er zu Karl: »Könntest du vielleicht den Grill am Laufen halten, solange ich weg bin?«

»Selbstverständlich«, sagt Karl und verschwindet im Garten.

In der Küche steht Maria mit Emma auf der Hüfte und rührt in einer Salatschüssel.

»Hallo! Ist das dein Mann, der da hinten steht, Sarah? Sieht gut aus, zumindest was ich von ihm im Rauch erkennen kann.«

Ich muß schmunzeln, ja, sie hat recht.

»Braucht ihr Hilfe?«

»Du kannst gern Emma übernehmen, wenn sie mitspielt. Diese Woche wollte sie ununterbrochen getragen werden.«

Annika sitzt auf dem Küchenfußboden und füttert ihren Sohn. Ein Löffel voll geht in den Mund, den nächsten spuckt er auf den Boden. Sie wischt es wortlos auf. Dennis beendet seine Mahlzeit, greift sich ihr gelbes Kleid und wischt sich damit den Mund. Sie lacht nur.

»Er glaubt, ich sei ein wandelndes Kleenex-Tuch.«

»Ist Danne nicht mitgekommen?« frage ich.

»Er kommt nach. Er wollte erst eine Proberunde mit dem Motorrad drehen, das erste Mal in diesem Jahr. Und du«, sagt sie und kitzelt ihren Sohn am Bauch, bis er anfängt zu kichern, »du wärst auch viel lieber darauf mitgefahren als im Auto.«

»Führte er sich denn immer noch so auf?«

»Nicht die Spur. Ich habe nur zehn Minuten gebraucht, bis ich ihn im Autositz hatte, dann war er mit dem Brüllen fertig. Dann tut er alles, um rauszukommen, jammert und schreit, bis das Auto anhält. Aber das wird schon vorübergehen. Ich glaube, daß es mit seinen Augen zu tun hat, daß er wütend wird, weil er auf so weite Entfernung noch nicht scharf sehen kann.«

Da sitzen wir nun, wie sonst auch, wenn wir uns getroffen haben. Drei Mütter mit ihren Kindern. Eins, das getragen werden will, eins, das unter recht interessanten, aber ziemlich anstrengenden Umständen gefüttert werden will, und eins, das eine Reißzwecke auf dem Boden gefunden hat und nun gerade dabei ist, sie in den Mund zu stecken. Ich schreie auf und springe mit Emma auf dem Arm über den Küchenfußboden, um Nils davon abzuhalten, der enttäuscht anfängt zu weinen, als sein Spielzeug verschwindet. Ich nehme auch ihn auf den Arm und wiege ihn hin und her. Emma kratzt mit der einen Hand freundlich an meiner Wange und kippt mit der anderen das, was in Dennis' Milchglas noch übrig ist, um. Es läuft über unsere Hosen. Alles ganz normal. Das könnte jeder gewöhnliche Montag, Dienstag, Mittwoch, Donnerstag, Freitag, Samstag oder Sonntag sein.

Und was machen unsere Männer? Nichts, was man beanstanden könnte. Einer ist einkaufen, wahrscheinlich weil er aufgrund seines Geizes am Tage zuvor zu wenig eingekauft hat, einer kümmert sich um den Grill, die eigentliche Voraussetzung für einen geglückten Samstag mit der Familie, und einer dreht eine Runde mit seinem Augenstern, eine Sarolea von 1939, die er eigenhändig in Schuß gebracht hat. Das Fest kann beginnen.

Gerade als ich von Maria eine frische Hose geliehen habe, kommt Peter aus dem Laden zurück und übernimmt wieder seinen Platz als Grillchef. Kurz darauf hört man ein Knattern auf dem Hof, das bedeutet, daß Danne angekommen ist. Mit einer etwas albernen Kappe auf dem Kopf und in Leder gekleidet, läßt er seine alte Kiste vor dem Nachbarn eine Ehrenrunde drehen.

»Das Ding scheint ebensogut Kontakte herzustellen wie ein Hund«, sage ich zu Annika.

»Oder ein Kleinkind«, sagt Maria. »Jetzt kommt, ich habe euch doch nicht eingeladen, damit wir in der Küche sitzen und uns mit Brei beschmeißen lassen.«

Sie öffnet die Tür zum Vorgarten.

»Jetzt seid ihr dran«, sagt Maria und hält Emma dem Papa hin.

»Ich dachte, ich sollte mich um den Grill kümmern?« sagt Peter, »damit du heute nicht mehr am Herd stehen mußt.«

»Danke für die Fürsorge, aber wir kümmern uns jetzt um die Steaks, während ihr die Kinder unterhaltet. Ihr macht das sicher ganz hervorragend.«

»Okay«, antwortet Marias Mann mäßig fröhlich und setzt sich zusammen mit den anderen Männern und Kindern auf den Rasen zu einem Haufen Spielsachen.

»Sollen *wir* jetzt wieder Babysitter spielen«, sagt Danne und schaut auf seinen Sohn. Es ist schwer herauszuhören, ob er es im Spaß sagt.

»Es ist unglaublich, daß er nicht begreift, daß es für mich wie Urlaub ist, mal allein zum Einkaufen zu gehen oder den Müll wegzubringen oder die Toilette zu scheuern, wenn ich mich nicht gleichzeitig auf Emma konzentrieren muß«, seufzt Maria. »Möchte vielleicht jemand etwas zu trinken haben?«

Wir lassen uns auf unseren Sonnenliegen neben dem Grill nieder und schauen unsere Familien an. Die Nachbarskinder hängen am Zaun und fragen, was wir da machen.

»Wir spielen, wie ihr seht«, sagt Karl, »wollt ihr rüberkommen?«

Und da ist er wieder, Karls alter Trick: im Nu wird er zum Pferd, zum Gespenst, wirft Bälle, Töpfe, hebt etwas auf, legt es wieder ab, schreit und lacht und hat Spaß wie sie. Wir schauen zu und müssen lachen. Er ist wunderbar. Und so schön! Ich bin so stolz auf ihn. Wie konnte ich nur jemals an ihm zweifeln? An ihm, an uns?

Inzwischen überwinden auch die beiden anderen ihre Hemmungen und machen mit.

Plötzlich schreit Danne los, hebt seinen Sohn hoch und trägt ihn mit ausgestreckten Armen zu Annika. Sein Gesichtsausdruck verrät Ekel.

»Er hat sich vollgemacht, durch die Hose durch. Igitt, wie das stinkt!«

Annika nimmt ihren Sohn in den Arm, küßt ihn auf den Kopf und wickelt ihn in der Sonne.

»Mußt du das neben dem Grill machen, findest du das angenehm?« ruft ihr Mann mit einem flüchtigen Blick in unsere Richtung. Er hat gerade die anderen Väter zum Jonglieren des Fußballs herausgefordert und ist enorm beschäftigt.

Wir tun so, als hörten wir es nicht. Der Nachbar schaut über den Zaun und fragt, wie es läuft.

»Stören die Kinder?«

»Nein, nein. Linn und du, ihr könnt gerne dazukommen, wenn ihr Lust habt.«

»Sie schläft.«

»Jetzt schon?«

»Nur ein bißchen. Die Senkwehen haben angefangen, weißt du, es sind jetzt nur noch drei Wochen bis zum Entbindungstermin. Da schafft sie nicht mehr soviel.«

Seine Stimme ist voller Zärtlichkeit.

»Und du, bist du startklar?« fragt Maria.

»Aber ja. Ich sehne mich richtig danach. Kinder zu bekommen ist das Intensivste, was man sich vorstellen kann, auch wenn es das dritte Mal ist«, sagt er und lacht Danne zu, der noch immer mit dem Fußball jongliert. »Bis bald! Und schickt die Kinder zurück, wenn es euch zuviel wird.«

Als er verschwunden ist, flüstert Maria:

»Wißt ihr, was sie an der Wand im Schlafzimmer haben? Die eingerahmten Streifen des Hemdes, das er anhatte, als ihr erstes Kind zur Welt kam. Seine Frau hat es zerrissen, als die Wehen kamen. Er war total überwältigt von allem: daß sie so stark war, daß er Vater wurde, daß er dabeisein durfte und sehen konnte, wie ihr Kind geboren wurde. Er nennt das Hemd seine Trophäe.«

Sie wird von einem Jubelschrei unterbrochen:

»Zweihundertdreiundneunzig! Meine Herren. Das ist neuer Rekord! Aber ich gebe nicht eher auf, bis ich dreihundert schaffe. Das nehme ich verflucht noch mal mit nach Hause.« Danne hebt die Arme zum Himmel in einer theatralisch-albernen Männergeste. Annika schaut zu ihrem Mann und dann mit einem Lächeln zu uns, das ich nur schwer deuten kann. Doch, sie ist wohl glücklich. Und Danne ist es wieder.

Der Sommer kommt. Karl will Urlaub nehmen. Das heißt gemeinsames Ausruhen. Wir werden uns die Arbeit teilen. Ich habe mich so darauf gefreut.

Es werden ein paar schöne Tage zusammen. Sein Projekt ist abgeschlossen, er ist wirklich frei. Wir versuchen, unsere alte Tradition aus Urlaubstagen wiederzubeleben, jeder stapelt eine Reihe Bücher auf dem Nachttisch. Karl schaut meinen Stapel interessiert an.

»Das nehme ich«, sagt er und versinkt in der ›Psychologie des Säuglings und der Mutter‹. Am nächsten Tag ist er durch.

»Es ist komisch, aber ich fand, daß das Kapitel zum Thema Baby Blues bei der Mutter genauso auch auf mich paßte, als Nils kam. Ich saß sicherlich nicht da und habe geheult, aber irgendwie war das doch eine Art Schockzustand. Es ging alles darum, die äußeren Umstände in den Griff zu kriegen, Geld nach Hause zu bringen, zuzusehen, daß es nirgendwo im Haus zieht, Öl zu bestellen, das Auto zu fahren. Ich sah ja, daß du dich um Nils gekümmert hast. Alles andere lag in meiner Verantwortung, sagte mein Gefühl. Eine schwere Verantwortung«, sagt er.

»Daß du nichts gesagt hast.«

»Der ordentliche Karl wird das schon selbst schaffen. Ich will ja fleißig sein. Am fleißigsten von allen. Der beste Mann der Welt!« Er sieht mich an und lacht ein wenig erschöpft.

Ich versinke in Gedanken. Ich, die ich die beste Mutter der Welt sein wollte. So viel verschwendete Zeit und Mühe, weil jeder dasitzt und sich mit seinem Solo abmüht, statt zusammen Doppel zu spielen.

Am bevorstehenden Wochenende will Karl weg zum Angeln.

»Klar«, habe ich gesagt. »Natürlich kannst du fahren.« Obwohl ich am liebsten nein schreien würde.

Das Wochenende beginnt, wie sich bald herausstellt, ungewöhnlich früh, genaugenommen schon Donnerstag mittag.

»Ist es in Ordnung, wenn sie mich um elf Uhr am Donnerstag abholen?« fragt er mich, während der Telefonhörer noch neben ihm baumelt.

Jetzt könnte ich immerhin nein sagen, aber ich traue mich nicht, ich will nicht, daß sie über mich reden, weil ich meinen Mann nicht gehen lasse, also sage ich ja.

Er fährt. Der halbe Urlaub ist vorbei, und ich stehe wieder hier, mit meinem Kind auf dem Arm und dieser großen Leere. Juli ist der einsamste Monat überhaupt. Alle sind verreist, haben sich irgendwo eingemietet, sind in den Sommer gefahren. Nur ich nicht. Spiele nie die erste Geige. Die Angst packt mich, kaum daß er weg ist. Ich weine ohne Ende. Diese furchtbare, furchtbare Einsamkeit überlebe ich nicht. Sie macht mich fertig.

Da fällt mir ein, daß eine Frau mir mal sagte, kurz bevor wir uns nicht mehr trafen:

»Ich habe mich so lange um andere gekümmert, jetzt will ich selbst, daß sich jemand um mich kümmert.«

Damals hatte sie bereits drei Kinder. Ich hatte keines und verstand nicht, warum sie mir das sagte. Ich begriff eigentlich gar nichts von ihrem Leben. Jetzt weiß ich, daß es Situationen im Leben gibt, in denen man bereit ist, sich irgend jemandem zuzuwenden, wer auch immer den leisesten Versuch macht zuzuhören.

Am Abend ruft Paula an.

»Mein Gott«, sagt sie, »jetzt ist er weg und angelt. Und du hockst wieder allein da mit Nils?«

»Sieht ganz so aus.«

Annika kommt mit ihrem Sohn vorbei. Sie findet es überhaupt nicht außergewöhnlich, daß Karl losgezogen ist.

»Manchmal müssen sie einfach ihre Ruhe haben und mal ordentlich Holz hacken, die Männer«, sagt sie ruhig, »das ist einfach so, Sarah.«

Vielleicht ist das die Lösung des Problems. Vielleicht bin ich diejenige, die alles falsch verstanden hat. Vielleicht wäre mein Leben einfacher, wenn ich meinen Mann auch das tun lassen würde, was er will, ohne soviel darüber nachzudenken. Vielleicht ist das der Grundstein für die Mauern einer lebenslangen Ehe?

Nein. So weit bin ich noch nicht.

Anders meldet sich. Er ist am Wochenende in der Stadt und will mich treffen. Ich nehme Nils mit und fahre los. Dabei fällt mir ein, wie lange es her ist, daß ich einen Freund getroffen habe. Es ist viele Jahre her, daß Anders und ich Kollegen waren. Er war erst einundzwanzig, als er Vater wurde. Seine Freundin hatte eine höllische Geburt und wollte dann nichts von ihrem Kind wissen.

»Ich kam nie dazu, Dinge zu sagen wie: ›Wenn sie vier sind und ihre Würstchen selbst bestellen können und man sie zum Hockey mitnehmen kann, dann fangen die Vatergefühle erst richtig an, haha‹. Ich habe von Anfang an die Verantwortung gehabt, Lisa ist nie so richtig hinterhergekommen. Sie meinte immer, daß ich einen Schritt weiter sei, daß unsere Tochter bei mir ruhiger sei, nicht glücklicher, das hat sie nie gesagt, aber daß sie besser mitmacht. Sie empfand das als eine große Ungerechtigkeit. Ich habe nie gewußt, was ich dagegen tun soll.«

»Ihr wart ja wahnsinnig jung, wie hättet ihr das wissen sollen?«

»Wir fanden uns aber gar nicht zu jung. Unsere Erwartungen waren so unrealistisch gewesen, sie war ja noch jünger als ich, und wir waren überhaupt nicht darauf vorbereitet, was es bedeutet, sich um einen Säugling zu kümmern. Meine Eltern hatten uns einen alten Kinderwagen geschenkt, den Lisa mit schönen Tüchern auskleidete. Und wir dachten, daß unser Kind darin liegen und jauchzen würde, während wir weiterleben wie gehabt, Freunde treffen und nebenbei Hauptseminare belegen. Die Tücher im Kinderwagen waren vollgespuckt, noch bevor wir nach Lisas Entlassung zu Hause angekommen waren. Sie hatte auch überhaupt keine Lust, in diesem Wagen zu liegen, sondern wollte ständigen Körperkontakt. Lisa konnte ihn ihr nicht geben, also trug ich unser Kind die meiste Zeit des Tages in einem Tragesack vor dem Bauch, während Lisa sich die Decke über den Kopf zog und schrie, wir sollten ruhig sein.

Der Unterschied zu unserem bisherigen Leben war enorm. Der Sommer, bevor Jonna kam, war einer der glücklichsten überhaupt. Wir hatten ein Häuschen in den Schären gemietet und lagen die meiste Zeit in einer rostigen Hollywoodschaukel und hörten uns unsere abgenudelten Kinderschallplatten an. Es war phantastisch, daß wir sie bald unserem Kind vorspielen konnten. Ich fühlte mich Lisa so nahe. Dieses Gefühl ist nie mehr zurückgekommen.«

»Das scheint den meisten so zu gehen, die Kinder bekommen«, sage ich. »Die Liebe verändert sich.«

»Ja. Und nicht nur das. Lisa fühlte sich von mir verraten, wenn ich mich fit hielt, während es ihr schlecht ging. Ich übernahm die Aufgaben, die sie sich vorgenommen hatte. Was hatte ich denn für eine Wahl? Lisa rächte sich, indem sie sich nie für das, was ich tat und wie ich vorwärts kam, interessierte, ich war Luft für sie, meine Fortschritte wertlos. Wir hatten dauernd Streit. Es war kaum auszuhalten. Mir wurde klar, daß wir uns trennen mußten, wenn ich nicht draufgehen wollte, und ich wollte das Sorgerecht für Jonna. Da drohte Lisa damit, sie würde das Land verlassen. ›Dann hat unsere Tochter ihre Mutter zum letzten Mal gesehen. Darauf kannst du Gift nehmen‹, sagte sie. Das war eine schwere Verantwortung für mich, also gab ich ohne größeren Streit nach und wurde Wochenendvater und muß nun jedes zweite Wochenende neunzig Kilometer fahren, um Jonna sehen zu können. Jetzt hat sie mit keinem von uns beiden richtigen Kontakt, statt dessen vertraut sie sich ihrer Großmutter an. Das bricht mir manchmal das Herz.«

Er wird still und sieht mich an.

»Und Karl ist beim Angeln, hast du gesagt? Ja, du bist ja auch nie der Typ gewesen, der allzusehr geklammert hat. Geht es euch gut?«

Ich schäme mich. Was soll ich sagen? Kannst du dir vorstellen, mein Mann ist abgehauen, um mit ein paar Freunden angeln zu gehen! Er kommt abends immer zu spät nach Hause! Morgens steht er auf und liest in Ruhe die Zeitung, ohne seinem Sohn erst mal die Windeln zu wechseln. Er glaubt, daß ich mich ausruhe, daß es Urlaub ist, mit dem Baby zu Hause zu sein. Toll, nicht?

»Ja, es läuft gut.«

»Prima. Ich komme noch mit zum Auto.«

Auf dem Heimweg fahre ich über eine Brücke. Ein paar verblühte Blumen sind am Geländer festgebunden. Hier ist letzten Herbst ein Kind verunglückt. Fiel ins Wasser und war weg. Worüber beklage ich mich? Mein Liebling schläft neben mir ruhig in seinem Kindersitz. Meine Familie ist gesund. Wir haben Essen, Kleider und Liebe. Mein Mann kümmert sich um uns, wenn auch nicht immer auf die Art, wie ich es mir vorstelle. Warum können wir nicht das Beste daraus machen?

Ich fahre mit Nils an den Badesee, diese klassische Situation, wo man sich vor den Augen der Öffentlichkeit gerne lächerlich macht: Mitten im Sommer, wenn die Luft warm ist und das Leben am schönsten sein soll, ziehen wir uns vor fremden Leuten aus, meckern die Kinder an und die, mit denen wir unser Leben teilen, als ob man im Freien nichts hören oder sehen würde oder es zumindest keine Rolle spielte. Ich selbst suche unter dem Sonnenschirm Zuflucht, unter dem mein Sohn sitzt und Sand ißt. Irgendwo weiter hinten rastet gerade ein Mann aus: »Wann verdammt noch mal bist du endlich zufrieden? Wenn wir kein Geld haben, ist es meine Schuld. Arbeite ich mehr, bekomme ich zu hören, daß ich zu Hause sein soll, bin ich zu Hause, stehe ich dir nur im Weg. Wenn ich die Windeln wechsle, könnte ich es besser machen. Ziehe ich sie an, sind es die falschen Sachen, zu klein oder zu dick oder zu dünn. Mache ich Brei, dann ist er zu warm oder zu kalt, gebe ich ihr einen Apfel, hätte ich ihn erst schälen sollen. Und dann beschwerst du dich, daß wir nie Spaß miteinander haben?«

Eine bekannte Frauenstimme antwortet in schrillen Tönen. Ich linse unter dem Sonnenschirm hervor. Es sind Maria und Peter. Mittendrin fängt ihre Tochter an zu schreien. Maria räumt Decken, Badesachen und die Kühltasche zusammen. Ihr Auto verschwindet blitzartig vom Parkplatz. Ich bemerke, daß mein Körper nicht mehr unmittelbar auf jedes Kinderschreien mit Milchproduktion reagiert.

Nils krabbelt zu mir auf den Arm und lacht.

Diesmal spielen nicht wir die Hauptrollen. Gut.

Mein Sohn macht seinen Mittagsschlaf im Garten. Ich sitze auf einer Decke im Schatten mit einer Tasse Kaffee. Ein paar Fliegen schwirren um die Zuckerdose. Mit dem Wind gelangt der Duft von falschem Jasmin zu mir. Vom Wasser her höre ich lachende Kinder. Es ist Hochsommer. Alles lebt. Der Blumenduft geht direkt ins Reptilienhirn und weckt in mir Erinnerungen, die mir sagen, ich liege in einer Hängematte auf dem Land und schaue in den Himmel. Zeit existiert nicht. Irgendwo in der Nähe sitzt meine Mutter und liest die Zeitung.

Jetzt bin ich die Mutter. Ich ertappe mich dabei, wie ich auf exakt die gleiche Weise meine Hand auf die Zeitungsseite lege, wie sie es früher getan hat, wenn der Wind keine Ruhe geben wollte. Zwischen den Fingern fällt mir eine Todesanzeige ins Auge. Ein Geburtsdatum ganz nah an meinem. Ein Name, der mir von der Hochzeit im letzten Jahr bekannt vorkommt. Eine hochschwangere Frau, die in Festkleidung auf einem Stuhl sitzt, ein Mann, die sich zu ihr herunterbeugt und ihr den Schweiß von der Stirn streicht. Dann küßt er sie. Zärtlich. Innig. Der Junge, mit dem sie schwanger war, ist gerade ein paar Monate älter als Nils. Wovon soll sein Vater heute noch träumen? Wovon sein Sohn?

Das Telefon klingelt. Es ist Karl.

»Wie geht's dir?«

»Okay. Und ihr?«

»Wenig Fische.«

Er ist einem Moment lang still und fragt mich dann:

»Hast du von Elisabeth gehört?«

»Ich habe es gerade in der Zeitung gelesen. War es ein Unfall?«

»Ein geplatztes Blutgefäß im Gehirn. Niemand hat das ahnen können.«

Wir schweigen.

»Kannst du mich vom Bus abholen, wenn ich statt morgen heute abend schon komme?

»Klar.«

»Ich vermisse euch.«

»Und wir dich.«

Nils ist aufgewacht. Ich nehme ihn auf den Arm und weine. Vor Trauer. Vor Freude. Ich habe einen Mann, ein Kind, eine Familie. Ich darf es erleben. Das ist die größte Gnade, und es war mir bisher kaum bewußt.

In dieser Nacht schlafen wir bei offenem Fenster. Die Düfte aus dem Garten sind betörend. Ich wache auf und höre die

Atemzüge meines Sohnes. Neben mir liegt Karl. Ich verkrieche mich in ihm, lege die Nase in seinen Nacken. Er riecht nach Mann und Wärme. Außer uns nichts.

Irgend etwas geschieht gerade mit uns. Niemand hat es bisher ausgesprochen, und anfangs merke ich es kaum. Karl kommt abends zu normalen Uhrzeiten heim. Karl fährt am Wochenende nicht ins Büro.

»Wir können das am Montag erledigen«, sagt er, als ihn jemand am Samstagvormittag anruft.

Das war noch nie dagewesen.

Das Gefühl, daß mir Dinge vorenthalten werden, die mir zustehen, wird immer schwächer. Langsam kommt in den folgenden Monaten die alte Balance zurück zwischen uns zweien, und eine neue Balance entsteht zwischen uns dreien.

»Es hat ein Jahr gedauert, dann kam die Entschädigung«, sagte Lena einmal. Sie hatte recht. Alles Herumtragen, Wiegen, Füttern und Trösten hat seinen Lohn. Nils kann jetzt stehen, laufen, rennen, hüpfen, rutschen, klettern, selber essen und trinken und reden. Wir lachen und spielen viel zusammen. Er macht uns große Freude. Durch das Küchenfenster sehe ich ihn auf Karls Schultern. Die kleine Mütze verschwindet zwischen den Bäumen. Ich bleibe noch lange am Fenster stehen, bis ich höre, daß sie wieder hereinkommen.

Es ist mir in den vergangenen Monaten immer schwergefallen, mein Leben klar zu beurteilen. Weil zu viele Eindrücke da sind, wird das Bild verschwommen. Ich lebe immer nur im Moment und schaffe es kaum, Dinge aufzuschreiben. Wenn ich mir die wenigen Tagebuchaufzeichnungen ansehe, ist da Hoffnungslosigkeit, Einsamkeit, Trauer. Im Fotoalbum genau das Gegenteil: Freude und Nähe, ein strampelndes Kind auf dem Wickeltisch, wir alle drei im Garten, Nils, direkt auf dem Weg zum offenen Kamin, und Karl, der lachend hinterherkrabbelt, Nils mit Blaubärmütze und Pullover, als im letzten Winter der Heizkessel kaputt ging, Nils zwischen dem Löwenzahn auf der Wiese, Nils zu Besuch bei Lena, Paula, Anna, Oma und Opa. Und dann Nils und ich, Wange an Wange, Nase an Nase. Wir sehen glücklich aus.

Zwei getrennte Wirklichkeiten, zwei getrennte Leben. Ganz sacht beginne ich, sie zusammenzufügen, sie ineinander zu schieben. Ich bemerke, daß alle Bilder von früher eine leere Fläche aufweisen, einen blinden Fleck, oder bilde ich mir das nur ein?

Ich treffe Maria beim Einkaufen. Ich habe sie lange nicht gesehen.

»Alles in Ordnung?«

»Es ist mühsam.«

»Und der Sommer? Hattet ihr einen schönen Sommer? Ihr wolltet doch irgendwohin fahren?«

»Ja, nach Portugal, aber das war ein Reinfall: ›Ich muß mir leider einiges an Arbeit mitnehmen‹, hatte Peter am Abend vor unserer Abreise gesagt. Ich habe da nicht viel darüber nachgedacht, nicht bevor wir schon losgefahren waren und er mit den Gedanken nur abwesend war. Ich hatte mich so darauf gefreut, etwas anderes zu sehen, mit ihm zusammen zu sein. Aber er war überhaupt nicht ansprechbar. Emma und ich konnten alleine auf den kochend heißen Straßen herumspazieren. Ich kann kein Portugiesisch und kam mit meinem Englisch nicht durch. Ich fühlte mich total isoliert. Beim Essen in verschiedenen Restaurants ist mir dann zum ersten Mal aufgefallen, daß Peter nichts, aber auch gar nichts weiß von Emmas Eßgewohnheiten!

»Ja, das ist manchmal wirklich erstaunlich«, sage ich.

»Am Vormittag darauf kam der Höhepunkt. Es regnete in Strömen. Er brauchte Ruhe zum Arbeiten. In unserem gemeinsamen Hotelzimmer. Emma war bei ihm und spielte an allem: Computer, Papierstapel, Kabel. Du hättest seinen wütenden Blick sehen sollen! Er erwartete offenbar von mir nur, daß ich sie ablenke, da bin ich auf die Toilette geflüchtet. Emma hatte wohl auf einen Knopf gedrückt, und plötzlich schrie Peter nach Hilfe. ›Ich werde doch wohl noch in Ruhe aufs Klo gehen dürfen?‹ schrie ich ihn an. Ich sah im letzten Moment, wie Emma sich geradewegs zu den Putzmitteln begab, und konnte eben noch verhindern, daß sie eine Flasche ansetzte. Ein wunderbarer Tapetenwechsel.«

»Dann ist es nicht anders geworden, seit er seinen Erziehungsurlaub genommen hat?«

»Du, er hat sich den Mai dafür ausgesucht. Den Monat mit den meisten Feiertagen. Siebzehn Arbeitstage hat er geopfert. Siebzehn sonnige Maitage war er mit ihr allein zu Hause und erwartete Beifall. Das ist doch ein Witz. Außerdem orientierte er sich nicht gerade an ihren Bedürfnissen. Er wollte im Kinderzimmer ein neues Regal aufbauen. Sie mußte wohl oder übel mit, wenn er dort werkelte.«

»Du meinst, er hätte sich ruhig ein bißchen mehr abrackern sollen?«

»Ja, ja, ich weiß, wie das klingt.«

Sie sieht wütend aus.

»Ich frage mich, warum wir Frauen immer meinen, daß wir alles perfekt machen müssen. Männer setzen sich diesem Druck zumindest in familiären Angelegenheiten gar nicht so aus.«

»Vielleicht. Hast du eigentlich mitgekriegt, daß Annika und Danne sich getrennt haben?«

»Wirklich? Wie schade.«

Daß ich nicht geschaltet habe. In der letzten Woche hatte ich Dennis' Bild im Lokalteil der Zeitung gesehen, mit dem Text ›Herzlichen Glückwunsch zum ersten Geburtstag wünscht dir Mama‹.

»Für Annika ist das sicherlich eine Verbesserung. Um Dennis

hat sie sich doch ohnehin völlig alleine gekümmert, seit er auf der Welt ist. Jetzt muß sie morgens nicht mehr aufstehen, um Dannes Frühstücksbrot einzupacken und seine Hockeyhosen zu bügeln. Ehrlich gesagt, der Typ ist ein Schwein.«

Maria schluckt.

»Der Krippenplatz für Emma wird jetzt doch nicht frei. Die Leute, die ihren Platz abgeben wollten, sind nicht umgezogen. Ich muß also auch weiterhin noch zu Hause bleiben. Ein paar Monate werde ich aber hoffentlich trotzdem arbeiten können.«

»Und dann?«

»Dann kommt das zweite.«

»Mensch! Herzlichen Glückwunsch«, sage ich zögernd und war mir nicht sicher, ob Maria darüber glücklich war.

»Tja. Man hat ja in meinem Alter nicht mehr soviel Zeit.«

»Du bist doch kaum dreißig.«

»Zweiunddreißig. Zeit, es hinter sich zu bringen. Und ihr?«

»In den nächsten Jahren kein zweites Kind. Aber bald Kinderkrippe. Wenn Nils ein bißchen mehr sprechen kann, daß er sich verständigen kann.«

»Sonst landet er in zwanzig Jahren auf dem Therapeutensofa, denkst du. Das muß nicht sein. Das Personal klärt einen schon darüber auf, was sie den Tag über gemacht haben.«

»Oh Maria«, denke ich nur, als ich gehe.

»Was wollen wir denn heute unternehmen?« fragt Karl an einem ungewöhnlich düsteren Samstag, als sich das Schweigen über die Felder gelegt hat.

»Spiele ohne Grenzen.«

»Oder Am laufenden Band.«

Wir müssen lachen. Es ist lange her, daß wir zusammen gelacht haben.

»So geht das aber nicht«, sagt er und kriecht zu Nils und mir in den Sessel.

»Ach?«

Genauso schnell, wie wir uns zu dem Kauf des Hauses entschlossen hatten, überlegen wir uns, es wieder abzustoßen. Schon in der darauffolgenden Woche setzen wir eine Annonce in die Zeitung. Es kommen erstaunlich viele Interessenten. Zum Schluß sind noch zwei ältere Damen, die eine Schafzucht aufziehen wollen, und ein jüngeres Paar, das ein Kind erwartet, im Rennen.

»Guter Gott, sie wissen nicht, was sie tun«, sage ich mir und atme auf, als ihr Gebot niedriger ist.

In ein paar Monaten gehe ich wieder in meinen Beruf zurück. Ein Teil in mir schreit vor Sehnsucht danach, endlich wieder anzufangen, ein anderer schreit vor Angst bei dem Gedanken, meinen Sohn für mehr als ein paar Stunden abzugeben. Nils' Freude daran, mit anderen Kindern zusammen zu sein, übertönt alles.

Wir schauen uns die Kinderkrippen in der Stadt an, und ich staune mal wieder über all die Blumen, pastellfarbenen Rüschengardinen, Rosetten und den Glitzerkram.

»Hallo und willkommen bei uns. Vielleicht zeigen wir Ihnen erst mal die Räumlichkeiten des Personals und mein Büro«, sagt die Leiterin mit breitem Grinsen, das sie während der ganzen Stunde, die wir da sind, nicht ablegt. Deutlich artikuliert und mit pädagogischem Tonfall erläutert sie Begriffe wie Obstzeit, Kuschelraum, Jogginghosen und Hausschuhe.

»Das gesamte Personal darf während des Jahres an einem Reggio-Emilia-Kurs teilnehmen, einige sind schon dabeigewesen«, sagt sie und schüttelt in ihrer Hand eifrig eine Flasche mit rotgefärbtem Glitter, vermischt mit Öl. Karl und ich schütteln den Kopf.

»Schön, daß Sie kommen konnten. Wir legen unseren Schwerpunkt auf das Theaterspielen«, sagt die nächste Leiterin. »Alle

Eltern sollen ihren Kindern bei Eintritt solche kleinen Waldorfpuppen machen, dann taufen wir sie auf biblische Namen und lassen die Kinder immer mittwochs nach Liedern dazu improvisieren. Hier haben wir den Adam, den Petrus und den Zachäus«, erklärt sie und streicht an einigen Puppen die Kleider glatt.

»Wie halten Sie es mit dem Obstfrühstück?« fragt Karl artig und hält mich plötzlich am Mantel fest, weil ich schon in Richtung Tür unterwegs bin.

Kindertagesstätte Nummer drei profiliert sich mit Gymnastik und Rhythmik, ist in der Broschüre zu lesen, die wir erhalten haben.

»Es ist wichtig, daß sich die Kinder ordentlich bewegen können und ihren Körper kennenlernen«, sagt die schwer übergewichtige Frau, die uns durch die Einrichtung führt. Sie erinnert mich an meine alte Gymnastiklehrerin, die immer Skihosen, Holzclogs und eine orthopädische Halskrause trug, um ihr chronisches Nackenleiden zu lindern.

»Los, über den Kasten gehockt, Mädchen. Bewegt eure Beine«, brüllte sie. Niemals sah ich sie selbst bei einer einzigen gymnastischen Bewegung.

»Wie kommt es, daß Sie sich für die Montessoripädagogik entschieden haben?« fragen wir bei der nächsten Vorstellung.

»Na ja, ich bin dafür nicht ausgebildet, aber kannte die Leiterin schon von früher, und sie fragte mich, ob ich nicht zu ihnen kommen will, als ich arbeitslos war. Diese Pädagogik unterscheidet sich ja auch nicht so enorm von anderen, finde ich. Da wird auch nur mit Wasser gekocht, wie man so schön sagt.« Aha.

Wir gehen. Die Entscheidung ist so schwer. Für wen sollen wir uns entscheiden, wem den Zuschlag geben, unseren Goldschatz zu übernehmen? Man wird doch wohl ein paar Ansprüche stellen dürfen? Bis jetzt macht keine Tagestätte einen überzeugenden Eindruck. Nie im Leben lasse ich Nils irgendwo. Noch eine Adresse steht auf unserer Liste, ein großes Haus auf einem Hügel.

»Ah ja, da ist also der kleine Nils, soso. Und Mama und Papa hast du gleich mitgebracht. Komm herein!« Die Frau, die uns begrüßt, hat einen Hut auf dem Kopf, der einen halben Meter hoch ist. Er ist aus Plüsch und qualmt. Sie merkt, daß wir sie anstarren.

»Ach so, die Vorschüler haben Erfinderwoche gehabt und einen Schornsteinfegerhut gebastelt. Willst du ihn auch mal aufsetzen?« fragt sie Nils. »Nicht. Jemand von Ihnen vielleicht? Nein? Dann zeige ich Ihnen jetzt unser Haus.«

»Im Frühjahr sind sieben Familien weggezogen. Ich bete, daß die Zinsen wieder hochgehen, damit die Familien in der Umgebung nicht ihre Wohnungen abstoßen, um sich kleine Häuschen zu kaufen. Wir wollen doch unsere lieben Kleinen und ihre Eltern behalten«, sagt die Frau mit dem Schornsteinfegerhut, nachdem sie uns die Räumlichkeiten gezeigt hat.

»Freitags machen wir immer einen Ausflug, wir gehen zum Markt oder runter in die Kirche, das ist die richtige Entfernung für Kinder wie Nils. Natürlich habe ich auch schon Taxiausflüge in den Zoo mit einer Gruppe Einjähriger gemacht, aber das war eigentlich ziemlich sinnlos. Für Würmer und Tauben interessieren sie sich am meisten. Und das Müllauto fasziniert sie oft mehr als ein Puppentheater.«

»Hier ist der Malschrank, dort der Ton- und Knetschrank, das Kasperletheater und die Handpuppen haben wir da hinten, unsere Geräuschewerkstatt im hintersten Zimmer, Wasserspielzeug eine Treppe tiefer, und im ganzen Haus stellen wir laufend aus, was die Kinder so anfertigen. Haben Sie hier das gesehen! Ich habe nicht gewußt, daß man so viele spannende Sachen aus Eierschalen basteln kann.«

»Und das benutzen wir einmal in der Woche, wenn wir uns zum Singen treffen und natürlich auch, wenn Kindergeburtstag gefeiert wird«, fährt sie fort, hievt das Akkordeon hoch, das unter dem Schreibtisch im Büro gelegen hat, und spielt. Nils sitzt ruhig auf meinem Schoß, bis er dazu übergeht, die Blumen im

Zimmer zu gießen. Es scheint ihm hier zu gefallen. Die Frau mit dem Akkordeon bedankt sich bei ihm für seine Hilfe.

»Was gibt es noch zu sagen?« überlegt sie, als die Finger wieder ruhig sind. »Wir haben auch Projekttage: verwandele die Tagesstätte in ein Schloß und iß ein Schloßsteak und Arme Ritter. Am Abend vor Allerheiligen verkleiden wir uns als Gespenster.«

Ich schaue Karl an. Er nickt. Wir sind im Hafen.

Drei Tage später fährt der Umzugswagen vor. Ich fühle keine Wehmut.